陈 家 甫 海 剧 诗 歌 选

道磨磨道道道难，
路险险路路路艰。
苦将诗词牵海剧，
芳香园里觅花仙。

# 磨道

陈家甫海剧诗歌选

陈家甫 著

知甫题

中国文联出版社

http://www.clapnet.cn

**图书在版编目（CIP）数据**

磨道：陈家甫海剧诗歌选 / 陈家甫著–北京：中国
文联出版社，2014.8
ISBN 978-7-5059-8989-4

Ⅰ.①磨… Ⅱ.①陈… Ⅲ.①戏曲–剧本–作品集–中
国–现代 ②诗集–中国–当代 Ⅳ.①I217.2

中国版本图书馆 CIP 数据核字 (2014) 第 186965 号

## 磨道——陈家甫海剧诗歌选

著　　者：陈家甫

出 版 人：朱　庆
终 审 人：朱彦玲　　　　　　复 审 人：刘　旭
责任编辑：袁　靖　　　　　　责任校对：傅泉泽
封面设计：圣立文化　　　　　责任印制：周　欣

出版发行：中国文联出版社
地　　址：北京市朝阳区农展馆南里 10 号，100125
电　　话：010-65062528（咨询）65067803（发行）65389150（邮购）
传　　真：010-65933115（总编室），010-65033859（发行部）
网　　址：http://www.clapnet.cn
E－mail：clap@clapnet.cn　　　liux@clapnet.cn

印　　刷：四川西南彩色印务有限公司
装　　订：四川西南彩色印务有限公司
法律顾问：北京市天驰洪范律师事务所徐波律师
本书如有破损、缺页、装订错误，请与本社联系调换

开　　本：700mm×1000mm　　　　1/16
字　　数：320 千字　　　　　　　　印张：20.25
版　　次：2014 年 8 月第 1 版　　　印次：2014 年 8 月第 1 次印刷
书　　号：ISBN 978-7-5059-8989-4
定　　价：53.00 元

奔娃坎坷路

戏曲诗歌赋

李正培 二〇一二年四月

原四川省新闻出版局局长李正培

梨小

围剧

常大

青人

藤生

撰文并题 智林书

甲午年初夏为宏甫兄

四川省川剧院院长、四川省戏剧家协会主席陈智林

海纳百川

集成创新

杨国安

2014·7·16

❮ 原四川省人大教科文卫委主任杨国安

海纳百川

嘯聲为云

安武

❮ 原四川省委统战部副部长杨安民

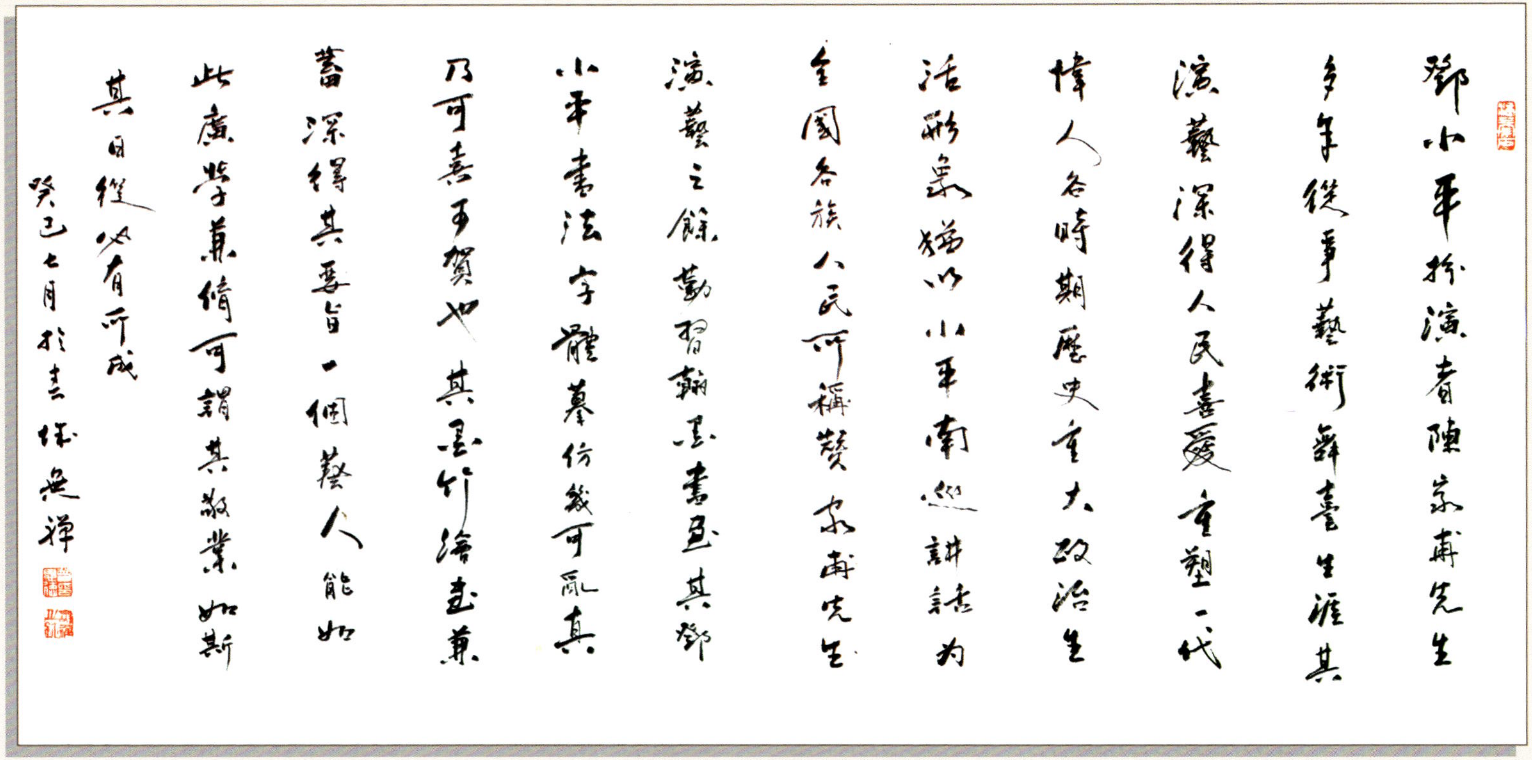


著名当代书画家曾思德（无禅）

与原全国政协副秘书长杨崇汇合影

与文化部副部长赵维绥合影

与中国人口宣教中心张汉湘主任合影

与原四川省副省长刘昌杰合影

≪ 参加四川省文化促进研讨会后与原四川省副省长韩邦彦、徐世群合影留念

≪ 与美国国际文化科学院院长储成炎先生、著名化妆师黄华合影

与著名相声表演艺术家姜昆先生同台合影

与国际巨星成龙先生同台演出

与凤凰卫视著名主持人吴小莉小姐同台演出

与香港著名影视明星曾志伟先生同台演出

与著名影视明星陆毅先生同台演出

与著名影视演员方中信先生同台演出

与著名影视明星赵薇小姐同台演出

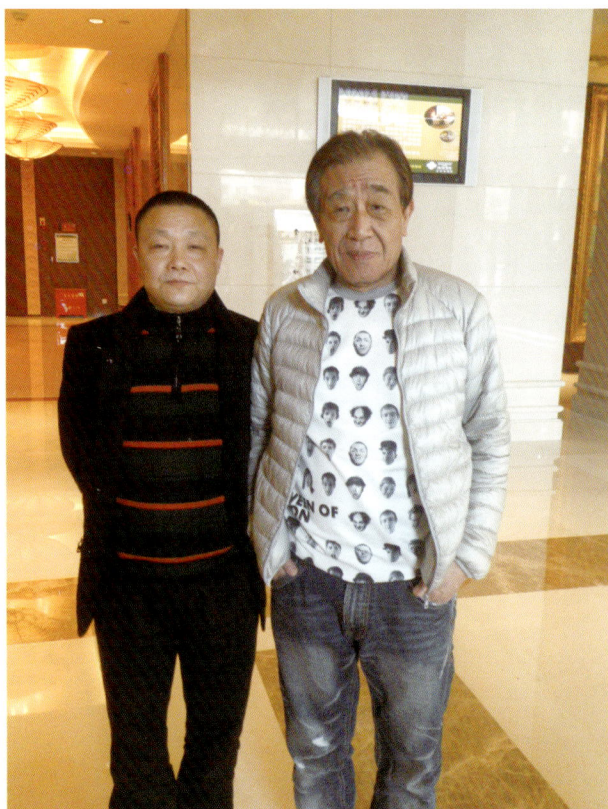

与台湾"急智"歌王张帝先生同台演出

与著名歌手屠洪纲先生同台演出

与中央电视台著名主持人肖东坡合影

与著名影视导演、四川省文化电视制作中心主任陈福黔，著名影视编剧廖佳云合影

与原中国书法家协会秘书长刘正成，四川书法家协会副主席、成都市书法家协会主席舒炯合影

在邓小平同志故里演出，广安市委书记侯晓春接受墨宝

2012 年赴深圳参加慈善义演

与中国大使及首尔市长合影

2007 年参加泰国华人春晚受到泰国文化旅游部长热情欢迎

与非洲访问团团长合影

与美国总统奥巴马的弟弟马克先生同台演出

2007 年随文化部副部长赵维绥赴泰国参加泰国华人春晚

**奖 状**

陈家甫同志：

全国婚育新风进万家活动

**先进乡(镇、街道)**

文艺节目

中共中央宣传部
国家计划生育协会
二〇〇一年十月

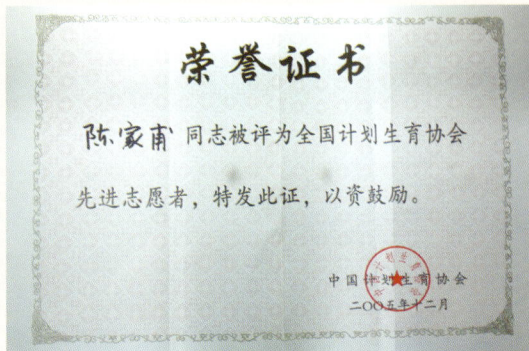

**荣誉证书**

陈家甫 同志被评为全国计划生育协会

先进志愿者，特发此证，以资鼓励。

中国计划生育协会
二〇〇五年十二月

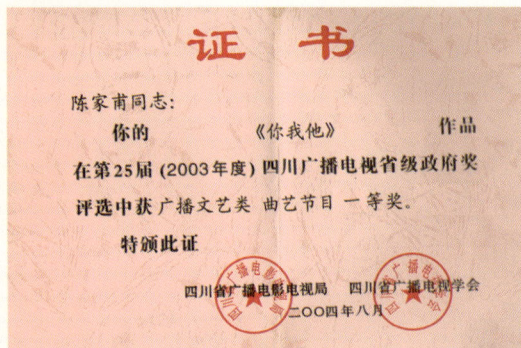

**证 书**

陈家甫同志：

你的 《你我他》 作品

在第25届(2003年度)四川广播电视省级政府奖

评选中获广播文艺类 曲艺节目一等奖。

特颁此证

四川省广播电影电视局 四川省广播电视学会
二〇〇四年八月

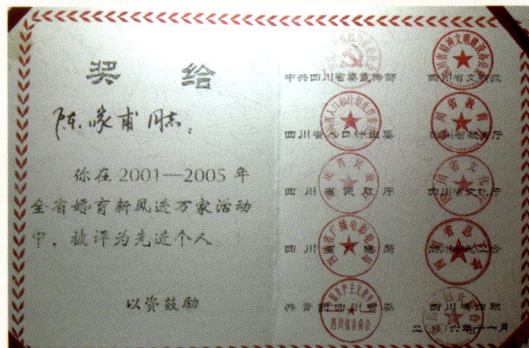

**奖 给**

陈家甫同志：

你在2001—2005年

全省婚育新风进万家活动

中，被评为先进个人。

以资鼓励

中共四川省委宣传部 四川省文明办
四川省总工会 四川省计生委
四川省教育厅 四川省文化厅
四川省广播电影电视局 四川省妇联
四川省计生协 四川省卫生厅

二〇〇六年一月

**聘 书**

LETTER OF APPOINTMENT

兹诚聘陈家甫 先生为"践行群众路线 同心共筑
中国梦"人口文化巡演

**总导演**

四川省人口和计划生育宣传教育中心
二〇一三年六月

**荣誉证书**

陈家甫先生：

鉴于你对牌坊村的支持和贡献，特授予你为

牌坊村

**荣誉村民**

广安市广安区牌坊村办事处管理委员会
2012年1月

编号：001

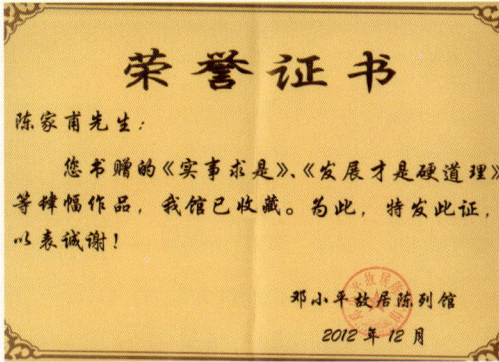

**荣誉证书**

陈家甫先生：

您书赠的《实事求是》、《发展才是硬道理》等牌幅作品，我馆已收藏。为此，特发此证，以表诚谢！

邓小平故居陈列馆

2012 年 12 月

**荣誉证书**

陈家甫同志：

荣获纪念邓小平同志诞辰110周年全国书画名家邀请展

**一 等 奖**

纪念邓小平同志诞辰110周年全国书画名家邀请展组委会

2014年8月22日

四川省第十四届"群星奖"

**获奖证书**

四川省文化馆：

戏剧 作品《 毛主席来到咱农庄 》

获四川省第十四届"群星奖"二 等奖

创作者：涂军娅

表演者：周建国 武朝正 陈家甫 何曾民
芩晓琼 邱崎侠

辅导者：张乐平

特颁此证

四川省文化厅

二〇〇七年十一月

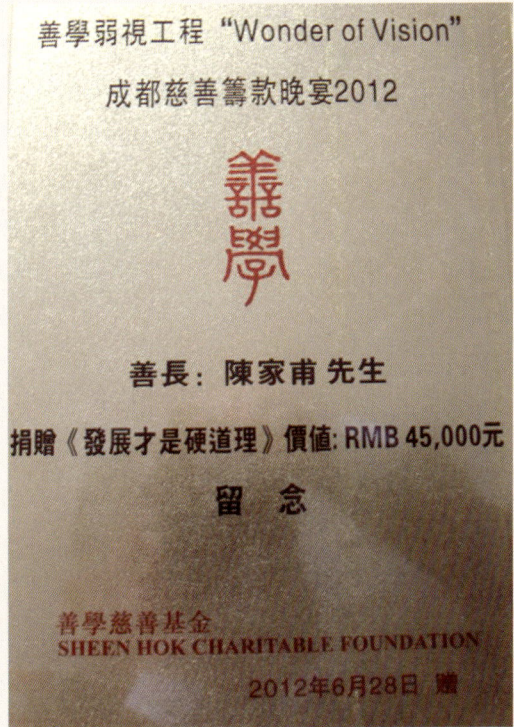

善學弱視工程 "Wonder of Vision"

成都慈善籌款晚宴2012

**善學**

善長：陳家甫 先生

捐贈《發展才是硬道理》價值：RMB 45,000元

**留 念**

善學慈善基金

SHEEN HOK CHARITABLE FOUNDATION

2012年6月28日 贈

實事求是

甲午年抄演者陳家甫书 邓小平

發展才是硬道理

邓小平抄演者陳东甫书

凌雲圖

癸巳年仲夏於養城

陳志甫畫

# 莽 娃

（演唱：李书伟）

1=F 2/4

陈家甫 词
李书伟 曲

深情、豪迈地

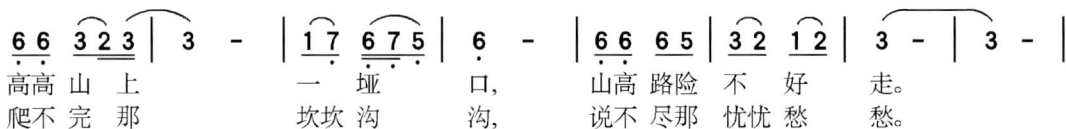

高高山上　　一垭 口，　山高路险不好 走。
爬不完那　　坎坎沟 沟，　说不尽那忧忧愁 愁。

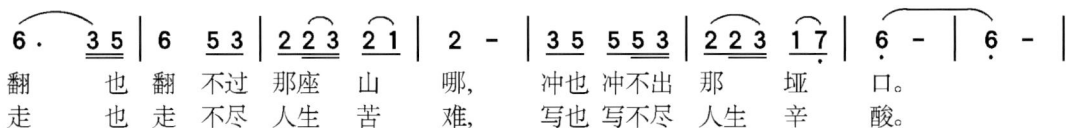

翻 也翻不过那座山哪，冲也冲不出那垭 口。
走 也走不尽人生苦 难，写也写不尽人生辛 酸。

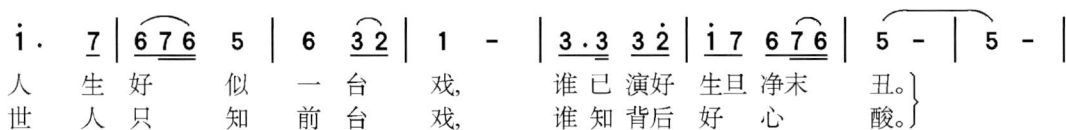

人 生好 似 一台 戏， 谁已演好生旦净末 丑。
世 人只 知 前台 戏， 谁知背后好心 酸。

莽 娃莽娃莽娃 呀， 莽娃呀莽 娃。

壮着你的胆量鼓着你的勇气莫回头往前走 呀，

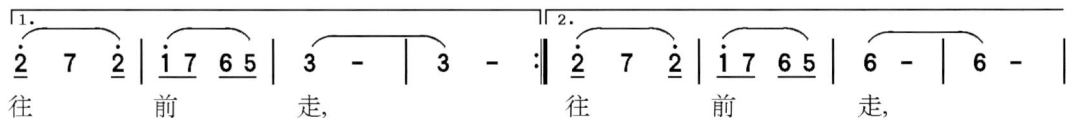

1. 往 前 走，
2. 往 前 走，

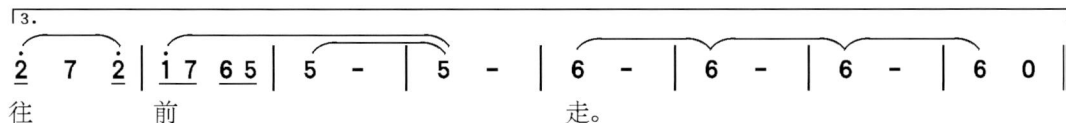

3. 往 前 走。

# 目录 磨道——陈家甫海剧诗歌选 CONTENTS

目　录 CONTENTS

## 诗歌篇

## 演讲篇

# 艺凭伟人衍大器　文共热血铸元亨

◎ 褚成炎（美国）

　　因扮演伟人邓小平而名噪业界的特型演员陈家甫先生所著《磨道》即将付梓，因为与他交重甚笃，先生把电子文本邮发于我，望我能阅后为序。对于家甫先生我是了解的，作为特型演员的他，不是作家、诗人，要他写出锦绣文章、华丽的词藻那是牯牛下崽，比登天还难的事。

　　陈家甫与著名词人谢明道先生是同乡，都是四川南部大坪人，谢先生出生在铁边，家甫出生在丘垭。这块贫瘠出奇的地方，常出奇人异事，使人概莫难解。他俩一个在"边"上，一个在"垭"口。让我想起为谢先生的《谢明道古体诗词精品选》（美国强磊出版社出版）所作序中的话，引过来，把"铁边"更成"丘垭"最能说明他家乡的贫穷困厄。农谣："有女莫嫁丘垭人，终朝时日受饥贫。上山一背牛屎粪，下湾一背杂草藤。这里的姑娘像大嫂，这里的小伙像老人。"千百年来，气喘吁吁的丘垭人，用尽所有的力气，始终冲不过"垭"那边去，把乡民们锁在这块人头超过石头的地方。幼小时还叫"莽子"的陈家甫，他就向往"垭"那边的风景。当他早引晨光出，夜随月华归时，便深知只有动心忍性，奋进求知，在苦中寻求希望。怪在这块老鼠夜不入宅的地方，还有几位能哼"锁兰芝"、可唱"红鸾袄"的民间艺人。在秋收的田野和砍樵的山头，常有"本大王打坐在鱼腹口，什么妖精耍风流……"之类的戏曲唱腔，让他酷受熏陶。小时候他头上包着羊肚巾，腰上缠着白布帕，逢年过节跟着大人在街上脚踏鼓点，放开膀子，跳点"呛呛咔呛呛"外，还配合艺人粉墨登场。鼻子上撑单杆，额头上顶方桌。或一声马门腔，在锣鼓声中一个片马，几个旋子，飞出前台，往往都在惊险中亮相，掌声、喝彩声中回场。他由此被专业剧团纳才，迈进了生旦净末丑、昆高胡弹灯的才艺之路。不讫别人赞他演艺好高，好像"某人"活了，这得益于他小时候入行老师心传口授教化指点。吟诗为文全无功底，哪能一蹴而就？实乃痴人说梦！然而，当我开卷纵览，却感觉意外，无须讳言，无论是家甫的海剧、唱词抑或其他的曲艺作品，多半都是浅显的、直白的，没有经过精心打磨的，所谓下里巴人的粗糙之作。然而，透过这本近20万言粗糙、直白、未经打磨锻造的作品，却让我犹如看见了未经雕琢的璞玉在闪光，正所谓透指墨香，无不沉浸着闪闪耀耀的珠光宝气。

从古至今，自文者莫不皆知，言为心生，形为艺表，生活是原动力，任何文学作品离开了生活，就没有现实意义，就不能产生具有驱动时代的动力。而陈家甫先生之作，恰好说明了这个千载莫辩的真谛。泛读家甫百余首诗，数十出海剧、唱词等，可说是篇篇掷地有声，首首发乎于情。试看家甫之作，无论是反映现实生活，树立反腐倡廉正气，击谪社会弊端；或是宣扬国粹精神，弘扬厚德载物；抑或是对伟人的缅怀，对父母的孝举，对儿女的挚爱，乃至对友人的祈祝，对师长的仰尊，无不是通过所见所闻在实感中行文，发自心灵地咏吟。透过陈家甫的海剧、唱词以及五言、七言短诗，我不但看到了一个农家出身的穷孩子自幼追逐艺术的志向，赤裸裸闯荡艺术半生的坎坷道路，同时更让我们看到了心胸豁达，朴素无华，热爱艺术生活，永远追求艺术无止境的坦荡情怀，使我备受感动。家甫的作品全部来源于生活，没有丝毫的矫揉造作，献给广大读者的更是永远追求上进的乐观主义的战斗精神。我可以毫不夸张地说，从陈家甫的文学作品中，我看到了一个男人的希望，一个艺术家追求的曙光，一个成功人士获得成功的诀窍。

春绿万物，百花争艳，硕果累累的明天永远属于热爱生活、勇于追求希望、敢于开拓、奋斗不息的热血男儿。

正是：艺凭伟人衍大器，文共热血铸元亨。仅以二句为赠，并以此为题代序。

2014年元旦于美国纽约

# 海剧介绍

生活如戏精于戏，七味俱全样样齐。
海纳百川融天地，灵星闪亮世间稀。
短小精干集众议，贴近生活供滋依。
艺坛又添一宝器，百花争艳四方宜。

海剧，是著名表演艺术家陈家甫先生根据多年的表演和创作经验，并汲取戏剧、话剧、歌舞剧、曲艺、杂技等多种艺术形式精华，组合地方曲艺和民间艺术，借鉴创新而成的艺术表演形式。

一、风格定位

贴近生活、贴近现实、贴近群众，通俗易懂，方言俚语，信手拈来，令人捧腹。阳春白雪，突出其"民间性、通俗性、地方特色"。

二、艺术特点

诙谐、幽默、滑稽、接"地气"、多姿多彩组合变化，寓教于乐，不拘一格，各种艺术元素灵活融合运用。

### 三、表演形式

一般以二到三人为主，也可以多人组合。剧中角色可以"跳进跳出"，亦实亦虚，一人可扮演多个角色或充当道具。轻巧便捷，组合变幻，角色各显其能又自然取巧。唱念做打、琴棋书画、诗词歌赋、生旦净丑等各种元素和技艺皆可巧妙"入戏"合理运用。尽量做到"土"而不俗，"艳"而不妖，"杂"而不乱。

### 四、"海剧"与其他剧种的区别

1、它与戏剧、话剧的区别。短小精干，剧小意深，多姿多彩，不拘一格，轻松活泼。

2、它与小品的区别。表演形式灵活，虚实并用，歌舞戏曲成分浓烈。

3、它与谐剧和独角戏的区别。多人、多方位、多艺术元素表演，虽部分汲取谐剧和独角戏角色跳进跳出、亦实亦虚、转换自由的特点，但又突破谐剧一人表演和虚拟为主等局限，更多更主要的是集体组合演绎。

4、它与相声、双簧、散打、清音、荷叶、金钱板等说唱艺术的区别。"海剧"除了结合这些艺术形式的"说唱"技巧外，更主要的成分应是"唱、做、念、打、舞、引、领、交、汇、连"等。

为了适应当今观众日益变化的欣赏口味和弃旧图新、多种多样的精神需求，以适应演艺市场的不断变化，我们经数百场成功演出，获得了观众好评，使我们看见了海剧勃郁的生机和无限的生命力。

海剧将是艺术王国中的受宠新秀，为民族的复兴做出贡献。

# 挑战厄运　执着追求

## ——陈家甫精彩的艺术人生

**从小有梦，执着追梦，想当文艺兵，却一次次"被玩笑"**

陈家甫自幼就会倒立走路、翻跟斗，体现出超于常人的艺术天资。由于家庭贫寒，父母既无意识更无条件主动发掘和培养其艺术天分，然而，陈家甫自己却没有甘心艺术天分在贫瘠的山乡日久而没。一次他在山坡上放牛模仿电影人物表演被路过的空军招飞军官一行人赞赏，甚至有人逗他要特招他到部队当文艺兵，顿时点燃了他的艺术梦。一个当时才9岁的少年对于"公社"武装部长逗趣要招他到部队当文艺兵的话深信不疑，他先后三次"应邀"到乡里、区（区公所，过去县政府的派出机构）上去"应招"体检，其中一次还搬动了父亲同行，然而却都是逗他玩的闹剧，当文艺兵的梦自然也就落了空。

12岁那年，不知道是哪里来的胆量和勇气，他给南部县川剧团写了一封类似自荐的信，表达了想进剧团学戏当演员的强烈愿望。恰好，南部县川剧团要在各乡镇招收一批演员，剧团两位老师到达大坪区后，就通过他老家所在的丘垭乡广播站通知他去大坪区面试。他就步行30多里路到大坪区找到了那两位老师，一直等到晚上9点，才轮到考察他的艺术情况，面试完后，两位老师都说他的表演很不错，但是他们要招收的却是非农业户口人员，也就是要招收的是吃皇粮的人。陈家甫因为是农业户口，没有能够招入县剧团。

这件因为户籍性质落选的事情尽管刺痛着他幼小的心，但在他的心里，艺术梦想依然傲立。回家不久，一心想学艺的他又偷偷爬上开往县城的一辆货车。他在好心司机的相助下找到县剧团书记说明自己想做演员，书记告诉他，剧团没有农村户籍指标，以后有了农村户籍指标就通知他。任凭他怎么哭着哀求都无济于事，他又只好按照剧团书记的安慰——"回家等通知"。回家的陈家甫，经人介绍又辗转几十公里去拜师学艺、刻苦练功。

**不懈努力当上剧团演员，在那个时代总是纠结于转正，为转正的付出与得到不成正比，与吃皇粮的国家正式演员最终无缘**

1979年，他老家所在的丘垭乡成立川剧团，他顺利进入该团，成为团里年龄最小、最听老师话的少年演员。第二年，在全县36个业余川剧团调演中，他在《穆桂英打雁》这一场戏里扮演的穆瓜获得了好评。随后经过严格的考察、面试，被南部县川剧团招聘为临时工演员。

进入县剧团，他除了起早摸黑刻苦练功学本领之外，还帮老师上街区买米买面扛回去，帮老师捶背、洗脚，团里最苦最累的活计他都跑到最前头抢着干。即使这样，作为临时工的他受正式工欺负也是常有的事。那年头，还经常吃不饱、穿不暖。为了能让儿子在剧团立住脚，把儿子的临时工身份转成正式工，他父亲还破费不少，想尽办法，费尽周折也无济于事。

后来团里有了转正指标，本该转正，却因为种种原因未能转正，最终因闹了点情绪，被团里解除聘用关系回到农村老家。

回乡后被水观乡川剧团聘为老师，干了不到一年，又被南部县川剧团请回去做长期合同工。再次回到剧团里，他看到团里有一位平反回来的"右派分子"老师，每天天不亮就要出门负责把县城5大块宣传黑板刷干净，并且写上剧团的演出节目预告，很辛苦，他就跟随这位"右派"老师，帮他爬上凳子用抹布刷黑板。有时候大冬天的，小水桶里的水冻得刺骨，也都坚持给老师帮忙。天道酬勤，他无意识的善举感动了这位"右派"老师，老师私下里悄悄教他说评书、打金钱板、搞创作。后来剧团知道了此事，他又被剧团开除了。

回丘垭乡老家，他到各生产队、各村小学去表演了一段时间后，被神坝乡川剧团相中，当了剧团里的编导。干了不到一年时间，县川剧团又一次招他回去做永久合同工。

在县剧团，因为转正遥遥无期，到了成家的年龄，着急的父亲在老家为他相了一门亲事，逼他跟随父亲回家娶妻成家。

　　回家成亲后，为了养家糊口，夫妻俩做了一段时间服装生意，亏了本，他又捡起演艺本行，走进了当地的学校表演节目，同时跟学校里的老师们学了不少文化知识，开始自己创作演出节目。

　　在乡村学校和茶馆巡回演出的过程中，出人意料地迎来了他演艺生涯中的一次转折。

　　他被一位欣赏其表演的老师介绍到绵阳农业专科学校演出，因为误会，被关起来进行审查，于是他灵机一动，自编自演谐剧——《后悔莫及》，反令审查人员大为赞赏，认为这是一个艺术苗子。当晚就被邀请参加学校的联合演出，受到高度评价。学校领导当即决定让这个叫"莽子"的年轻人代表学校参加建国40周年大学生文艺比赛。为了在参赛演出中不再被人叫"莽子"，老师们认为他胆子大，像老虎，便将他的"莽子"名字改为"陈加虎"。

　　"加虎"代表该学校到绵阳市参加大学生文艺比赛，荣获了全市特等奖，受到副市长接见。经副市长引荐，他回到南部县后到计生局成立了文艺宣传队。带着妻子和两个徒弟，走村串户，用演艺的形式宣传计划生育政策和人口文化，后来荣获了"联合国人口宣传基金奖"。因此还被县委副书记点名邀请到南部县农村工作会议上搞文艺晚会，在该文艺晚会演出中取得成功，被《四川日报》头版报道。

### 重孝道、重亲情、重学习进步的演员

　　1993年，陈家甫承包了由自己担任业务副团长、面临解体的四川省红城轻音乐歌舞团，把业务搞得红红火火，带领歌舞团从老家一直演到成都附近的简阳。

　　然而正当个人演艺事业红红火火的时候，老家传来消息，母亲摔倒，卧床不起。听到这个消息，他心急如焚，恨不得立刻赶到家里照顾母亲。

　　他立即放弃轻音乐歌舞团回家照顾年迈病痛的母亲。在家照顾母亲的过程中，自办小酒厂和养猪场，还组织群众在贫困的家乡山区修庙子、架桥梁。

　　1999年，他在交通相对方便一点、临近老家的盐亭县富驿镇新建扩建了酒厂，办了农家乐，每天晚上都表演节目，深受群众欢迎。当地群众的红白喜事都要请他去表演节目，陈家甫俨然成了当地的"赵本山"。

　　后来，为母亲治病，花光了所有积蓄，欠下巨额外债，也没有能够治疗好母亲的病痛。在债主们时刻逼债的日子里，前妻离家出走，随后离了婚。

　　外有巨债，债主相逼，内无妻子相扶，还有幼子要养活，这是一段昏暗的日子。很多时候夜不能寐，茶饭不思。但是他告诫自己，千万不能倒下，更不能停步。人生总要奋斗，总要和困难斗争，总不能被困难难倒。人生甚

至就是一场战斗，逆境中要和各种困难战斗，顺境中更要和各种诱惑战斗！

演艺是他一生的爱好，是他一生的追求和梦想。为了还债，他将酒厂和农家乐暂时委托人管理，独自一人重走演艺路，从盐亭县富驿镇一路演到了重庆巴南区。他的精神和现状感动了现任妻子于友志，她坚定地支持、跟随他，并帮他一起还债，协助他一起演出。他们结合之后，两人一起到各地演出，相互鼓励，相互学习。

在 2003 年"非典"期间，由于担心相互传染，人们都不外出，更不聚集集中，这给他的演出带来了极大的困难和挑战。他就自编自演金钱板《万众一心抗非典》、谐剧《你我他》，请来摄像师把这些节目摄制成光盘，骑着摩托车带着有身孕的妻子到处卖光盘，宣传抗击"非典"。《四川日报》、《南充日报》、《绵阳日报》都先后以"非典说书人——陈加虎"为题进行了报道。其中，谐剧《你我他》被盐亭县广播电视局拍成片子送到四川省参加省级比赛，获得了"四川广播电视省级政府奖评选"曲艺类一等奖。

经人介绍他给成都军区编排了一个小品《抉择》，深受好评。后被成都军区某部队聘为艺术团团长。

他到成都，拜蒋飞鸣为师学川剧变脸，经师傅引荐，又拜著名巴蜀笑星巴登为师。因为长相酷似伟人邓小平，巴登老师就推荐他到峨眉电影制片厂西南影视中心面试考核，经过几番周折，他成了峨眉电影制片厂特型演员——邓小平的扮演者，改名"陈加虎"为"陈家甫"。

从此以后，他每天都认真阅读有关邓小平的书籍、报刊，观看有关邓小平的电影电视，学习模仿邓小平老人家的语言、动作和神态。苦练书法，仿写邓小平题词、题字。开始了特型演艺生涯。

近些年，作为特型演员，他每天都要刻苦练习书法，从一个书法门外汉到四川省硬笔书法家协会常务理事，后拜四川省书法家协会副主席、成都市书法家协会主席舒炯为师，习练邓体题词已经达到常人难以辨认的地步。仿邓小平题词书写的"实事求是"、"发展才是硬道理"书法，被广安市邓小平故居陈列馆收藏，还先后在一些慈善拍卖活动中以高达三万多元的价格被拍走。

### 有大父爱、大决心、大恒心的演员

正当陈家甫的生活和事业平步青云的时候，天大的灾难突然砸向他的家庭。

2010 年，他 6 岁的女儿查出患有高危白血病。很多好心人都劝他放弃算了，他和妻子却始终坚持哪怕砸锅卖铁也要给孩子治病。他一个人没白天没黑夜地在外奔走挣钱和筹集巨额医疗费用，妻子在家悉心照顾病痛中的白血病孩子。正当他们忙得不可开交的时候，远在重庆的岳父也查出身患癌症。眼见孩子和父亲都身患绝症，积劳成疾的妻子身体也出现了问题。整整一年多的时间，他和他的家人共同经历了常人难以想象的、艰苦卓绝的、抗击病魔的斗争。

在广大社会爱心人士的关爱支持下，在广大医护人员的精心治疗下，妻子健康了，岳父转危为安了，女儿在同一时期入院的上百个白血病患者中也唯一幸存下来，而且现在活得健康、活得快乐，已经正常上学一年了。就连华西医院的专家教授们谈起他女儿的幸存都无不感叹为奇迹。

他认为他女儿的生命是爱的琼浆浇灌出来的，他家人的健康是全社会的大爱写成的，他要弘扬爱的精神，传播爱的能量，播撒爱的种子，期待人间充满爱。

大爱无疆，感恩无止境。他的家庭从灾难中走出来，他们也懂得感恩和回报。近几年他关心慈善，关注爱的付出，多次参加慈善拍卖会，仿写邓小平题词几次参加慈善拍卖，每次拍卖所得的数万元他都分文不取地用于慈善事业。2010年受邀到香港参加慈善演出，不取分文，受到著名艺人成龙、曾志伟的当面称赞。

**勤于笔耕、勇于创作，积少成多，作品成集**

他从一个仅会翻几个跟斗、倒立走几步的热血少年一路艰辛走来，成为一位受人喜爱的特型演员，他的演艺梦想在岁月长河中不断萌芽、开花、结果。在追逐梦想的过程中，他始终没有放弃梦想，没有放弃对梦想的执着追求。

在繁忙的演出之余，他尝试创作了大量的戏曲、小品、说唱、诗词，本书收集了他近年来创作的十余万字的作品。作品内容涉及交通安全教育、计生人口文化宣传、预防"非典"、学校德育、留守儿童、励志、企业宣传等方面。这些作品语言流畅，内容贴近生活，贴近时代，脍炙人口。其中金钱板《龙宫观镜》对于今天的反腐很具现实教育与警示意义，令人回味和称赞。其作品或弘扬社会主旋律，或鞭挞社会丑恶现象，发人深省，引人深思。

**一生有三三，易名有三，入团有三，进蓉有三**

三易其名，一次因做人，两次因演艺。陈家甫先生小名"毛儿"，从小家境贫寒，因为生性本分、实在、憨厚、能吃亏，小名叫"毛儿"的他逐渐被人喊成"莽子"。之所以喊他"莽子"，意为他做事不为自己打算，关于自己的利益得失无所谓也无所知。后来初次到大专院校演出崭露头角被该校当作演艺枪手派出去代表学校参赛，该校老师认为这个"莽子"胆子大、无畏敢闯像老虎，为他取名陈加虎。后来到峨影厂担任特型演员后，他易名为陈家甫。三入南部县川剧团，都未如愿成为"吃皇粮"的国家正式演员。三进蓉城站稳脚跟，有了自己的文化公司，开创出一片属于自己的演艺天地。回首过往，他感慨："如果当初剧团给我转正了，我哪有今天？"

　　在大家的努力下，这本汇集了陈家甫创作精华的作品集终于要正式出版了，这凝聚了他太多的努力和奋斗经历。勤奋的他，多年后，或许在翻起这本书时还会感到些许不足，毕竟那时的他已经进步升华了。快乐起航吧，祝福家甫追梦顺利，到达自己梦想的彼岸吧！

海剧篇

# 审 B 超

时　　间：或古或今

地　　点：某地一寺庙

人　　物：县官、衙役甲乙（简称役甲、役乙）、何芝花、曾响儿、B 超、
　　　　　刁德二

众衙役：走起哦！

县　官：（唱）大河向东流，

役　甲：（唱）我们的老爷就是牛啊，

役　乙：（唱）路上不平好难走哇，

役　甲：（唱）该出脚时不出手哇。

役　乙：（唱）风风火火往哪走呀？

县　官：咦——哪里走？不是告诉你们的，今天双休日，老爷我也要休
　　　　闲休闲，去到东门外游玩踏青。

役　甲：游玩踏青、游玩踏青！

何芝花：（哭喊）我好苦啊！
　　　　（众人一惊，循声观望）

役　甲：老爷，老爷，那边有个"萨达姆"哦！

县　官：放屁！萨达姆死了多年?!

役　乙：老爷，不是萨达姆，是个母老虎……

役　甲：老爷，老爷，这下我看清楚了，不是母老虎，原来是一个民女
　　　　在叫苦！

县　官：哼！如今生活好了，穿不愁，吃不愁，带上钞票去旅游，苦从
　　　　何来？将那民女带上来。

役　甲：是，带民女上堂！

何芝花：见过领导。

县　官：啥？领导!?

何芝花：领导你要给我做主哟。

　　　　（唱）我家住在山顶高坡，

　　　　　　　说起来真是恼火，

　　　　　　　我的那个老公还有婆婆，

　　　　　　　串通一起来欺负我，哦……欺负我……

县　官：唉……唉……不要哭了，不要哭了。现在保护妇女儿童是立了法的，哪个还敢欺负你？

何芝花：他们是重男轻女方脑壳，B超一查惹了祸，天天都来虐待我，想方设法把女儿来给我除脱。老爷，我确实舍不得我的女儿啊，我的命好苦啊！（哭）

县　官：来人啊！

众衙役：在！

县　官：给我拿张凳子来，我今天要现场办公，我要把这个案子审个来龙去脉！

　　　　（衙役甲乙急下搬石头上来设"公堂"）

县　官：你那男人叫啥名字？

何芝花：他、他叫曾响儿……

县　官：（哈哈笑）咦——他妈老汉取名都是有预谋的呢！来人啊！

众衙役：在！

县　官：去把曾响儿给我抓起来！

众衙役：是！

　　　　（役甲乙应声下，带曾响儿上）

曾响儿：（唱）想儿子想得我不思茶饭，盼男孩盼得我两眼欲穿……

县　官：呸……（一拍石头，疼得直咧嘴甩手）大胆曾响儿，现在是什么年代，你还长了个木榆脑壳不开窍啊?! 只想生儿，不要女孩。强迫打胎，你目无法纪，还不给我从实招来?!

　　　　（二衙役喊堂威）

曾响儿：（吓得慌忙跪倒）大老爷饶恕，小人有罪，小人有罪…… 咦，没整对哟——你们是从哪来的哦，哪个朝代来的官？凭什么抓我？凭啥子审我？（拍拍灰爬起来，摆出一副倨傲不服之态）

县　官：哼哼！

　　　　（唱）你不要问我从哪里来，

　　　　　　　你不要管我哪个朝代。

　　　　　　　我就是那天理良心在，

代表道德把你来制裁！

**二衙役：**对头！就是要对你道德审判！天理制裁！

**曾响儿：**我、我想生个儿子嘛，又没得错，我想生儿子嘛，是为了我们曾家屋头的香烟后代嘛。我惹到你们哪个了？惹到绊到哪个了？

**县　官：**（气急，又拍石头）呸——你胡搅蛮缠，巧言狡辩！如果人人都像你，只要儿子，不要女孩，人口比例失调，光棍成灾，人类灭绝，咋个么台？没有女子，哪有你妈，没有你妈，你从何来?！胡说八道，给我打！

**众衙役：**打！

**曾响儿：**（求饶）老爷饶命……老爷饶命！这事不能怪我……

**县　官：**那怪哪个？

**曾响儿：**就怪串串诊所那个 B 超，是它让我提前知道了我老婆怀的是个女娃儿，所以我就起了歪心……

**县　官：**屁、屁超是个啥东西哦？

**衙役甲：**老爷，不是屁超，是 B 超！

**县　官：**B……B……B 超是咋个超法哦？

**衙役乙：**老爷，是现在的高科技！

**衙役甲：**老爷，它能照你的心，能照你的肝。

**衙役乙：**能照肚子里是女还是男！

**县　官：**哦，老爷明白了！来人啊！

**众衙役：**在！

**县　官：**赶快去把那个串串诊所的那 B……B……B 超给我抓起来。

**众衙役：**是！（带曾响儿下，并示意何芝花随下）

**役　甲：**禀老爷，B 超带到。

**县　官：**胆大的 B 超，你可知罪？

**B　超：**不知！我何罪之有？

**县　官：**怨气冲天叫 B 超，你不安分守己胡乱超，你……你……给我打！

**众衙役：**是！

**B　超：**老爷——你千万莫发火，这件事情不怪我……

**县　官：**你胡说，不怪你那怪哪个？听说你成天在人家妇女肚皮上摸来摸去的，你还不给我说！

**B　超：**是、是这样的，那是我的工作嘛。

**县　官：**工作？你在人家肚皮上摸来摸去，哎哟，好羞人哦！来人呐！

**众衙役：**在！

县　官：给我重打！

Ｂ　超：老爷，我冤枉啊！

县　官：冤从何来？

Ｂ　超：老爷呀——我本是机器一坨铁，七情六欲都没得。他们要是不通电，我就什么都没法干；他们要是不往女人肚皮杵，我就见不到是男还是女。

县　官：噢，（轻声）你既然晓得，就不该乱说，这个就叫破坏计划生育，你居心不良来捣乱，给我拖下去砸个稀巴烂！

役　甲：是！

Ｂ　超：老爷饶命！我说，我说——要怪就怪刁德二！

县　官：咦，刁德二是哪个？

役　乙：老爷，刁德二就是刁德一的弟娃！

县　官：噢！

Ｂ　超：就是诊所里的那个Ｂ超检验员，是他操纵我干的……

县　官：胆大的刁民，还有主谋在幕后操纵！来人呐！

众衙役：在！

县　官：把这Ｂ超带下去，去把那个刁德二带上来！

役　乙：是！走，下去！

　　　　（带Ｂ超下，带刁德二上）

役　乙：启禀老爷，刁德二带到。

县　官：大胆的刁德二，你知法犯法，私自泄露胎儿性别，还不从实招来！

刁德二：我、我又没犯法，喊我招什么？

县　官：（大怒）哼哼，Ｂ超已经招供，还敢抵赖！来呀！

众衙役：在！

刁德二：哎呀老爷饶恕！我说，我说。只因何芝花的丈夫曾响儿，是我的亲老表，是他求我说出何芝花怀的是个女娃娃还是个男娃娃……

县　官：他是你的老表，你就可以乱说吗？难道不懂这是违法的吗？

刁德二：我、我知道……

县　官：你既然知道，为何还要明知故犯？

刁德二：这、这不能说……

县　官：不说就打！

众衙役：打！

刁德二：我说，我说，本来我知道不能说，曾响儿再三求我都没说……可是，当他拿出 1000 元钱硬塞给我……我、我就眼睛发绿，心头发痒，管不住这嘴了哦。

县　官：胆大的刁德二，你竟敢以权谋私，贪赃枉法，收受贿赂！我今天判……

刁德二：你判个铲铲，我是一个歪医生得嘛！

县　官：歪医生？歪医生也要依法论处！

刁德二：哦嚯，完了。

衙役甲：走！下去！

县　官：来人呀，

众衙役：在！

县　官：将曾响儿带上来！

役　甲：是！带曾响儿夫妇上堂！

　　　　（衙役带曾响儿上）

曾响儿：见过老爷！

县　官：曾响儿！

曾响儿：在！

县　官：你可知罪？

曾响儿：我知罪，我知罪！老爷，我现在已想通了，刚才那个大哥说的，生男是建设银行，生女才是招商银行，女儿也是传后人，家和才能万事兴。

众　人：对，关爱女孩，人人有责！哈哈哈！

　　　　（放对联：关爱女孩，人人有责！定格）

[剧终]

# 计生宣传选秀

时　间：现代
地　点：广场
人　物：郑行科
　　　　李文芳
　　　　夏一个
　　　　女甲、女乙、女丙、女丁等表演者六至八人

［启幕：舞台上立着一个易拉宝："人口文化宣传文艺人才选拔赛"。一阵欢快的音乐声中］

郑行科：（拿出稿子念，普通话）尊敬的各位领导、各位来宾，大家中午好！为实现伟大中国梦、建设美丽繁荣和谐四川人口文化巡演，邀请我县出几个本地节目，经我县人口计生局认真研究，结合我县实际情况，决定在各乡镇筛选文艺节目。根据比赛规则：参赛个人和单位，不仅要会才艺表演，还要懂得人口计生知识，先答题，后表演。首先我介绍一下，今天到场的评委、嘉宾……（四川话）揎啥子嘛揎？吓我一跳！

李文芳：哎呀，你啰里啰嗦，我实在是忍不住了！

郑行科：（四川话）忍不住？厕所在那边！（顺手指向观众后方）

李文芳：我不是上厕所，我是来参赛的。我清早就来等起，实在憋不住啦！

郑行科：哦，那你先自报一下家门。

李文芳：（中江话）各位亲戚舅子老表，大哥大嫂，社员同志们。我叫李文芳，我生在中央！

郑行科：啊！（惊）中央呀？

李文芳：哦，不不不，整错了，我出生在中江！嫁到雅安庐山县，住在龙门乡，亲身体会一句话：现在和谐计生人为本，奖扶帮扶送上门，"三查一治"送下乡，我们妇女健康有保障，幸福生活比蜜糖！

郑行科：那好啊！

李文芳：好？哪晓得"4·20"大地震，把我的房子给震垮了，把我的娃儿和母猪压到了，把我的老公腿杆整到了！

郑行科：那情况十分危急！

李文芳：是啊，救援人员搞不赢，计生干部就上了门，计生干部就是好，救了我的老公和小宝宝，可是啊，他们连一口水都没有喝就走了！

郑行科：地震救援，时间紧迫嘛！

李文芳：那倒是哦，我一直想找个机会对咱们的计生干部说声谢谢！听说今天省计生人口文化巡演要到我们这里选节目，我啊，想了一想，我也要登个台，唱首歌表达我的心情。

郑行科：唱啥歌？

李文芳：张学友的《一千头伤心的奶牛》！

郑行科：大姐，错了，是《一千个伤心的理由》。

李文芳：奶牛！

郑行科：理由！

（二人争执）

郑行科：不争了，我们还是按规矩办，先来一个人口知识问答！

李文芳：要得嘛！

郑行科：你知道计划生育"五期教育"的"五期"是指哪"五期"吗？

李文芳：（大笑）哪个晓不得嘛，婴儿期、儿童期、少女期、中年期和老年期！耶——（手势）

郑行科：恭喜你，答案错误！正确答案是：青春期、新婚期、孕产期、育儿期、中老年期。祝贺你——回答错误！回去学习好了再来哈！

李文芳：莫忙哦，我还没有展示才艺得嘛！

郑行科：哦，你还有才艺噻，那你就展示一下嘛！

李文芳：今天我是来感恩的，千载难逢机会，我给大家唱一首《遇上你是我的缘》。把高音喇叭给我整响点！（歌曲演唱）

郑行科：好好好，可以啦，行，不错！不过，你还是回去把人口计生知识再学习一下。

李文芳：谢谢，人口计生就是好，我终于闯关晋级了！耶！（下场）

郑行科：下一个！

夏一个：（上）来了，我来了，

郑行科：你哪一个？

夏一个：夏一个得嘛。

郑行科：（皱眉）我叫的下一个！

夏一个：我就是夏一个得嘛！

郑行科：你姓啥？

夏一个：我姓夏。

郑行科：你叫啥名字？

夏一个：夏一个。

郑行科：唉，我问你的名字啊。

夏一个：我姓夏，叫一个，连起念叫夏一个。

郑行科：哈哈，我说你老汉硬是取不来名字。

夏一个：嗨，我这个名字还是有来头的哦！

郑行科：啥来头？

夏一个：你不晓得，我老汉重男轻女，想要儿子！生了大姐，就盼下一个生儿子，结果下一个又是个女子，又想下一个，结果又是个女子，最后想到我头上，就是个儿子，所以我老汉给我取个名字叫：夏一个！

郑行科：你老汉给你取这个名字硬是莫名堂。

夏一个：唉，你咋晓得我老汉叫莫名堂呢？

郑行科：你老汉真的叫莫名堂啊？

夏一个：哎呀，你不晓得，我老汉叫莫名堂，家住营山合兴乡，生育无计划，娃儿多了硬是莫名堂！娃儿多了要吃饭、磨子没人转，大猪小猪在拱圈，灶烘里还没冒烟烟，缸里没得水、柜里没得面、坛坛里没得米、罐罐里没得盐，脏衣裳没几件、铺盖一笼圈、妈妈鬼埋怨、娃儿惊叫唤！

郑行科：是啊，那个年代，莫法说啊！唉，你实行了计划生育没有？

夏一个：我啊，吃了好多苦，当然实行了计划生育哦。

郑行科：那你深有体会就好。

夏一个：哎呀，可我老婆她非要无计划、无指标地生育。

郑行科：那你要给她做工作噻！

夏一个：做了的啊，整不通啊！跟干部两个大吵大闹啊，把脸都给我丢尽了！

郑行科：整了半天你还是个炝耳朵，男子汉大丈夫，雄起嘛！

夏一个：雄得起啥子哦，现在妇女儿童受保护得嘛！

郑行科：那后来又咋办呢？

夏一个：后来啊，我们乡新调来的计生办主任颜希远给我雄起了！

郑行科：他咋个给你雄起了呢？

夏一个：你不晓得，颜主任天天往我家跑，鞋子都跑烂了几双，苦口良言把我老婆劝，还跑我岳父岳母家里做工作，最终把我老婆整通了，他喊我们要致富，少生叉叉裤，叫我们少生快富奔小康！颜主任帮我跑贷款，引导我们搞发展，帮助我办起养殖业。屋前屋后栽果树，鸡儿鸭儿一大路，坡上养羊子，屋头养肉兔。不是说的话，硬是说的话，不是乌龟打屁——冲壳子的话，土墙变楼房，瓷砖贴上墙，稻田变鱼塘，烂路溜溜光，日子过得倍棒！

郑行科：颜希远真的有你说的那么好？

夏一个：是啊，这个还不算哦，好的还多得很哦，还把城里的房子拿去抵押给我们贷款，帮助我们搞发展。如果你们不相信，可以到他工作过的合兴乡、城南镇去问一下嘛！

郑行科：大哥啊，群众的眼睛是雪亮的，有这样一心为民的好干部，老百姓一定会记在心里的！

夏一个：唉，天有不测风云，人有旦夕祸福，哪晓得啊，他从合兴乡坐车到城里去开会，在路上，车子就翻到沟里去了，说是颜主任在车子上，我们到处找他，最后在那乱石沟把他找到了，马上送到医院抢救，虽然人救活了，但是腿杆留下了残疾。我现在啊，看到他走路的样子啊，心里就痛啊！（哭）

郑行科：大哥啊，不要哭了！颜主任的事迹其实我早就知道了，他是我们计生战线的优秀干部，还被评为第一届中国人口十大杰出人物。颜主任参加计生工作二十多年，兢兢业业，累计帮扶计划生育家庭5250多户，他个人就帮扶了230多户。

夏一个：哎呀，太了不起了！

郑行科：他还说过这么一句话：计生就是民生。计生家庭响应国策做出了贡献，我们计生干部有责任优先让他们享受经济发展的成果，特别是对一些计生贫困家庭更要想方设法关心帮助他们，让他们过上幸福的好日子。大哥，你可是我们计生惠民政策的受益者啊！

夏一个：就是啊，计生政策就是好。（拉主持人到一旁小声说）唉，领导，我在电视高头看到说，这个计生和卫生合并了，是不是这个计划生育不得搞了哦？

郑行科：大哥，计生和卫生合并是为更好地坚持计划生育的基本国策，改革后，要坚持和完善计划生育政策，要继续坚持计划生育党政一把手负总责，继续实施计划生育一票否决制。国家卫生和计划生育委员会要高度重视计划生育工作，合理设置相关机构，充实工作力量，确保这项工作得到加强。地方各级政府要继续加强计划生育管理和服务工作，严格执行各项计划生育政策，确保责任到位、措施到位、投入到位、落实到位。

夏一个：哦，那就好！

郑行科：大哥，我看你计划生育政策执行得这么好，我就给你破个例吧，你就不问答了，直接来表演吧！那你有什么才艺表演呢？

夏一个：好好好，那我先给大家整一个飞蚊子节目——金钱板！

郑行科：啥子飞蚊子节目哦？是非物质文化遗产节目！

夏一个：管他啥子产，我马上给大家表演！（打金钱板）

　　　　计生工作第一难，
　　　　责任重大似泰山。
　　　　今天不把别人谈，
　　　　说的是计生主任颜希远。
　　　　他走村串户拉家常，
　　　　起早贪黑送温暖，
　　　　解开百姓心中结，
　　　　春风化雨润心田，
　　　　家事国事天下事，
　　　　事事记在他心间……

郑行科：停，停！咱们四川计生工作就是搞得好，咱们老百姓都家喻户晓。这是老话题了。能不能来点新玩意儿？

夏一个：当然可以！音响师傅，把你那音乐放昂点哈！（音乐起，杂耍）

郑行科：大叔，时间到，不演了不演了，演得好，恭喜你，晋级了！这样，你下去填个表。

夏一个：不忙哆，我老婆为了感谢政府感谢党，感谢颜希远来帮忙，带领我们乡上的妇女，已经排练好了一个很巴适的节目，也想表达她们的心情，那简直是群魔乱舞。

郑行科：大叔，错了，叫载歌载舞。

夏一个：哦，对对对，老婆快"上吊"（失口），哦，不不不，快上来
　　　　跳。（表演唱演员上场）

　　　　（唱）新农村哪新气象
　　　　　　　我们姐妹喜盈盈
　　　　　　　计划生育做宣传
　　　　　　　妇女们哪齐响应
　　　　　　　计划生育是国策
　　　　　　　生男生女一样亲
　　　　　　　啊呀一样亲

　　　　（白）今天我心里真高兴
　　　　　　　生育关怀又进村
　　　　　　　扶持救助手牵手
　　　　　　　一条龙服务送上门
　　　　　　　生殖检查全免费
　　　　　　　各种奖励暖人心
　　　　　　　生育关怀在行动
　　　　　　　春风化雨洒基层
　　　　　　　人性化计生就是好
　　　　　　　姐妹们个个好开心
　　　　　　　计划生育春满园
　　　　　　　和谐社会大家庭
　　　　　　　大家庭

　　　　（唱）女儿呀快长大
　　　　　　　长大后要报答党恩情好！（造型，定格，谢幕）

　　　　（齐白）好！


　　　　　　　　　　　　　［剧终］

# 我 怨 谁

时　间：现代
地　点：某广场
人　物：二　皮
　　　　曾亲能

曾亲能：（无聊地上场）嘿，嘿嘿。正月是清明，二月龙灯节，三月吃粽子，四月中秋节，五月下大霜，六月下大雪，七月就过年，门神对子两边贴，你说要得要不得。

二　皮：（疯狂哼着歌曲上）妹妹你大胆往前走呀，往前走……
　　　　（二人对碰）哎呀，我的妈呀，（上下看）你不老不少，不土不洋，不古不今，你是从哪儿钻出来的？

曾亲能：我呀，我、我、我是从我妈肚子里钻出来的嘛！

二　皮：你给我搁到哦，哪一个人不是从妈的肚子里来的？

曾亲能：我妈是我爹的表妹，我爹是我妈的表哥，他们结婚几年，这一亲来那一亲，就亲出我们五个姊妹来了嘛！

二　皮：你这五姊妹呀，没法说，到底长得又如何呢？

曾亲能：我五姊妹不用说，不勾兑，不过河，美得没法说，人人说我像怪物，一个比一个漂亮。

二　皮：哎呀，我的妈呀，他这个样子，一个比一个漂亮，说给我听一听。

曾亲能：听嘛，大哥大肚皮，二哥两头齐，三哥戴毡帽，四哥就是我，漂亮，漂亮得了不得。

二　皮：哎呀，我的天哪，你看他这个样子还漂亮得了不得？你这一家人，简直是背起汤罐打扑爬——没得一个好东西。

曾亲能：啥子没得好东西，哪个没得好东西？还有我那幺妹最漂亮，远看像西施近看像貂蝉，我还不想给你谈。

二　皮：哟——那么漂亮，说给我听一下。

曾亲能：那你听嘛，高高个儿矮墩墩，肥肥胖胖啷筋筋，头发没得几根根，一脸麻子光生生。

二　皮：哎呀，你这一家人是癞蛤蟆爬在椅子上。

曾亲能：什么意思？

二　皮：孬得哭哪。

曾新能：嘿了半天，你是哪一个喔？

二　皮：我啊，是高山打鼓。

曾亲能：什么意思？

二　皮：名声远扬。

曾亲能：啥子远扬？

二　皮：说起我有名有姓，我老汉是个有钱之人，官儿很大是个等外品，生了我一个独苗苗，一家人把我当星星。我不读书来光扯筋，全家人把我当活宝，其实是个赖狗宝，为非作歹胡乱搞，日嫖夜赌都占齐，跟着哥们操地皮，中央开两会开得勤，打黑除霸安良，打击腐败查到底，查到我老汉贪赃又受贿，哦嚯，咔嚓一下。（动作）

曾亲能：咋个了嘛？

二　皮：我老汉戴起双手表了。

曾亲能：那就安逸嘛！

二　皮：啥子安逸了，老汉坐监了，我妈气死了，剩下我一个操又操不动，如同老鼠在土里拱，老鼠过街——人人喊打。你看我现在这个样子穿筋筋挂柳柳，背上一个大口口，想起这些事情我都怪。

曾亲能：怪哪个噢？

二　皮：怪我那老汉和妈。（哭）

曾亲能：（一看情不自禁哭）呀……

二　皮：你在哭啥子嘛？

曾亲能：我呀，我在哭我爹和妈。

二　皮：你为啥哭你爹和妈？

曾亲能：他们不该近亲结婚，只管他们的快活，就不管我们的幸福，我几十岁了还没有找到老婆，你说我恼火不恼火？

二　皮：（丑笑）看你这个样子，还想结老婆。

曾亲能：啥子想结？哪个又不想结老婆嘛？

二　皮：你这样子，我看看，（仔细观看）抬肩子，爪手子，驼背子，扯眼子，歪嘴子，大麻子，拐腿子，你到哪里去找老婆子？

曾亲能：我丑是丑，有户口，孬是孬，不生气，天下没得，地上没有，打起灯笼火把，找不到我的女朋友。

二　皮：你想要女朋友，去到阴间换户口。

曾亲能：那这样说来，我们各有各的苦处啊。

二　皮：各有各的苦处！

曾亲能：那我们就各哭各的。

二　皮：那要得，各哭各的。

曾亲能：我要怪我老汉和妈。

二　皮：我要怪我那妈老汉。

曾亲能：妈呀，你不该近亲结婚。

二　皮：爹啊，你不该娇生惯养。

二　人：哦嚯，完了！

　　　　（定格）


[剧终]

# 父 子 情

地　点：灵堂
时　间：现代
人　物：敬中孝（男，50 岁左右）
　　　　敬中心（男，45 岁左右）
　　　　敬中成（男，40 岁左右）
　　　　刘忠寿（社区主任，男女不论）

[启幕：（哀乐声）舞台中间搭建一个灵堂、灵位："敬元中老
大人之灵位"]

敬中孝：（披麻戴孝，号啕大哭）爹哦，爹哦，你咋个就死了哦？哎呀，
我刚把宝"妈"买了，你看都没有看到宝"妈"！啊？你问我
啥子宝"妈"？哎哟，老表耶，是宝马，不是宝"妈"。
（唱）哭一声爹来，叫一声我的爸，
　　　　你得病的时候我忙得没办法。
　　　　本想把你接到广州来耍一耍，
　　　　几次飞机扯拐我实在没办法，
　　　　昨天我才买了宝马，
　　　　哪晓得你就丢下我和你孙娃。
（边哭边走向灵堂，一桩跪下）

敬中心：（披麻戴孝，从下场上，哭）爹耶，爹哦，你咋个死得这么快
哦，我本想把菲律宾打了，接你到黄岩岛去耍哦！哪晓得你
就……
（唱）爸爸啊爸爸，亲爱的爸爸，
　　　　你是我心中的灯塔，
　　　　我知道你在怄我的气，
　　　　我也实在莫办法，

　　　　　社区打来几次电话，

　　　　　叫我回来看你一下，

　　　　　我正准备买飞机带你全球耍，

　　　　　哪晓得你这么快就找我的妈！

　　　（边哭边走向灵堂，一桩跪下）

敬中成：（披麻戴孝，从观众席哭上台）爹耶，爹哦，你咋个死得这么快哦，我本想等把长城的瓷砖贴完了，就接你去耍长城，哪晓得……

　　　（唱）听说爹爹归西天，

　　　　　不由我中成泪湿衣衫，

　　　　　妈死得早爹为我们埋头苦干，

　　　　　爹耶，你连福都没有享就离开了人间！

　　　（边哭边走向灵堂，一桩跪下）

敬中孝：哭啥子？在生不孝，死了回来干闹！你们今天该干啥子就干啥子，我是老大，我说了就着数，爹由我来收拾，所有爹的财产一律归我！

敬中心：对，大哥说得好，财产归你，地盘归我。

敬中成：（冷笑）哼，说得轻巧，吃根灯草，一个占财产，一个占地盘，我呢？

敬中孝：不晓得！

敬中心：找不到！

敬中成：不晓得，找不到？给老子搁到，你两个想吃霸王席，想得安逸！不得行！

敬中孝：出头鸟儿先遭难，你们晓不晓得？那几年，家里穷，我到处去捡垃圾去赚钱供你们两弟兄，现在你们富了，都是有身份的人，就不要跟大哥争这些。

敬中心：对，大哥确实苦，我也确实累，我们俩一人占一份，兄弟是有身份的人，就不争这些啦！

敬中成：啥子身份？我有个身份证，全部拿出来分，这才是合理的！

敬中孝：耶，老幺，你太莫得良心了，你今天的成功是哪个帮你的？

敬中心：现在眼儿子是黑的，银子是白的，你这点让手都打不得啊？太不够意思了！

敬中成：够意思？啥子叫够意思？你太聪明了！你想占地盘!？老大，过来我跟你说！你太笨了，老汉的财产值几个钱嘛，你晓不晓得这次北改？

敬中孝：（生气）不晓得！

敬中成：你晓得国家占我们这地盘要赔多少钱？

敬中孝：赔多少钱嘛？

敬中成：老大，至少几百万嘛！！

敬中孝：耶，老二，还看不出来，乌龟有肉在壳壳头呢！

敬中成：你那套少来。这个地盘要归我的。

敬中心：你半天云头吹唢呐——哪里拉？这里所有的地盘都要归我。

敬中孝：放屁，说话也不晓得口粗，凭啥？这一切要归我！

敬中成：这地盘一定要归我！

（三人争论不休）

敬中孝：归我！

敬中心：归我！

敬中成：归我！

刘忠寿：你们几弟兄在争吵什么？回到家来，不好好料理丧事！

敬中孝：（急忙上前）刘主任，来我给你说！

敬中心：（急忙上前）刘主任，来我给你说！

敬中成：（急忙上前）刘主任，来我给你说！（拉扯过场）

刘忠寿：不要拉，一个一个地说。

三兄弟：（争讲）我说！

刘忠寿：不要争，按年龄大小说！

敬中孝：（自信）对啰，这才是清官嘛！刘主任，我给你说，我妈死得
　　　　早，我同我爹把他们两弟兄养大，爹得病的时候你是晓得的嘛，
　　　　爹想吃荔枝，我专门打飞的，给他老人家买回来。这些财产和
　　　　地盘该不该归我呢？

刘忠寿：哦，你太孝顺了！你叫啥名字呢？

敬中孝：我叫敬中孝，我最孝敬我老汉了！

刘忠寿：敬中孝？这名字倒还不错，我调到你们这个社区不久，有这么
　　　　孝顺的儿子我还没听到过。我来问你，我听邻居们说，说你在
　　　　外面做得很不错。

敬中孝：谢谢他们的夸奖！

刘忠寿：你父亲瘫痪在床一年多，你们没有时间来照顾？

敬中孝：刘主任，我在广东，生意太忙了。

刘忠寿：哦，忙着挣钱，连老人都不要了吗？今天，你们回来，和父亲

见最后一面，办理好丧事，入土为安，让死者安息。

**敬中心：** 该我说了嘛。

**刘忠寿：** 你是？

**敬中心：** 我叫敬中心，排行老二，衷心孝敬父母！主任，我妈得病全是我给的钱，啥子他把我拉扯大？一派胡言。我简单说，我父亲得病，我专程从海南买了两斤蜂蜜来看他。常言说：两头是废品，中间是极品！我老汉死之前给我说了的，这些地皮全部由我来开发，我才有这个水平和能力。

**刘忠寿：** 我来问你，两斤蜂蜜能把你养大吗？

**敬中孝：** 不可能。

**敬中成：** 哎，刘主任。我叫敬中成，忠诚于党，忠诚于国家，忠诚于父母。俗话说得好：皇帝想长子，百姓想幺儿。这地盘就是老汉给我的。

**刘忠寿：** 哦，对了的。我明白了，你们回来就是争财产和地盘的嘛！

**三人合：** （点头）喔……就是。

**刘忠寿：** 你们父亲是一个有水平的人，给你们三个人取名字取得好啊，中孝、中心、中成，真是父子情深啊！

**敬中孝：** 是，我们父子情深似海。

**敬中心：** 海枯石烂。

**敬中成：** 永不变心。

**刘忠寿：** 对，现在和谐社会，和谐家庭，父子情深全是假话！你们父亲得病，没一个人回来照料，瘫痪在床上，我们社区办公室老王，在电话上多次给你们讲，你们老大推老二，老二推老幺，没有人过问，我们社区才组织义工照料你父亲，你父亲临死之前已留下了遗书和遗言。

**敬中孝：** 我父亲和我情深，肯定是把遗产留给我的。

**敬中心：** 我父亲和我情同手足，肯定是留给我的。

**敬中成：** 你们想嘛，他不留给老幺，留给哪个？

（三人争着要看遗书）

**刘忠寿：** 不要争，我念给你们听一下："社区领导：感谢你们对我的关心和照顾，特意请来这位义工，真是有雷锋精神。在当今经济时代，这么有德的好人来照顾我，比我的儿子强十倍。我那三个孽子，只认钱，没有德，他们从来没有过问我和照顾我，我早已和他们断绝了父子关系。我们没有父子情。没有社区和义工的关心和帮助，我早就死了，人活百岁都是死，我死后，将我所有的财产送给照顾我的义工，把我的房子和所有的地盘无偿地捐献给国家，建一个养老院，让我们将来的老人得到幸福！谢谢领导，希望你们一定照我所说的办，千万不要给这三个孽子。立嘱人：敬元中，2012 年 3 月 13 日。"

**敬中孝：**（唱）眼见银子化成水。

**敬中心：**（唱）悔当初我该好好行孝顺。

**敬中成：**（唱）亲生骨肉父子情。

**三人合：**（唱）你不该把自己的财产送别人。

**刘忠寿：**这里是一份复印件，送给你们！原件和录像视频我们已经送到了法院。

**三人合：**哦嚯，完了！

（造型，定格，收场）

［剧终］

# 关爱生命

时　间：2005 年冬

地　点：百家园

人　物：老婆余芝秀（28 岁），泼辣、霸气，闲着在家无事

　　　　老公董埠岂（40 岁），荷花池老板，有三间铺子，怕老婆

道　具：桌子、两把椅子、蛋糕、毛巾等物

　　　　［启幕：舞台中央一桌、两椅，余芝秀伴随音乐上，打扫卫生］

余芝秀：哎，（叹气）老公学车不用心，几次考试都不行。这次学习加努力，不知今天咋起的，天都快黑了，咋个还没有回来？哎呀硬是急死人，这个死东西。（无奈坐下）

董埠岂：（非常高兴地哼着歌上场）我家住在龙泉高坡，我在荷花池工作，今天是我老婆的生日，赶快回家去祝贺，哎呀！（白）大家好，大家好……认不倒，啥子认不倒？我叫董埠岂。（内应"董不起"）嗨，哪个董不起？我董不起呀？实实在在说，以前是懂不起，不过，现在我懂得起哈，原来拿钱买驾照，违章闯祸瞎胡闹，气得交警双脚跳，他有气，我有气，他发气，我生气，他生气，我怄气，气呀气……原来我董不起，自己气自己，嗨！安全不小心，丢钱险丢命。8 月份在青羊宫的十字路口，我开了一个从朋友那里借来的拓儿车，当时车上载了 6 个人准备去唱歌，哪晓得闯红灯过去刮倒了两个行人。当时我想，这有啥子不得了的嘛，哎哟，结果，把我的驾驶执照给吊销了不说，还差点进去吃不要钱的饭了，还好我的认错态度比较好，进了几天学习班就算了。一句话，技术不好，千万别在路上跑。最近感受了一下东风日产乘用车公司在各大驾校举办的安全中国安全驾驶的活动，学校说："以人为本，安全第一"，确实是这样，刻苦学习期已满，王教练，感谢你对我的严格要求，（握手）谢

谢。啥子假的哦，你还不信呀？（对别人）你看嘛是真的，这次是我考来的，我要给我老婆看，哈哈。（笑）哎呀，还有今天是我老婆的生日，你们知道吗，生日就是我生她的那一天，啊，不，不……是我老婆的妈生她的那个日子就是生日，笑啥子嘛！说起我那老婆呀一句话：一个歪（凶）得很，我最怕她揪我耳朵，那天揪肿了还在痛。不要笑嘛，我就叫爱，这叫妇唱夫随，嘿嘿嘿嘿嘿嘿，算了不摆了，回家了。（咚咚咚）开门，开门。

余芝秀：哪个哟，这么大声，吵啥嘛吵，又不兴带钥匙。

董埠岂：哎哟老婆饶了我嘛。（捂耳蹲下）

余芝秀：起来，哪个扯你耳朵嘛？你硬是个耙耳朵哟！

董埠岂：嘿嘿，老婆，我肥来了。

余芝秀：（一惊）啥子肥了，我说你是二根指拇扯风箱——二扯火。

董埠岂：啥子二扯火？你来看这是啥！

余芝秀：你鼓起你那一双"二筒"看啥嘛？拿来我看。
（二人争抢，老婆未抢着生气回去不理他）

董埠岂：哎呀，老婆不要生气嘛，我这次考试成功哪！

余芝秀：你……（不信任）

董埠岂：哎呀，你翻开看一下嘛。

余芝秀：（接过驾驶证仔细看）哎哟，你这次真的合格了？

董埠岂：对，这是硬考的。

余芝秀：哟，（惊奇）还看不出来，你是三年的抱鸡母——不捡蛋（不简单）。

董埠岂：老婆，驾照也拿到了，又有点余钱，我们是不是去买辆车嘛？今天我们王教练陪我去看了一下车。

余芝秀：教练陪你去看车哪？

董埠岂：是我请他去的，哎呀，给你说：成都有几家大的东风日产专营，一是机场路的港宏专营店，二是五桂桥的成商专营店，还有蜀西路那边的三和金牛专营店，我们都跑遍了，看了好多新车型，这些专营店的服务好周到，最后还是那家港宏离我们家近，我就在那订了一辆"阳光"。

余芝秀：有好巴适嘛，那个"阳光"又有啥好嘛？

董埠岂：老婆，那个卖车的小妹妹说我是经商的，是成功人士，又有品位，"阳光"最适合我。

余芝秀：还成功人士呢，不过就几间铺子嘛，就不得了啦？（瞧不起）

董埠岂：哎哟，老婆，（拿出资料）你看嘛：时尚动感的造型设计、出色的行驶性能、舒适便捷的 E 化配备……

余芝秀：你是成功人士，我不是，我不喜欢。

董埠岂：那你要哪种嘛？

余芝秀：还有些啥车？

董埠岂：东风日产的有：骐达、颐达、天籁、阳光。

余芝秀：那么多呀，有没有既适合商务又适合家用的？

董埠岂：应该有。（看资料，介绍骐达、颐达、天籁的性能和针对消费者……说主要的）

余芝秀：哎呀都把我说晕了，我们就选东风日产的车嘛。不过我要亲自去看，去选哟，不许背着我一个人去，听到没得？

董埠岂：好好好，老婆大人说了算。老婆，今天是双喜临门，我们两口子好好喝一杯，（打开生日蛋糕、倒酒）来我敬你一杯。（放生日快乐歌）祝你笑脸常开、青春永驻，一年比一年年轻。（在脸上 KS 一下）

余芝秀：（不好意思）不要吻我，我怕羞。

董埠岂：啥子怕羞？两口子打个吻，怕羞。

余芝秀：老公，我敬你一杯，你可记得半年前把你炒鱿鱼，如今把你当个宝，给你买一辆东风日产高档车，往后齐心协力把家庭建设好。（动作）来干杯。

董埠岂：谢谢你给我的爱，今生今世不忘怀，谢谢老婆的关爱。

余芝秀：老公，过来我给你说。（轻音乐）我们明天就要去东风日产选购车了，我想给你说几句心里话，我看到你那几年办事太粗心了，我常常劝你，做事要细致，特别是开车要小心，一定不能喝酒，把教练传给你的技术掌握好，安全行车，路在脚下，平安回家。知道吗？老公，我爱你。（拥抱）

董埠岂：老婆，你放心，我忠心给你表个态，安全一定记心间。

余芝秀：好，那我送给你一副对联：安全驾驶记心间，行走天下都不难。（选择）

董埠岂：老婆，横批呢？

余芝秀：关爱生命。

[剧终]

# 发展才是硬道理

时　间：2009 年
地　点：某礼堂
人　物：张　然
　　　　刘成胜
　　　　"邓小平"
　　　　"邓楠"

刘成胜、张然：（高兴上场边走边吼）观众朋友们大家新年好。

刘成胜：我给大家拜年哪。

张　然：我给大家送个年货哪，（抛洒小礼品）祝大家身体好、工作好、打麻将手气好、吃饭胃口好、耍得好、玩得好，一天更比一天好，一年更比一年好。万里长城永不倒，来点掌声好不好？（自己给自己鼓掌，鞠躬）谢谢！

刘成胜：（表情不高兴）我给大家介绍一下，站在我身旁这一位就是裤裆里起火。

张　然：啥子哟？

刘成胜：裆燃（当然）。

张　然：啥子裆燃哟？我叫张然，张飞的张、自然而然的然。

刘成胜：哦，你是张然哟，你来干啥子？

张　然：我是来给大家拜年演节目的。

刘成胜：（上下打量一番）你还会演节目啊？我看你啊头顶锅盖，脚踩青菜，腰缠海带，你娃就像东风不败啊。

张　然：爪子哟？

刘成胜：扯淡。

张　然：嗨，本人虽然比不上周润发，至少超过刘德华。

刘成胜：哽，说大话费精神，演给大家评一评。

张　然：演就演，我还怕你不成？说、学、逗、唱样样行。

刘成胜：那好，我们就演一段新编双簧，说说 2008。

张　然：哎呀，（高兴状）我这个人最喜欢双簧，最爱看双簧，最爱听双
　　　　簧，最爱演双簧，最爱……（急转弯，一脸迷惑状）双簧，双
　　　　簧是个啥东西？

刘成胜：啥东西，我说你耗子跳在鼓上——不懂（扑通），就是一人台前
　　　　演，一人台后讲。

张　然：喔……晓得啦，晓得啦，就是演说要配合，不能各顾各。

刘成胜：醒木来掌握，它说开始就开始，它说结束就结束。

张　然：要得，那就开始。
　　　　（刘成胜藏于桌下，张然化装拍醒木，击）

刘成胜：啊切，（打喷嚏）我叫莫法说，硬是莫法说还是莫法说，就是莫
　　　　法说，说起就要哭，哎大雪灾还不算哟，藏独分子还要钻到干，
　　　　和谐社会来关爱，哪晓得，"5·12"大灾难，（口技）山崩地
　　　　裂好凄惨嘞。（哭，各种哭）

张　然：哭啥子，出来，（刘成胜亮相）不要哭了，灾情就是命令，时间
　　　　就是生命。

刘成胜：对，众志成城，抗震救灾。

张　然：好，换个角色重新演。

刘成胜：要得。
　　　　（刘成胜下桌子，张然在前表演）

刘成胜：嘿嘿，（高兴）我叫人行，处处帮忙，大灾之后，重建新房。新
　　　　农村，新气象，政策全靠党中央，改革开放成功了。奥运会办
　　　　得好，金牌真不少，神舟 7 号（乓）上天，嫦娥姐姐来抱到，
　　　　（亲嘴声）中国人不得了。看看美国，金融风暴又糟了，布什电
　　　　话打得很不少，喂……（变声音）涛哥、涛哥、涛哥快来帮我
　　　　好不好？帮啥子，自己的事情自己撑到，四万个亿我已经投放
　　　　在国内了。支农再贷把路找，和谐社会就是好，幸福生活步步
　　　　高、步步高、步步高、步步高……高……（各种笑法）

刘成胜：（出来，看着一笑）你个瓜娃子你紧到笑啥子？

张　然：笑啥子？笑国家富强，人民兴旺，和谐社会奔小康。

刘成胜：咦，看不出来你还是高烟囱挂水壶——高水平。

张　然：哪里，哪里，人人皆知个个都晓，这都是改革开放 30 年的丰功
　　　　伟绩哦。

刘成胜：改革开放 30 年，那我又晓得啰。

张　然：我说你是驴子吃灰面——白嘴。

刘成胜：啥子白嘴哦，是我们改革开放总设计师邓小平同志。

张　然：对头，就是春天的故事。

刘成胜：事

张　然：事事如意

刘成胜：意

张　然：异想天开

刘成胜：开

张　然：开开心心

刘成胜：心

张　然：心想事成

刘成胜：成

张　然：诚诚实实

刘成胜：实

张　然：实实在在

刘成胜：在

张　然：再现伟人

刘成胜：对，你看我们邓爷爷都来了。

张　然：你是牛圈里安风扇，吹牛哦！

刘成胜：没有吹牛，你看吗？我们邓爷爷真的来啦，掌声欢迎邓爷爷。

　　　　（刘成胜、张然站立一旁欢迎）

"邓小平"：（在《春天的故事》音乐声中，LED 屏上播放深圳建设相关
　　　　视频，"邓楠"扶着"邓小平"缓缓上场）同志们好，同志
　　　　们辛苦了！这个……关于办特区啊，一开始就有不同的意见，
　　　　担心啊，是不是搞资本主义。深圳建设成就明确地回答了，
　　　　有这样或那样不同的意见，特区姓社不姓资，搞改革开放动
　　　　摇不得啊！不搞改革开放，不改善人民生活水平，只能是死
　　　　路一条！一定啊，要坚持党的十三中全会精神，一个中心，
　　　　两个基本点，五十年不变，甚至，一百年不变！我老了，我
　　　　已经是八九十岁的人呐，要说好啊，就好不到哪些地方去了。
　　　　我希望啊，我能够活到 1997 年香港回归的那一天，在我们的
　　　　土地上走一走，看一看。我是中国人民的儿子，我深情地爱
　　　　着我的祖国和人民。（音乐推向高潮、缓缓向舞台左侧走去）

刘成胜：（上前）请邓爷爷留步。

张　然：你老人家难得来一回，请你给我们绵阳人民留幅墨宝吧！

"邓小平"：好。（点头）

刘成胜：赶快把文房四宝献上，邓爷爷要写字

　　　　（一个人将纸笔墨打开，邓小平写字："发展就是硬道理"）

张　然：（拍手）写得好、写得好。

刘成胜：掌声有请我们廖行长接受邓副主席的墨宝。

　　　　（廖行长上台，向邓主席敬礼）

"邓小平"：你是个好同志啊，金融工作搞得很好，晚会搞得很有特色，我代表党中央、国务院、中央军委前来看你们，并祝你们新春快乐，工作顺利。我曾经说过这么一句话，科技是第一生产力，发展才是硬道理。我将这幅字送给你们，希望你们继续深化改革，发展才是硬道理，并感谢家乡的同志们对我们这个改革开放的支持，你们辛勤工作、努力工作，并做出了杰出的贡献，我表示崇高的敬意。

　　　　（谢幕完）


[剧终]

# 补　课

时　　间：某春天一个夜晚，一轮弯月在空，星缀蓝天

地　　点：农家

人　　物：李春阳

　　　　　杨晶晶

　　　　　［幕启：台中一方桌，左右长凳各一条，侧茶几一个，上放水瓶、茶杯等物］

李春阳：（上场唱）婚育文化天天更新

　　　　　　　　　　如同春风吹进咱村

　　　　　　　　　　计生协会正在搞培训

　　　　　　　　　　周吴郑王还办得认真

　　　　　　　　　　发了资料还发本本

　　　　　　　　　　签字笔芯我都领三根

　　　　　（白）说句真话，我有点对不起人，

　　　　　　　　今天进城把现钱来挣，

　　　　　　　　可惜耽误了把今晚的课听，

　　　　　　　　早点回家让老婆把今天的课补上。

　　　　　　　　我老婆叫精精，身高 1 米 7，外带双眼皮，在家搞家务，平时爱学习。（敲门，向内喊老婆开门）

杨晶晶：吼啥吼？（上前开门动作）

李春阳：开门。（门开做跌倒状，进屋）哎呀，今晚去参加培训啦？

杨晶晶：（拿水壶，倒水递李春阳）去了，今晚是村计生协会郭会长讲的艾滋病防治的第二节——《传播途径》。（杨晶晶进后台取出资料上场）

李春阳：艾滋病有十至十二年潜伏期，但不知是怎样传播的。

杨晶晶：（递资料给李春阳）郭会长还说，培训结束时要考试，考不及格

的还要参加下期培训，直到及格为止。

李春阳：龟儿郭明富也讨嫌，考他妈啥试嘛？

杨晶晶：这你就不对啦，人家郭会长让你学科学知识，你还反倒有意见，你不想想你当年，穷得叮当响，落到山穷水尽时，要不是计生协会和郭会长他们帮助，你有今天？！

李春阳：倒也是，当年我落到了山清水秀的地步，确实感谢郭书记和计生协会的帮助。不说了，你来把今天我缺席的课补上。

杨晶晶：（拿资料翻）艾滋病有三种传播途径，第一种是血液传播。

李春阳：老婆，那我们以后少烫些火锅，不吃猪血、鸡血、鸭血就可以防止嗫。

杨晶晶：哪是少吃鸡血、鸭血嘛，是人体的血液互相传播。

李春阳：哦，知道。

杨晶晶：第二种是母婴传播。

李春阳：那男人就不怕嗫。

杨晶晶：也算对，如果母亲有艾滋病，生下的婴儿，绝对有艾滋病。第三种是性传播。

李春阳：（惊诧）背他妈的时，现在有大哥大、BB机，学生娃儿都在用手机，哪个倒千年灶、背万年时的还在写信嘛？

杨晶晶：不是的，你理解错啦。

李春阳：咋错啦？

（杨晶晶气愤地将资料砸向李春阳脸，下场）

李春阳：（唱）一阵玩笑把老婆气跑

　　　　急得她两眼冒花心如火燎

　　　　暗地里我也将知识记牢

　　　　趁夜静再来看看这些资料

　　　　深深领会这其中奥妙

　　　　加深印象好把试考

（白）一定不辜负计生协会的希望。

（幕落）

［剧终］

# 非走不可

时　间：2003 年 5 月

地　点：刘家小院

人　物：刘正兵，男，38 岁

　　　　王桂花，女，35 岁

　　　　王世茂，男，65 岁

刘正兵：（伴随着《常回家看看》的音乐上场）刚刚接上级安排，马上去毛公检查站，老婆开门来。

王桂花：（高兴上场）老公今年 38，今晚做生欢喜下。（开门）哎呀，老公，你回来哪？你累了，休息一下，我马上给你端菜，今晚上是你的生日，等我们儿子回来好好敬你两杯。

刘正兵：哎呀，桂花，谢谢你了，我回家来就是向你告辞的，我马上要赶到毛公检查站去，接上级通知，从北京包车回家的四位打工"非典"疑似病人即将进入我县，情况十万火急，我马上就要走。

王桂花：（大吃一惊）啊！你要走呀？那不行，今晚上是你的生日，不能去。难道说你不要命吗？你不要命，我要命。

刘正兵：桂花，国家有难，匹夫有责。目前抗非典型肺炎的这场没有硝烟的战斗，我们医生就是要义不容辞上前去战斗。

王桂花：你给我搁到哟，你给我放到哟，你那些官腔少打点哟，自己保护自己的安全。

刘正兵：桂花，现在是大敌当前，我们就要积极应战，保护广大人民群众生命，才是我们医生本色呀。

王桂花：哼！你不怕死，我怕死，你不要命，我要命。我不要你去，你哪里都不能去！

刘正兵：桂花，不行呀，这是紧急关头，如果这四位病人传染到父老乡亲，我们这里的人民生命安全将如何办？别难我，我非去不可……

王桂花：咿！姓刘的，为他们想，就不为我和娃儿想一下吗？

刘正兵：桂花，有了国家才有小家，有了大家就有他，有了他，就有了自己。

王桂花：少说那么多，从今天起我就不要你当医生，我不要你去，你哪里都不能去。（转身坐在椅子上，过程起音乐）

刘正兵：桂花，我们要以大无畏的献身精神投入到这场战斗中去，克服各种困难，不怕艰苦。桂花，因为我是医生，责无旁贷，义不容辞，牢记老婆对我的爱，牢记党和人民对我的深切关怀，为了每一个人、每一个家庭、社会、国家乃至整个人类的健康发展，我非走不可。

王桂花：你……你莫给我说那些官话，我不得要你走。
（刘正兵气急欲走，王桂花上前拦住）

刘正兵：（推开王桂花，王桂花拉住刘正兵不松手）我非走不可！

王桂花：我非不要你走。（二人争吵）

刘正兵：我要走！

王桂花：我偏不要你走！（过场）

王世茂：桂花，你们在吵什么啊？

王桂花：爹，他欺负我！

刘正兵：唉，（叹气）你太不理解了！

王桂花：爹，你要给我做主啊，坚决不能让他走啊！

王世茂：桂花啊，爹的乖女儿，刚才你们的争吵我都听到了，让正兵去吧！

王桂花：爹，不能让他走！

王世茂：乖女儿，他是医生，救死扶伤是他的职责。我看到了女婿这种人道主义的精神，难得啊，女儿！

王桂花：爹，你咋个为他说话嘛？

王世茂：爹不是为他说话啊，你在电视上看清楚了吗？全国上下紧张的场面，如果大家都像你这样，非典控制不下去，人类就会灭亡，这是关键时刻啊，你让他去吧！

王桂花：爹，他走了，我们这个家咋个办？（叹气）

王世茂：你放心，有爹！要舍小家，顾大家啊！

刘正兵：亲爱的，先要有大家，才会有小家。

王桂花：亲爱的，我爱你！平时我没有把你看出来，在关键时刻，你发扬了人道主义精神。

刘正兵：亲爱的，说句心里话，我深深地懂得救死扶伤是医务人员的天职，我一定要精益求精，不断进取，勇于开拓，努力争取抗击非典型肺炎的最后胜利，造福于人类。（《十五的月亮》音乐起）十五的月亮有我的一半，也有你的一半，我非走不可，谢谢你把老人和孩子照顾好。

王桂花：亲爱的，请你放心，你这番话打动了我的心灵，你去吧，家里的一切事留给我了，你放心吧！

刘正兵：亲爱的，谢谢了！（二人拥抱，《为了谁》的音乐起）再见！爹，谢谢你了。（向岳父、妻子鞠躬，转身下，定格）

［剧终］

# 拜 寿

时　间：2000 年春节
地　点：汪家庄
人　物：刘莽子
　　　　汪秀芬
　　　　汪得宽
　　　　孔不住
　　　　杨德启

刘莽子：（音乐中上场唱）十五的月亮升上了天空哟
　　　　　　　　　　　　　我和老婆回娘屋
　　　　　　　　　　　　　我一辈子爱着我的老婆
　　　　　　　　　　　　　回娘家给岳父去拜寿哟嗬
　　　　（变调）哎哟，咿儿哟，哎唉咿儿哟

汪秀芬：不要唱哪，你在高兴啥子？

刘莽子：嗨，老婆，十五的月亮圆又圆，我和你回家去拜年。

汪秀芬：不是拜年，给老汉做生。

刘莽子：哦，做生噻，生就生嘛，一生二，二生三，三生你妈个怪物。

汪秀芬：啥子怪物？你才是个怪物，是万物。

刘莽子：哦，万物噻，万物就万物嘛。万物生长白花开，花开朋友来。
　　　　喜喜洋洋笑洋洋，朋友高兴聚一堂，祝朋友们生意兴隆通四海，
　　　　财源茂盛达三江。（鼓掌）

汪秀芬：你说话客气点嘛，你凭啥喊人家要给你鼓掌呢？

刘莽子：朋友们，看我这么丑的人都结到了婆娘，这是改革开放政策好，
　　　　朋友们的福气好，我的运气好，我给男人长脸了，给我们老少
　　　　娘们争气了，当然要鼓掌！你们说是不是？（观众应：是！）

汪秀芬：你们不要鼓掌，他这个样子争啥子气哦？

刘莽子：嗨，这有啥稀奇吗？有句话说得好：天有天道地有地道，我妈生我这个样子虽然有点不人道，但我婆娘还是关火将，有我们男人的气派，有我们男人的味道，虽然不是男人的精品，但也算男人的骄傲。

汪秀芬：你这个样子还骄傲，你看你这样子长得好丑。

刘莽子：丑是丑，有户口。

汪秀芬：你那样子好瓜嘛。

刘莽子：瓜是瓜嘛，我有妈嘛。

汪秀芬：看你这样子好戳哟！

刘莽子：戳是戳，有工作。

汪秀芬：你长得好矮哦。

刘莽子：矮是矮有板有眼，潘长江说浓缩的就是精品，你懂吗？

汪秀芬：精品？我倒说你是个怪品。

刘莽子：怪是怪，味道在，头顶一窝白菜，脚踩一把青菜，腰缠一根海带，虽然不是东方不败，也是胎神二代。

汪秀芬：为啥子拜堂是个帅哥，现在咋个成了一个丑哥呢？

刘莽子：你不晓得，当初是我老汉帮我拜的堂，晚上是我上的床。

汪秀芬：你咋个长得这样屁嘛？

刘莽子：这些事不怪我。

汪秀芬：那怪哪个呢？

刘莽子：要怪我们那生产厂家。

汪秀芬：哪个生产厂家？

刘莽子：我妈是我老汉的表妹，我老汉是我妈的表哥，他们结婚我受罪，把我变成出土的文物，他们在为人类服务，把我整成近亲结婚的惨物，爱我的人是丑木养土，我爱的人是离花养土，我强忍着丑陋的痛苦，祝朋友生活更加美满幸福，鼓掌！

汪秀芬：你还会说话呢！你看你这样子哦，背架子上捆篮球——（捆）

刘莽子：啥意思哦？

汪秀芬：骚圆了！把你都头上毛都骚落完了，你还在骚啥？

刘莽子：那是我小时候太聪明哪，小时候聪明绝顶，脑壳上的毛冲脱完了，晚上是十五的月亮，白天就是初升的太阳，戴一副眼镜，咱们是来自北方的狼，虽然比不上东二房，咱们也赛过万梓良，鼓掌，再鼓掌！

汪秀芬：你那个眼睛是咋个的？

刘莽子：这个都不晓得啊？一目了然嘛！

汪秀芬：你那麻子呢？

刘莽子：这个就叫，今夜星光灿烂，照亮朋友们的美好明天。

汪秀芬：说哈你这驼背子是怎么来的。

刘莽子：是我妈给我上的歪零件。

汪秀芬：咋个起的呢？

刘莽子：我妈上零件的时候，给我上歪了，前面上了一坨，后面又上了一坨，前面这个往前拗，后面这坨就往后面驼，走路一拗一驼，简称拗驼。

汪秀芬：我说你是一走一拗，一走一跌，我说你简直是个奥跌（奥迪）。

刘莽子：哥们是"奥拓"，不是"奥迪"。奥迪不值钱，奥拓值钱！

汪秀芬：你整错了，奥拓不值钱，奥迪才值钱！

刘莽子：奥迪不值钱，奥拓值钱！

汪秀芬：奥拓不值钱，奥迪才值钱！

刘莽子：奥拓值钱！

汪秀芬：奥迪才值钱！

刘莽子：奥拓值钱！

汪秀芬：奥迪才值钱！（二人争论不休）那我们问一下大家，看看哪个值钱。

刘莽子：要得，在座的叔叔、阿姨、哥哥、姐姐、弟弟、妹妹，哪个值钱？（观众应：你值钱！）

刘莽子：来呀，还是我值钱嘛！

汪秀芬：好嘛，好嘛，我就来个瞎子耕田——

刘莽子：啥意思？

汪秀芬：依牛的，你值钱！你咋个成了这个样子呢？

刘莽子：这要怪我的妈和老汉二十多年前，没有经过我同意就把我搞成这个样子！你不晓得，我老汉下材料的时候，给我下长了，给我下了一米六，我妈给我下材料的时候，又给我下短了，下到一米五，所以我一会儿一米六，一会儿一米五。（过场动作）

汪秀芬：你看你这样子。

刘莽子：我这样咋个？天上没得，地上没有，打起灯笼火把都找不到的帅哥，比你好看嘛！

汪秀芬：我比你好看些！

刘莽子：好嘛，那我先给大家拜个年，多谢台下我的干爹，来一个巴巴掌捧场。

**汪秀芬：** 搁到哦，他们是你的干爹吗？

**刘莽子：** 你不信？我一喊他们都要答应。

**汪秀芬：** 那你喊一下！

**刘莽子：** 先谢过干爹。我来喊一下，干爹——

（台下不少人答应）

**汪秀芬：** 耶，你有这么多干爹，那你有压岁钱用了！

**刘莽子：** 那当然，我祝干爹们：一帆风顺，二龙腾飞，三阳开泰，四季平安，五福临门，六位大顺，七星高照，八方来财，九九长寿，百年不老，千喜来福，万事如意，异想天开，开开心心，心想事成。成都来把节目演，演你妈咪舅老倌。瓜婆娘，把老子尿都给逼出来了。

**汪秀芬：** 你看你这样子！

**刘莽子：** 我这样咋个？天上没得，地上没有，打起灯笼火把都找不到的帅哥，比你长得好看嘛！

**汪秀芬：** 哦，你是比我长得好看些。

**刘莽子：** 我人虽丑，但文化高！谁不称我家是富豪？你爱我吗？

**汪秀芬：** 爱，老娘爱你那屋头的钱口袋。我给你说，你文化高，今年老汉做生不送礼，送礼只送祝福语。你有啥水平我不晓得，你给我展示一下！

**刘莽子：**（自信）嗨，我啊唱歌跳舞样样来，诗词歌赋满胸怀，胸有才华滔不绝，本科毕业小学完。

**汪秀芬：** 耶，还看不出来呢，有这么大的本事，我老汉常说：男人要有才，女人要有貌，称之为郎才女貌，才把家建得好！那我就考你一下！

**刘莽子：** 随便考，唐三千宋八百由你考！

**汪秀芬：** 唐朝诗人哪个最著名？

**刘莽子：** 曹操！

**汪秀芬：** 那他最著名的诗句是哪一句？

**刘莽子：** 数风流人物还看今朝！

**汪秀芬：** 你胡说。

**刘莽子：** 人家曹操说的：今朝有酒今朝醉，喝了酒不跟你两个睡。

**汪秀芬：** 不扯那些，我问你，广字下面一个木认啥？

**刘莽子：** 床嘛，我不晓得？

**汪秀芬：** 再加一个木字呢？

**刘莽子：** 双人床嘛！

**汪秀芬：** 三人床不双人床，这个字认麻！

**刘莽子：** 我晓得你婆娘在麻我。

**汪秀芬：** 我今天要从一考起走。

**刘莽子：** 随便考，胸有成竹。

**汪秀芬：** 一

**刘莽子：** 一而十

**汪秀芬：** 十

**刘莽子：** 十而百

**汪秀芬：** 百

**刘莽子：** 百而千

**汪秀芬：** 千

**刘莽子：** 千而万

**汪秀芬：** 万

**刘莽子：** 万丈深坑一朵莲

**汪秀芬：** 莲？

**刘莽子：** 莲上站的木莲仙

**汪秀芬：** 仙？

**刘莽子：** 仙天修道道庙好

**汪秀芬：** 好？

**刘莽子：** 好个佛祖在西天

**汪秀芬：** 天？

**刘莽子：** 天子有道是忠臣

**汪秀芬：** 臣？

**刘莽子：** 成都月下去赶潘

**汪秀芬：** 潘？

**刘莽子：** 潘个妙蓉真伤惨

**汪秀芬：** 惨？

**刘莽子：** 惨不过的文武众将官

**汪秀芬：** 官？

**刘莽子：** 官大必然要封相

**汪秀芬：** 相？

**刘莽子：** 相子出家在斗蓝

汪秀芬：蓝？

刘莽子：蓝天门上打一卦

汪秀芬：卦？

刘莽子：卦儿打得有些玄

汪秀芬：玄？

刘莽子：玄母娘娘中间站

汪秀芬：站？

刘莽子：战死疆场许王铜

汪秀芬：铜？

刘莽子：剪发秒蓉赵氏汪秀芬

汪秀芬：汪秀芬？

刘莽子：女中君王武则天

汪秀芬：天？

刘莽子：天天都来把寿拜

汪秀芬：拜？

刘莽子：拜……拜你妈个瘟神！不拜，差点把气都给我整脱了。

汪秀芬：一拜年，二拜寿，回到娘屋你把酒喝够。

刘莽子：耶，我老汉今年七十大寿，还闹热呢，台子搭得像死人台子一样。

汪秀芬：背你妈的时，那是演晚会的台子。

刘莽子：演晚会噻，好多亲戚舅子老表哦。

汪秀芬：今天亲戚多，你不要乱说话哈。

刘莽子：要得，那我先给大家拜个年，台下坐的都是我的干爹，来一点巴巴掌嘛。

汪秀芬：他们哪里是的你干爹嘛！

刘莽子：我一喊他们都要答应。

汪秀芬：那你喊一下。

刘莽子：我来喊嘛，干爹！（观众应）

汪秀芬：耶，你有这么多干爹，那你有钱用噻！

刘莽子：是噻，我的奔驰宝马都是干爹给我买的，（鞠躬普通话）你们破费了！

汪秀芬：你娃还会团人呢！

汪得宽：（从下场走上来）人逢喜事精神爽，宾客满堂喜洋洋，哎呀，幺女婿回来了。

孔不住：（跟随岳父上）哦，幺妹回来啦！正等你们回来拜寿啦！

汪得宽：人都到齐了，把你们的祝福语说了就吃饭！

孔不住：祝我岳父老大人：福如瑶母三千岁，寿比彭祖八百春。天增岁月人增寿，春满乾坤喜满门。（众人拍手称赞）

汪得宽：老大真有水平，老二来！

杨德启：我祝岳父老大人：杖履优游七十翁，精神矍铄气犹雄。桃李满天声华美，老当益壮德望隆。（众人拍手称赞）

汪得宽：不错不错，老幺来。

刘莽子：祝干爹：一帆风顺，二龙腾飞，三阳开泰，四季平安，五福临门，六位刘莽子升，七星刘莽子照，八方来财，九九长寿，百年可乐，千喜来福，万事如意，异想天开，开开心心。鼓掌！

汪秀芬：哎呀，背你妈的时哦，喊你给我老汉拜寿，你咋个去拜干爹嘛！

刘莽子：哦，拜岳父哈，要得。（鞠躬）我的岳父不是人。

汪得宽：给我狠狠地打！龟儿子瓜娃子说不来话。

刘莽子：不要打，不要打，我还没说完得嘛。

汪得宽：那你说嘛！

刘莽子：好似神仙下凡尘。

汪得宽：这个还差不多，那第三句呢？

刘莽子：子孙个个都是贼。

汪得宽：放你妈的屁！打胡乱说。

刘莽子：岳父，不要骂，你听我说完了哆嘛，盗得蟠桃献寿星！

汪得宽：耶，看不出我三女婿有水平呢！

刘莽子：不是说的话，我说的是神仙放屁。

汪得宽：啥子意思？

刘莽子：不同凡响。

汪得宽：好好，到后面喝酒去。

刘莽子：不忙哆，我还要给岳父大人唱首生日歌，音乐老师，把 Music 放起。（唱，《乌苏里船歌》调）
　　你爸爸掉河里啦，
　　你妈妈掉河里啦，
　　你儿子掉河里啦，
　　你女子掉河里啦，
　　你全家掉河里啦，活该！

汪得宽：狗日龟儿子，疯子，给我打！（追打刘莽子下场）

[剧终]

# 岗 位

时　间：2012 年夏天
人　物：张德全，男，45 岁（油库生产运行班班长）
　　　　马小虎，男，25 岁（油库生产运行班员工）
　　　　刘　敏，女，40 岁（质安科长）
　　　　油库职工协助演员四名
背　景：油库铁路作业现场（栈桥背景）前景，台侧竖两个牌子：油库
　　　　作业区入口警示牌、入库须知牌。

张德全：（上场，吹口哨）油库生产运行班集合！（运行班成员跑上集
　　　　合）点名！彭庭玉、潘高、刘劲、王建南、（众应：到）马小
　　　　虎……马小虎！
马小虎：（衣冠不整，慌忙地边从台下跑上）来啦，来啦……
张德全：你咋个迟到了？站到你该站的位置上去！
马小虎：（嬉皮笑脸）哎呀，张师傅，我只是晚到了一分钟嘛，何必呢！
张德全：一哈呵都不行！站到你该站的位置上去！
马小虎：好好好，站就站嘛……
张德全：同志们，现在我们已经接班，要严格遵守"六条禁令"，大家记
　　　　得到不？
众　应：记得到！
张德全："三卡一表"记不记得到？
众　应：记得到！
马小虎：废话，天天都在说，哪个记不到嘛？
张德全：马小虎，你说啥？
马小虎：嘿嘿，我，我没说啥……
张德全：马小虎，防护服穿好了吗？
马小虎：穿好了呀……

张德全：哼，你看你——扣子咋个扣的？袖子不准挽起！

马小虎：哦……（整理服装）

张德全：同志们，今天的生产作业任务非常特殊，是发往灾区的救命油！我们要争分夺秒，确保安全生产，圆满完成任务！大家明白了吗？（众应：明白了！）好！大家各就各位，开始作业！

刘　敏：（上）张班长，稍等一下，我有事交代。

张德全：哦，好。欢迎领导指导工作，请刘科长指示！

刘　敏：各位师傅，这几天是高温作业，虽然很热，但是必须穿好防护服，戴好安全帽，拴好安全带。安全大于天，处处要从严，千万不能麻痹大意，忽视安全！

众　应：是——

刘　敏：很好，大家忙去吧，再见。

众　应：是！（分头下场）

刘　敏：（走到下场口，又转身）哎，张师傅，我看你脸色不好，是不是没有休息好哦？你父亲的病情好点没有？公司领导今天已去医院看望他老人家了。

张德全：谢谢领导的关心！这几天晚上，我去医院，他都不让我陪护他，怕我休息不好，影响工作，并且随时提醒我要注意安全！

刘　敏：（感慨）哎呀，你父亲真不愧是油库的老安全啊！住在医院都在挂念单位的安全工作！真是我们石油人学习的楷模啊！张师傅，你要注意身体啊！我走了！（下场）

张德全：谢谢！请刘科长多来指导工作。（送刘下）

马小虎：（侧上，手机铃声响）耶，谁的手机在响？刚才我听到短信铃声，"六条禁令"大家是记得到的啊！嘿嘿，今天我看有人要遭哦！（铃声又响）哎呀，这个铃声怎么这么耳熟呢？是不是我把手机带进来了？（摸身上，大惊）哎呀，遭了，我咋个把手机带进来了呢?！今天我才是要遭啊！（望四周，见无人）遭都遭了，我还是看看是谁来的短信！（掏手机看）原来是女朋友发来的。（偷着一乐，亲吻屏幕。张德全反身见状大惊，急跑过去）

张德全：马小虎，你在干啥?！

马小虎：（吓一大跳）哎呀，遭了！（惊慌失措，欲藏手机却掉在地上，赶忙捡起藏在背后）哦，张师傅……我、我没干啥……

张德全：我刚才听见手机铃声响，你带手机进来了吗？

马小虎：没有！

**张德全**：没有？把手伸出来我看一下！

（马小虎伸一只手）

**张德全**：那只手！

**马小虎**：张师傅，你看，飞机！（指张背后）

**张德全**：（转身）你少给我来这一套。（转身回来看到马小虎手上的手机，大惊）你、你胆大包天，你这手机是咋个带进来的？

**马小虎**：嘿嘿，不好意思。今天上班慌忙，没注意它就跟到带来了……对不起，对不起哈！（把手机举到张德全的眼前）

**张德全**：（气愤地将马小虎拉到警示牌前）对不起起啥作用？你来看——这警示牌上面写的是啥？

**马小虎**：亲爱的张师傅，我不用就是了，你就当假装没看见，不会有事的……

**张德全**：不行！必须交出来！

**马小虎**：嘿嘿，张师傅，我知道带手机不对，但我今天情况特殊，我好不容易在网上网了一个女朋友，今天专程从北京赶过来跟我见第一次面，我和她约好了，下班以后我还要跟她那个……（神秘地）

**张德全**：啥子那个？

**马小虎**：我……（不好意思地）哎呀，我要请她吃饭。

**张德全**：你吃个铲铲！这是高危作业区域，危险得很，手机拿来！

**马小虎**：不行。今天这手机对我来说非常重要，决定我的幸福和命运……

**张德全**：（顺手抢过手机）啥子乱七八糟的哦！《油库作业地安全规定》你搞忘了吗？万一出了事，后果不堪设想！

**马小虎**：（祈求状）唉，张班长，你不要说得那么悬嘛！

**张德全**：啥子悬？你娃儿这个态度，不做出深刻检查和严肃处罚，你就不晓得锅儿是铁打的。（打开对讲机）喂，刘科长吗？我是张德全，请你马上过来一下！

**马小虎**：（见势不妙，慌了）咦——张班长，张德全！你莫拿到鸡毛当令箭！我的情况，你又不是不晓得——人到二十五，衣破没人补，夜晚无人陪，吃饭没人煮，你说命苦不命苦嘛？你看你，小事一桩，何必嘛……

**张德全**：少废话！要是人人都像你抱着侥幸心理，那还得了啊？这里稍微出点事，那就是非死即伤，只怕你娃连后悔都来不及啦！

马小虎：好了，好了，张大哥，今天我情况特殊，你就放我一马，保证下不为例，求求你快把手机还我嘛。

张德全：不行，在这里没有特殊情况！

　　　　（马小虎上前抢夺张师傅手中的手机，折腾几番未成）

马小虎：（气急败坏地）咦——张师傅，你今天硬是要跟我过不去哈？（一跳三尺高地）把我惹毛了，我也不认黄！

张德全：不认黄又咋个？我交给刘科长，你去跟她说！

马小虎：（上前抢夺手机）拿来！

　　　　（二人拉扯相持不下）

刘　敏：（急上，一把拉开马小虎）哎哎，你们在干啥子？张班长有什么事？

张德全：（递给刘敏手机）马小虎带手机！

马小虎：刘科长，我……我不是故意的嘛！

刘　敏：马小虎，不管你是有意还是无意都不行，一旦出了安全事故，就像一颗原子弹丢在成都一样，后果不堪设想的啊！小虎，这样不但会毁了你的家，也会毁了千千万万的家庭！（语重心长地，音乐《江河水》起）哎，小虎啊小虎，远的不说，就说2004年9月23日那次事故……（LED屏上展示"9·23"事故照片，刘敏沉痛地讲述）那天……我哥哥在104油库，铁路收发油作业区工作，就因一场安全事故……他、他全身80%的皮肤三度烧伤，要不是抢救及时，早就没命了……每当我看见他那个样子，我、我心都碎了……（哭）

马小虎：（警醒地）哎呀……说起那个刘老大，想起心里都害怕……背心凉飕飕，头皮都发麻……是啊，刘姐，你不要难过，说起那次事故的惨痛教训，我、我知道我错了……

刘　敏：小虎啊，认识到错误还不行，要永远牢记血的教训。操作规程血写成，不要用生命来验证！

张德全：对，世上没有后悔药，麻痹大意害死人！

马小虎：是是是……张师傅，你说得对，我太糊涂了！

刘　敏：张师傅，我……有件事，我不知怎么跟你说……

张德全：啥子事？你说。

刘　敏：唉……刚刚接到消息，你父亲他、他已经走了……

张德全：（悲痛欲绝）爸……

刘　敏：张师傅，你要节哀啊……这是领导让我转交给你的东西。（将信

封递给张德全)

(张德全双手颤抖地接过信封，打开信封)

(灯光暗，追光悲痛欲绝的张德全。张父的画外音随音乐《往事》起："全儿，我要走了……儿啊，我对不起你，没有给你留下什么遗产，只能留下几句话：儿啦，我们油库从小到大，由弱变强……全靠一代代油库职工呕心沥血、爱岗敬业、流血流汗才换来今天现代化的标杆油库……54 年的艰苦努力，不容易啊！儿啊，你的岗位来之不易，责任重大，你要好好珍惜，尽职尽责，我也才能含笑九泉啊……"刘和刚歌曲《父亲》音乐起："我的老父亲……"）

张德全：（泣不成声）爸爸……你放心吧，我记住了……（跪哭）

（刘敏、马小虎上前扶起张德全，三人造型定格，谢幕）


[剧终]

# 梦 乡 情

时　间：现代
地　点：梦乡情茶楼
人　物：龙峰，45 岁左右，某镇镇长
　　　　董琼，龙峰妻，43 岁左右，机关干部
　　　　梅梅，私营企业主，40 多岁，龙峰的小学同学

［幕启：舞台中央置两个卡座式茶桌及靠椅，上书一牌子"梦乡情茶楼"］

梅　梅：（电闪雷鸣用声效，打着雨伞登场）妈哟，结婚二大二十年，几天就变成讨人嫌。自从屋头有了钱，我们那个背时砍脑壳的啊，天天在外头莺歌燕舞和小妹妹缠绵。

唉！想起这些年，和他开公司到处去找钱，好不容易才把手脚打抻展，满以为这辈子就松松活活地把小日子过得咪咪甜！嘿，他把我拿来和他那个小蜜两个 PK！气死个人哆，你要让我受挫，老娘先喊你下课！不忙，离婚不要紧，只要票儿多。找我那个小学同学龙镇长咨询一下，到时候啊，财产分割得喊他龟儿子惨兮兮的，遭孽伤心的，二辈子都爬不起来的，背时的屁火药！等着瞧，好戏还在后头…（抬头看）到了。（进门，收伞，到靠右的卡座前，四顾，落座）

龙　峰：（打着雨伞上）老虎苍蝇打得惨，八项规定整得严，一天忙得团团转。今日下班提个前，又遇到小学同学说有要事亲自找我来摆谈。唉，幸好是喝茶呵，要是喊我上酒楼，管你啥子小学同学，就是博士同学，我也不得干，我做人是有底线的。（抬头看）刚好五点，好久没见了，咋个心头还有点激动呢？（进门，收伞，慢慢走向梅梅）

董　琼：（打着雨伞上）本来在屋头煮海鲜稀饭，我们那位龙镇长说啊，

要和当年的女同学见面。唉，这二年生，同学会的名声不多好听呵！啥子，外头的鸟儿成双对，屋头的鸟儿啄瞌睡，笼笼头关久了，审美疲惫。历史的经验值得注意，千万不要让你的老公中了人家的美人计。嘿，他不注意地就说出来老在啥子、啥子"梦乡情"茶楼相会，我顺便来瞅一下，看他们有好陶醉……（抬头看"梦乡情茶楼"）嗬哟，怪不得那么大的劲仗，打雷扯火闪都在往这里头美了。（情景音乐《真的好想你》音乐响起）耶，这种氛围，梦乡情，我看弄不好要整成一夜情呵！（忙躲在一边观察、偷看）

龙峰和梅梅：（围着转圈）老同学，终于见面了！

（两人上下打量，轻轻拥抱，寒暄）

董　琼：（一边急着跳脚）看这个架势，我只有近身贴耳听壁角了。嗨，好在现在动不动就喊啥子禽流感、猪流感，我也来个挂口罩戴墨镜把戏演。（化装一番，悄悄绕到左面卡座坐下，倾听。服务员上来招呼后走下）

梅　梅：（做动容状）龙镇长，十多年没有见，你还是没有变，身材还是那么修长，人呢，更加成熟，相貌堂堂！

董　琼：（侧视、不满、独自）哎呀，简直在公开挑逗，好肉麻呵！

龙　峰：（有些难为情）哎呀，老同学，你说到哪儿去了。哎，对了，你这些年咋个过的呢？

梅　梅：（做思索状）还不是人生三部曲，工作、结婚、生娃娃；改行、下海、找钱花。现在总算是家公司的董事长了！你还好嘛？

龙　峰：（想了想）我很简单，从政法学院毕业后，一直在镇上工作，算是志趣与职业相投嘛！

梅　梅：（羡慕地）还是你好呵，人一生最重要的两件事，干自己想干的事，爱自己所爱的人，看来你都做到了！

董　琼：（越发不悦）哼，硬是条美女蛇外搭狐狸精，尽会拣好听的说嗦！

龙　峰：（有些迟疑）哪里哪里。哎，有啥子事，你那么急到要见面？

梅　梅：（稍微考虑下）龙峰，找你还有啥子说的呢，还不是和我们那个老几打脱离婚的事嘛！

龙　峰：（有些吃惊）咹，梅梅，你也要赶那个时髦——离婚啊？哎，听说你们两口子上好八好的，一起创业，一起成功，很扣手得嘛！离啥子婚喔，脑壳昏了嗦？

梅　梅：（摇头叹息）唉，好不好只有我心头晓得，我才是表面风光内心
　　　　沧桑喔……

　　　　（龙峰不解，一时无语）

董　琼：（紧张、气愤）哼，她在人家那儿受伤，到我们这儿来"装
　　　　莽"！我看你有好多板眼来夸张！

梅　梅：（拿出一张诉状）明给你说嘛，我们两口子的事，我作为无过错
　　　　方，已经起诉并告到你们镇上的法庭了。这个事情还靠你帮忙，
　　　　给法院院长说一下嘛，把所有的财产全部断给我，请客、送礼
　　　　该花多少我出，不要你白帮忙。

龙　峰：（正在喝茶，差点吐出来）哎，老同学，你、你这为难我了哦！
　　　　（忙站起来）幸好只是喝茶喔！

梅　梅：（上前一把按下）哎呀，我的龙镇长嘞，喝茶就喝茶，又不犯
　　　　法，你紧张爪子嘛！

董　琼：（身子往旁边一凑）你们看，脸皮好厚，高矮要把我们老龙变成
　　　　菜板上的肉！

龙　峰：老同学，我们是有规定的……

梅　梅：哎呀，少装正经，哪个懂不起嘛！

龙　峰：老同学，这样吧，你相信我，你的事情法庭的法官一定会根据
　　　　《民法》和《婚姻法》给你一个公断明断。不过你放心，作为
　　　　老同学，如果处理不公，我都不会答应！今天不谈这个话题了，
　　　　改天再见！

　　　　（梅梅一下怔住，无语）

董　琼：（做兴奋状）对的，我们老龙很有原则嘛！哎呀，都这个样子
　　　　了，形势不对，赶紧撤退；感觉不好，立刻变鸟，不要理她，
　　　　飞寡了噻！

龙　峰：（站起来）老同学，对不起了，请你相信我们镇的法院会给你一
　　　　个公断，我们改天约几个同学好生聚一聚哈！（转身走）

梅　梅：（很有些激动）龙峰，站到。今天，在我眼里，你根本不是啥子
　　　　镇长，我只是来找你，一个老同学，叙下旧的，倾诉一下，放
　　　　松放松！你记得到不？当年我当医生的时候，有次你们妈中风
　　　　偏瘫，在我们医院住了半年，我硬把她当自己的妈一样照顾了
　　　　半年，你应该还想得起嘛？

龙　峰：（深情地点头）梅梅，我永远也忘不了你这个老同学。但是医生
　　　　和公务员的工作性质有本质的区别。你的事我都清楚了，法院

一定会按程序秉公办理！我们过段时间再见！

董　琼：（有点手舞足蹈）对的，雄起！来个温柔一刀，缝缝都不给她留一条条！

梅　梅：（从提包里摸出个盒子）好嘛，你可以走，但是要满足我一个多年的心愿！

龙　峰：（有些警觉）啥子喔？

梅　梅：（真诚地递上）龙峰，说真的，我一直很欣赏你的人品才华，很多年来就想送你一个"雷达"，今天，算了个愿嘛！

董　琼：（探身一看）吧，终于亮出了糖衣炮弹！现在而今眼目下，成功男人只要风度翩翩，最容易遭个别妇女丢翻！

龙　峰：（接过手表看）梅梅，对不起，谢谢了！这个"雷达"我不能接受，（把表还给梅梅）老同学你要理解喔！

梅　梅：（有些难堪）你这个人啊，太不食人间烟火了，就是个表嘛！哪有那么严肃地对待老同学的嘛。算了，我也不为难你了，等你退休了，我就光明正大地请你吃顿海鲜，要得不？

龙　峰：（很坚决地）梅梅，谢谢你的美意！我还是喜欢喝我屋头的海鲜稀饭，改天我请你吃饭，抱歉！再见！（转身走下）

梅　梅：（站起追下）哎，龙峰，龙峰！你硬是，你真有内功嚓！唉，你是真单纯还是假单纯喔？唉……（转身下场）

董　琼：（眉开眼笑，拿下"面具"）嗨呀，亲眼所见，耳闻目睹，我们老公今天好可爱。走，回家陪我老公吃"海鲜稀饭"。


［剧终］

# 进 城

时　间：2005 年某月
地　点：某广场
人　物：报幕员，女
　　　　老太婆，60 多岁，农村人

**报幕员：** 亲爱的观众朋友，大家好！计划生育广场文艺演出，现在开始。为了更好地宣传我们的基本国策，各级领导对这次演出十分重视，特别请"明星演出公司"向著名笑星赵本山发出了邀请……

（老太婆东张西望地上，发现老太婆，报幕员赶紧跑过去）

**报幕员：** 老人家，你……

**老太婆：** 别说话，让我看看。妈哟，我才 10 多年没进城，咋就不认识路了?! 你说咋个发展得哪个楞个快？女儿，你说，楞个高的楼哪个修的哟，哪……

**报幕员：** 好好。老人家，你要逛街请下去慢慢逛哈，我们在演出。

**老太婆：** 啥子？演出？哟哟哟，你看我这记性！闺女，我就是来参加演出的。

**报幕员：** 啊？你……

**老太婆：** 不光演出，演完了还一起把奖领回去。

**报幕员：** （对观众）哟！这老人家想得可真好，还想领奖。我先问问她，她会啥子。老人家，你会啥子节目？

**老太婆：** 我会啥子？你看呢？（造型）

**报幕员：** 看不出来。

**老太婆：** 给你说吧，想当年我是我们村宣传队的绝对主力。（神秘地对报幕员说）我还是我们村儿的村花呢！（自己也不好意思地）

**报幕员：** （边笑边说）好好，老人家，你说说具体你会啥子。

**老太婆：**我会的可就多哟！

**报幕员：**好你说吧。会唱还是会跳？

**老太婆：**唱歌跳舞，十分轻松。模仿明星，那才考基本功。我模仿赵本山，能让你分不出真假。模仿萨达姆，差一点被"好莱坞"选中去当影星。

**报幕员：**好，既然你这么说，大家欢迎她老人家模仿一下赵本山。

**老太婆：**（模仿赵本山）拉倒吧，尽整些虚的，你们巴掌就不能整响一点啊？你说现在吧有些人儿是吃饱了撑的，他不想要闺女光想要儿。我说这些人的智商是连猪的智商都不如。他不想想，所有的人要都这样，他的儿跟谁结婚？总不能打母猪的主意吧？嘿……嘿……那不全乱套啦？

**报幕员：**对，老太太说的意思是：男女的出生性别比决不能人为地去干预。对了，老人家，大家还想看看你模仿萨达姆。

**老太婆：**（模仿萨达姆）想当初，我说一不二、生活风流。看现在，身陷牢狱成为阶下囚。有朝一日我出去，先打华盛顿，再把拐卖妇女儿童的人贩子全部枪毙，一个都不留！绝对不留！！

**报幕员：**还别说，老人家还多才多艺。老人家，看来你这个演出奖有门儿。

**老太婆：**什么奖？

**报幕员：**演出奖啊。

**老太婆：**错啦！

**报幕员：**（不解地）哪个的？

**老太婆：**我们乡计生办通知我来领农村发的那个扶助奖，每年给我600元，一直领到死。女子，你没听说？

**报幕员：**听说啦！老人家，过去你们这代人响应国家号召"只生一个孩子"，为加快祖国建设做了出贡献，党和人民没忘记你们。你们也赶上好时候啦！

（老太婆凝望着远处，伤心流泪）

**报幕员：**老人家，咋个啦？怎么哭啦？

**老太婆：**看到今天党没忘记咱，不由得心中想当年，件件往事眼前现，不由得我心头酸。当初我生了一个女哟，老公非要再生几个男。我打心里硬是不想生，从此老公就不断地给我找麻烦。

**报幕员：**真不像话！没关系，今天大家给你做主，你就说出来吧。

**老太婆：**（哭泣）啊——我的命真叫苦哟，（哭）啊——

**报幕员：**老人家，你别哭，有话慢慢说。

**老太婆：**要不是今天人来得多，我真是几十年来都不想说。就因为我生了女儿不想再生儿，我老头对我非打即骂不给好脸色。一年不给我吃几次肉，一日三餐沾不到点油星星。夏天我睡觉不准我挂罩子，冬天洗衣服让我到河沟……（已经泣不成声）

**报幕员：**老太婆，别难过。今天国家给咱妇女做主，说出来心里痛快些。

**老太婆：**我那该死的老顽固，还天天逼我喝老陈醋。他说酸儿辣女是老道理，醋喝多了就……

**报幕员：**科盲，科盲，整个一个科盲！！

**老太婆：**我那背时的男人，经常说我不如隔壁的苏二嫂，人家结婚结得早，结婚还未满五年，就生了三个儿娃子，那才有福气！

**报幕员：**思想太封建，国情、家情看不见！早婚又早育，对国对自己都不利，他怎么能尽快过上好日子?!

**老太婆：**同志，还是你们城里人聪明。你咋个晓得现在的苏二嫂，日子过得并不好？（对观众）他现在的几个儿子都长成人，就因为家里太穷，老婆都找不到，天天都扭到两个老的闹，气得苏二哥钻土炕。苏二嫂更是让人伤心，身体成了病快快，身上穿的是烂巾巾。哎哟，幸亏我当初没听老头子的劝，不然我穿的肯定比苏二嫂还要烂。

**报幕员：**老太婆，你以前就有这好思想，值得我们学习和表扬！

**老太婆：**嗨，过去的事情咱都不提啦，今天说点新话题。

**报幕员：**哟，老太婆与时俱进！啥子新话题？

**老太婆：**过去咱独生子女户想致富，四处打听没门路。自从计生部门搞了"三结合"，专门对咱来帮助。当年我只生一个女儿，我喂的母猪生得凶哟，一胎就生十几个，连续几年都没停。闺女，你算算，一头猪崽卖一百，（算账）十头一千，100头就是好几万哟……

**报幕员：**老太婆，错啦……

**老太婆：**孩子，上级的政策没错。再说我那独生女儿又孝敬又听话，就在计生部门的关心、帮助下，她毕业的大学是北大。如今又是婚育新风进万家，我保证，我们村，不是我们全乡……

**报幕员：**老人家，全国都一样！

**老太婆：**嗷，全国，全国处处盛开幸福花。（跳一下子造型——做闪腰状）唉哟——

报幕员：（赶紧上前扶住）老太婆，你慢点。

老太婆：唉——老啦，当年我还是我们村儿宣传队的呢！（活动活动接着说）现在我老太婆的日子那可是王大娘的皮蛋——彻底变啦！现在国家又专门提出关爱女孩，你说我心里能不激动吗？

报幕员：是啊，今天我们都赶上了好时候，你应该和你的老伴好好地享受一下新生活。

老太婆：他个老东西，天天想儿，茶不思，饭不香，嘴里天天抽着叶子烟。就在我女儿高中毕业的那年他就"哦嚯"啦！那是他自找的，咱不提他啦。孩子，快给我想想，我演个啥节目，感谢在座的领导？

报幕员：要不你唱个歌？

老太婆：伤心的歌咱不唱，唱段音乐快板歌唱今天的好时光。音乐——走——

（节奏明显的音乐起）

婚育新风进万家，家家盛开幸福花。

人变心变思想变，想生儿来旧观念。

现在的时代就不同，男女平等一样红。

关爱女孩很重要，保护妇女和儿童。

全靠大家来关爱，来关爱。

女孩也是民族的未来。（从身后取出标语：关爱女孩，构建和谐社会）（定格造型）

[剧终]

# 交通警示录

人　物：甲、乙
布　景：舞台中央一张桌，桌上一醒木，在桌围上印有"关爱生命，安全出行"。

　　　〔幕启：（背景大屏幕展现两车相撞的画面，在刹车声中）甲从上马门，乙从下马门，两人冲向舞台的中间对碰倒地〕

甲乙：（同时）哎哟，我的妈哟。（二人起来一看）

甲：你干啥？

乙：你在干啥？

甲：你严重超速。

乙：你严重超载。

甲：你疲劳驾驶。

乙：你酒后驾车。

甲：你无证驾驶。

乙：哪个无证驾驶？

甲：你有证吗？

乙：我有结婚证。

甲：你有证吗？

乙：我有准生证。

甲乙：（互相吐口水）呸哟。

甲：你硬是狗顶砂锅——晕碰。

乙：胡说，大路朝天一人半边，你在忙啥？

甲：你知不知道宁让三分，不抢一秒嘛！

乙：哎呀！兄弟你不晓得，我是来演节目的。

甲：啊。你也是来演节目呀？

乙：对，我是来参加交通安全宣传演出的。

甲：（上下打量一番，讥讽笑）嘿……你这个样子还演得来节目呀！

乙：不是说的话硬是说的话，电视有我影，收音机有我声，表演赛过赵本山，唱歌赛过宋祖英。

甲：吔，说大话费精神，演给大家评一评。

乙：好，演就演！我还怕你不成？哼，演个啥子呢？

甲：我们演一段新编交通安全宣传双簧。要不要得？

乙：哎呀，我最喜欢双簧，最爱……（急转变，一脸茫然）双簧是啥东西？

甲：啥东西？我说你是耗子跳在鼓上——不懂，就是一个人台前演，一个人后面说。

乙：哦我晓得了，晓得了，就是隔着窗纸亲嘴嘛！

甲：啥意思啊？

乙：里外要配合。

甲：对，就是演说要配合，不能各顾各。

乙：好，我晓得了，那头上留个小辫子，身上穿件长袍子，脸上画个花鼻子，嘴里说个好段子，手里拿个木块子。

甲：搁到哟，啥叫木块子，它叫醒木。它说开始就开始，它说结束就结束，记住这是规矩，你千万不能和尚娶老婆。

乙：啥意思哟？

甲：不守规矩。

乙：保证守规矩，那就开始。

（甲钻桌下，乙桌上醒木一击开始表演）

甲：（喷嚏）我叫陈二欢，家住在眉山，亲身体会一句话，超速超载不安全，硬是不安全。自从买了车，挣钱把命拼，违章遭处理，处理又扣分，宣传我不听，经常在扯筋，扯筋扯得大，警察都害怕，深夜在开车，喝茶抽烟来提神，来提神不得行，耳光打脸昏沉沉，高速公路不准停，不敢停……眼睛睁不开就打瞌睡，你看他说到说到就打哈欠。（打鼾，越大越响，越急越火越爆如剧烈抽筋）

（甲从桌后出来，醒木一击乙惊醒）

甲：你哪门子搞的，咋个演到演到就睡着了？

乙：不好意思，太疲劳啊，我几天没有睡觉，说到说到瞌睡就来了。

甲：正在台上演，你瞌睡来了。你硬是老火车放屁——霉气冲天，振作精神，好生演。

乙：要得。

（甲钻桌下，乙拍醒木）

甲：（打哈欠，伸懒腰）瞌睡未睡醒，哪晓得后车来亲吻，嘭的一声巨响连人带车翻个滚。哎哟，是哪个在跟我两个挤啥子嘛，睡到那头去嘛，啥子？车子翻了？哎呀天哪这咋个得下台哟，天啦天啰，叫得天来天不应，叫得地来地不灵，深更半夜哪找人？赶快去打110，手机不见气死人，满身都是血淋淋。喊的喊救命，喊的喊救人，我的周身痛死人。（哭，由伤心小哭，逐渐激化到嚎声大哭）

乙：出来，出来，把眼泪水都给我哭干了，还在哭啥子嘛？

甲：当初要是听了交警的话，哪有今天的车祸。

乙：是啊。

甲：世上难买后悔药，只怪自己没脑壳，悔也悔不转来了，我们换个角色来段高兴的，怎么样？

乙：要得！我来台前演，你在台后说，（醒木一击就开始，甲不说话）你咋不开腔呢？

甲：开枪就要打死人。

乙：你咋个不开腔说话嘛？

甲：你咋个不表演嘛？

乙：双簧，双簧，后面的不开腔，前面的人没搞场。

甲：啊！是这样的呀，我们重新开始。

（乙击醒木）

乙：嘿，陈二欢，陈二欢，前车之覆，后车之鉴。警钟长鸣记心间，平时学点交通法，亡羊补牢不算晚。自行车换电瓶车，电瓶车换摩托车，摩托车换大卡车，大卡车换小轿车，小轿车换小跑车，平安出入幸福家，办起企业人人夸，不用感谢爹，不用感谢妈，就要感谢交警提醒他，甜蜜的生活笑哈哈……

甲：笑笑啥子笑？（上前方）你喝酒呐？（笑停）

乙：哪个在喝酒？

甲：你在笑啥？

乙：交警提醒我，喝酒不开车，开车不喝酒。

甲：对，酒后驾车是祸害，

乙：超速超载更危险，

甲：无证驾驶该严惩，

乙：疲劳驾驶不安全。（造型定格）

[剧终]

# 乐极生悲

时　间：1999 年金秋
地　点：某农家小院
人　物：姜会云，男，40 岁
　　　　李冬花，女，35 岁
　　　　姜冬冬，男，12 岁
　　　　姚兰兰，女，20 岁
　　　　陈公安，男，45 岁（简称安）

[启幕：舞台中央放上农家小桌和板凳，场内一阵汽车叫声，姜会云和姚兰兰欢天喜地上场，边走边唱]

**姜会云**：有一个美丽的传说，我家住在南部高坡，海南打工今才回屋，你说快活不快活，南部的朋友，你们好，我姜会云又回来了。（内喊：光骗人！）胡说，我叫姜会云，简直不骗人，好久没见面，耶，大家都变了呢！男人变婆娘，女人变新郎，富得油在淌，大家喜洋洋，今日见老乡，我发烟又甩糖，哈！你问这位是哪一个？她呀，（想一下）是我的小秘，（过场）大家鼓个掌，亲爱的来发糖。（发糖过场）

**姚兰兰**：（高兴）哎呀，姜哥，你们这里的人好热情啰。

**姜会云**：（得意）嗨，你还不晓得，全世界的人都晓得我们这里的人最热情，特别是我最老实，最不骗人，我是最漂亮的漂亮，亲爱的你说是不是？（飞吻）

**姚兰兰**：哎呀！你别开玩笑，你咋个安排的嘛？

**姜会云**：安排？你先给我安排一个这个嘛。（过场，姜会云把脸展起，要姚兰兰吻，姚兰兰不好意思）怕啥子？我又不是歪货，两口子打个啵，怕啥嘛？（过场淫笑）我是高级一流产品，二流消费，三流扭着走，四流抱着睡，自己老婆老，娃儿小，耍情人太累，

哥们，你们说对不对？要学外国才叫对！（观众呼应对）

**姚兰兰**：（惊）啊！你在耍我，你家里有老婆。

**姜会云**：（失口）不……不敢要呢，我爱你一千年、一万年，永远爱你从不敢乱来，我姜会云从不骗死人，从我妈肚子头生下来就是一个人，我妈生我是个宝，从未把老婆找，打工就往海南跑，你才是我的好宝宝。你放心，哪个龟儿子骗你，骗哪个死哪个。

**姚兰兰**：姜哥，我相信你，走嘛。我陪你到乡下去看看。

**姜会云**：不，不，哪敢要我美人下乡吃苦哟，就在城里住，住最高档儿豪华的九星级宾馆，我回家安排好了，派专机来接你，哦，哦，是专车。

**姚兰兰**：那倒还差不多，拿来。

**姜会云**：啥？

**姚兰兰**：钱嘛。

**姜会云**：算了，（掏钱过场）啊，告诉你，回四川的手机卡变了。

**姚兰兰**：好多？

**姜会云**：1399090909 不 0，你去嘛，拜拜。（姚兰兰下）（暗笑）一个年龄小，一个又老了，叫我怎么办？坚决把我老婆来蹬了，开门，开门。

**李冬花**：（内应）是哪个？（急匆匆上场开门）哎呀，才是你回来呢？（高兴而激动向前拥抱）

**姜会云**：（发怒）抱啥子？屁少，走开。（进屋去东看看西望望，很不顺意）

**李冬花**：会云，来坐。（拖板凳）

**姜会云**：坐个屁坐，老子这些年是坐硬板凳的呀？知道老子回来了，为啥不给老子买沙发？看着干啥？认不到呀。（下场端水）

**李冬花**：会云，赶阵车，来，喝点水吗？

**姜会云**：（接过开水，有意将杯摆在地下）嘿，龟儿背时婆娘，你是矮子过河淹心的——想把老子烧死呀？气人、怄人、害死人。

**李冬花**：（看见姜会云热，拿着蒲扇与打打扇）别发火，我给你扇两下。

**姜会云**：过去，谁要你给我打扇？

**姜冬冬**：（欢天喜地上场）妈，妈，我放学了。

**李冬花**：冬冬，回来了，快来，喊爸爸。

**姜冬冬**：（看一下）妈妈我认不到，他不是爸爸。

**姜会云**：嘿，你个栽婆娘，我不是他爸爸？认不到我？？这是你教的儿

子？（欲打孩子"过场"，姜冬冬哭）

**李冬花：**（上场阻挡）会云，不打他，不要打他，他年龄小，不懂事。

**姜会云：**（大怒）不懂事，你个屁种，敢说老子不是你的老子。嘿，这是你教的好儿子，我不是他的老子，哪个是他的老子，今天我要对你进行专政，（过场）说。

**李冬花：**会云，你出外打工去，我两娘母，相依为命，从来也没有在外去要过，白日夜晚我是为的这个家呀！

**姜会云：**放屁，古坟里撒花椒——你在麻鬼。

**李冬花：**会云，娃娃说错了，你就原谅他嘛。

**姜会云：**原谅他，哪个龟儿子来原谅我？（故意冷笑）今天我终于明白了，男人有钱要变坏，女人变坏才有钱。你在家，偷人养汉，做出不要脸的事。

**李冬花：**会云，你怎么这么说呢？你不要冤枉人啊！

**姜会云：**冤枉，哪个虾爬晓得你冤枉，你给老子又瞥又少，阴到还把男人抱，（欲打花一耳光）我限你三天滚出我姜家大门，从此永不回来，如且不然，我炸死你全家，老子上街去要去了。（欲走）

**姜冬冬：**爸爸，你不要走嘛。

**李冬花：**会云……你不能走呀！（上前拉，姜会云把李冬花抽在地上，气冲冲下场）这日子叫我咋个活啊？冬冬你一定要好好读书，你长大了千万不要像你爸爸这样呀，你一定要听外婆的话，你爸爸回来要害我们母子二人。

**姜冬冬：**妈妈，我们就到外婆外爷家去住吧！

**李冬花：**那好，你给妈收拾东西，妈妈坐在门口等你。

**姜冬冬：**是，妈妈。（慢慢下场）

**李冬花：**（自悲痛苦）天呐，这叫我们怎么活啊？谁能理解我，又有谁能知道我啊？（过场）冬冬，我对不起你呀，妈是冤枉啊！这么多年一个人苦苦奔波，谁能理解呀？冬冬，妈妈走了。（从台上往台下跌下场）

**姜冬冬：**妈妈，我收拾好了，走，我们回外婆家去。妈妈，妈妈！（四周高喊）妈妈不见了，爸爸不认我啦，我命好苦啊！

（唱）（凄惨）美丽的南部小家，留不住我的爸爸，海南那么大，却没有我的家，爸爸一个家，妈妈一个家，剩下我自己，好像是多余的呀，爸爸呀，妈妈呀，能不能告诉我，这到底为什么呀？（冬冬下场时高喊：妈妈！）

姜会云：为了小老婆，赶走老老婆心要狠，你们懂不起，冬冬花花也走啦！（狂欢大笑）哈……老婆胆子小，几句话就把她吓跑了，我成功了，走进城接小老婆哈……

陈公安：（公安和冬冬上场）你站住，哪里走？

姜冬冬：坏爸爸，你害死了我的妈妈，（姜冬冬拉住姜会云）你还我妈妈，还我妈妈！

姜会云：干什么？

陈公安：干什么？你自己明白！

姚兰兰：（高兴地上场）会云，你咋个这么久都不来接我？害我等得好苦啊！

陈公安：你是他什么人？

姚兰兰：你别管。

陈公安：告诉你，姜会云为了你回到家中，逼死了自己妻子跳水而亡。

姚兰兰：（大惊）啊？你原来真有老婆！嘿，姜会云呀，姜会云，你真正才是光骗人，拜拜。（欲走）

陈公安：站住，哪里走？根据新婚姻法实施，你们将会受到法律制裁，走上法庭。

姜会云：啊！（大惊）完了……（画面定格，走）

[剧终]

# 抉　择

时　间：2008 年 5 月 13 日

地　点：王刚家

人　物：王刚（解放军某部指导员）

　　　　清芳（王刚妻子）

　　　　刘饰珍（清芳母亲）

　　　　［序幕：刘饰珍陪着清芳上场］

刘饰珍：清芳，王刚啥子时候到家哟？

清　芳：刚才王刚来电话说，马上就要到家了。

刘饰珍：王刚坐车辛苦得很，我去为他准备点好吃的，清芳啊，你在这
　　　　里休息一下。（刘饰珍退场）

　　　　（王刚背着包包兴冲冲地回到家，敲门）

王　刚：清芳。（打开门）老婆，老婆，我回来了。（放下包包）老婆，
　　　　（亲了一口妻子很愉快地说）我想死你了。

清　芳：我也好想你。（很害羞并高兴地）

王　刚：你和宝宝都好吧？（摸着清芳肚子）

清　芳：我和宝宝都好。

王　刚：妈呢？

清　芳：妈听说你要回来，高兴得很，到厨房为你准备好吃的去了。

王　刚：你这是在做啥子哟？（指着收音机）

清　芳：这是胎教。

王　刚：还有胎教？我还不晓得了。

清　芳：你晓得啥子嘛？医生说，听音乐有助于孩子健康，我每天都在
　　　　给宝宝听音乐，现在他很听话，你看，他正在用脚踢我呢。你
　　　　快来听听。

　　　　（王刚伏下身子在妻子的肚子上听宝宝的声音，摸宝宝）

王　刚：耶，小家伙还在动耶。乖宝宝，听话哈，你出来以后，爸爸天天陪你耍哈。

清　芳：嘘……小声点，小声点，别吓到我们宝宝了。

王　刚：好！好！

清　芳：医生说，我的预产期马上要到了，明天你陪我一起到医院去做个检查，好不好？

王　刚：好！好！我一定陪你去。

　　　　（听到王刚回来的声音后，刘饰珍从屋里出来）

刘饰珍：王刚，你回来了？

王　刚：妈，我回来了，你老人家身体还好吧？清芳怀孕这段时间，全由你照顾，你老人家辛苦了。

清芳妈：回来就好，回来就好。清芳每天都在念叨你。

清　芳：王刚，你这次回来要好长哟？

王　刚：这次领导批了我40天的探亲假，我一定好好陪陪你。我要陪你散步……

　　　　（突然，大地剧烈地震动，大屏幕上电闪雷鸣，此时，桌上的电话铃声响起）

王　刚：喂，哪个？主任！我是王刚……是！是！是！我马上回部队！

清　芳：王刚，什么事呀？这么急？

　　　　（王刚此时心里非常矛盾，不知道怎么开口，在场上来回地转）

王　刚：唉……亲爱的，我可能不能陪你生宝宝了。刚才部队来电话，说汶川地区发生了7.8级特大地震，灾情很严重，要我马上回部队抗震救灾。

清　芳：啊？你刚到家，连水都没有喝，就又要回部队，宝宝马上就要出生了，你不能走。（很坚决地）

王　刚：清芳，你听我说嘛。

清　芳：我不听，我不听。回来陪我生娃娃，你前脚才进门，后脚就要走，不准。（很生气）

王　刚：清芳，清芳，我也想留下来好好陪陪你，尽一点做丈夫的责任。但灾情就是命令，时间就是生命。我是一名军人，更应该在祖国最需要的时候挺身而出。（很坚定）你就理解理解我嘛。（恳求）

清　芳：理解你，理解你，哪个又来理解我嘛？我马上就要生了，你就不能等我生完宝宝后再走吗？

王　刚：老婆，亲爱的。国家有难，匹夫有责，灾区的群众需要我们
　　　　军人。

清　芳：妈，我……

刘饰珍：好孩子，有了大家才有小家。你是军人的妻子，更应该在最危
　　　　难的时候支持他。生宝宝，有妈陪你，你就放心吧。

清　芳：唉……那好吧，哪个叫我是军人的妻子呢？王刚，部队和灾区
　　　　人民需要你，那你放心地去吧，我和宝宝等着你，你一定要平
　　　　安回来哈。

王　刚：老婆，我的好妻子，还是你理解我。妈妈，我把清芳和宝宝全
　　　　托付给你老人家了哟。

刘饰珍：孩子，你放心去吧。

王　刚：妈，我走了。清芳，你要保重身体哦，等抗震救灾完了以后，
　　　　我就回来好好陪你们！

清　芳：王刚……（伸出手向前，依依不舍，《爱的奉献》音乐起）

王　刚：（先是一惊，停住脚步慢慢转过身望着妻子）清芳，清芳！

清　芳：你走吧！你要平安回来哈。

王　刚：（行军礼，挥泪迅速转身走，在妻子喊声下转身，二人拥抱，强
　　　　忍眼泪，再行军礼）老婆，再见！（转身下场，定格、切光）

　　　　　　　　　　［剧终］

# 卖 光 碟

时　间：现代
地　点：某镇街道
人　物：娄不改，贩卖盗版的游商，男，34 岁
　　　　罗泽志，文化稽查队员，男，38 岁

［启幕：从舞台后面传来喊声：你不要跑，你跑啥子嘛？我有话给你说］

**娄不改**：（背着一个大包一脸慌张跑上舞台往后面一看）站到？我才不得给你站到，（冷笑）我莫得那么瓜，我晓得打一枪换一炮。（站在舞台的角落）藏到旮旯头最稳当，呵呵，这招我都是从电影里头跟到周星驰学来的！（东看看，西看看，下场）

**罗泽志**：昨天接到了局上的最新任务，省上为了加快社会主义建设，创建和谐社会，净化文化市场，公安、工商以及我们文化部门共同联合推出了"扫黄打非，打击盗版"的专项整治行动后，这贩卖黄碟、盗版碟的现象已大有减少，只是还有一小部分的游商，还是在暗地贩卖，我今天就以市民的身份来做一个明察暗访。（转身下场打扮一下，戴上帽子和眼镜）

**娄不改**：（放下背上的大包摆起了摊）我姓娄，叫娄不改，只做黄碟和盗版，走大街串小巷，这个生意赚大钱。我天不怕地不怕，就怕文化局的稽查。不过，他上有政策，我下有对策，我采取毛主席的游击战术，他来我就跑，他走我就来，这叫野火烧不尽，春风吹又生。不过这两天"扫黄打非"的这股秋风吹得我还是有点遭不住了。管他的，生意还是先摆起再说。（吼）来啊……来啊……最新大片《满城尽是黄金甲》，到了我这就是黄泥巴，不值钱了，两块钱一盘就可以买来看了，电影院明天都还不得放啊。买一张想二张，看了三张看四张，本人碟子大不同，又

便宜还治病，不买肯定要后悔！快啊……快啊……（看到走来的罗泽志）朋友，来，来，看一下嘛。

**罗泽志**：我听你喊的，你这碟子还可以治病，真的有这么神啊？

**娄不改**：那当然，效果好得很，想不想听我说一下嘛？

**罗泽志**：那好，你说，只要你说得好那我就买几盘。

**娄不改**：说话算话哈。君子一言，驷马难追哈！

**罗泽志**：肯定的嘞！你说我听看看。

**娄不改**：（口若悬河）看你的样子，我就觉得你有心事。

**罗泽志**：你还有点神呢。

**娄不改**：（神气地）从你的神态中我就看出来了，我觉得……你有抑郁病。

**罗泽志**：为啥子呢？

**娄不改**：你想嘛，你这个病不外乎有两种原因造成，一种肯定就是在单位上跟同事之间关系处得不好，另外一种就是你这段时间跟婆娘的关系肯定不咋好，你说我说对没有嘛？

**罗泽志**：（相信的样子）原来你还会看相嗦！我觉得你说的还有点道理，不过我觉得这跟碟子治病还是没得啥子关系嘛。

**娄不改**：这个关系就大了，你想嘛，你在我这买个几十张的碟子，我给你DVD算2块钱一张，VCD算8角钱一张，拿回去给同事发起，给婆娘看起，这一下，呵呵，同事觉得你大方，婆娘肯定会夸你买相因货。这个人啊，就是喜欢被人夸，这一夸你肯定就脸上有光，一有光就高兴了嘛，这样子下去你只要连续在我这买个七八次，哎呀不要说你的抑郁病，就是癌症不需要吃药都要好了。

**罗泽志**：（哭笑不得）搞了半天，原来是这样子的嗦！我觉得你说的还有点道理，那你这还有没得那个……

**娄不改**：（不解，忽然一拍脑袋）朋友，我晓得了，你说的是那个嘛！（飞吻动作）来！来！来！边边上说话。（从上衣口袋上摸出了一个包满碟子的黑色油布口袋）欧美、中国港台的我全部都有，你要好多？

**罗泽志**：哎呀，你这是黄碟的嘛！不要，不要！

**娄不改**：看你说的啥子嘛，我们都是文化人，说话文明点嘛！应该说生活片，来！来！来！要买就快点。（东张西望）这两天整得有点凶。

**罗泽志**：（装作摸钱）那你给我来几张嘛！

**娄不改**：（在罗泽志肩膀上一拍）哎呀，我一看你就是耿直朋友，我今天给你打五折，一共是 60 块钱，我给你装起好哈。

**罗泽志**：（拿过装有碟子的口袋，摸出了工作证）不好意思，我今天没有带钱，你看这个要得不？

**娄不改**：（接过一看，瞪大了眼睛）文……化稽查……罗泽……志……哎呀！小弟有眼不识泰山，既然是这样，还要啥子钱嘛？拿回去看就是了。

**罗泽志**：（正色）拿回去看？你晓不晓得，你这是贩卖盗版，是我们国家法律所不允许的？走，把摊子收起，跟我到文化局走一趟。

**娄不改**：领导、大哥，你放过我嘛，我这是第一次，我以后再也不敢了，我也不晓得这是啥子盗版，我只晓得这种碟子便宜，就与人方便，进了一些货，赚点稀饭钱。我现在下岗了，家里还有一个刚上高中的娃娃，这婆娘又有病，现在实在是没得办法才这样的，大哥，你就饶了我这一次嘛。

**罗泽志**：你晓不晓得这个盗版就是非法盗取别人的知识产权，给生产正版影碟的企业带去很大的经济损失，还会给国家带来税收上的损失？我这次念你是初犯，家庭又那么困难，我建议你去找一个合法的生意，以后再也不能这样做了哈，但你的这些碟子必须没收。

**娄不改**：（点头哈腰）对！对！应该没收，谢谢你了，我以后再也不这样做了，那我可以走了哇？

**罗泽志**：（看着娄不改走下舞台）那你走嘛。人性化执法，构建和谐社会，是我们的一贯的宗旨，但是对于那些屡教不改的，我们就会给予严厉的打击，我但愿他能知错就改。（下舞台）

**娄不改**：（东张西望地上舞台）好悬了，差点就遭起，幸好我的脑壳还转得快，哎！我也不晓得我妈是咋的，给我取了一个名字叫不改，也难怪这种生意做惯了，想改行都还有点难，我看"狗改不了吃屎"这句话，用在我身上，硬是还有点恰当。白天有稽查嘛，晚上总没有稽查噻，最危险的地方就是最安全的地方，最安全的地方就是最好卖碟子的地方，我到正街边走边卖，我晚上来！（灯光切暗）

**娄不改**：（边走边喊）卖黄……（忽然一下停了下来，娄不改看到罗泽志来了，赶紧改口）卖黄糖了，卖黄糖了，3 块钱一斤，又清热

又去火。大哥你又来了？看嘛，我现在都改了，卖黄糖不卖黄碟了，来弄一坨吃，甜得很！（从口袋里拿出一坨糖递给罗泽志）

**罗泽志：**（看着手中的糖不解）我在超市里头，只买过白糖、红糖，还没有买过啥子黄糖，你这糖的名字还取得有点稀奇?!

**娄不改：**（又来劲了）大哥，是这样子的，现在这个世界变化好大了嘛，啥子都要跟上潮流，我当然也要跟上时代的脚步，我就到进了一批红糖，然后给他加了一层颜色，就是你现在看到的黄色。

**罗泽志：**那你为啥不加其他的色，偏偏就要加黄色呢？

**娄不改：**（眼睛一转）是这样的，你看这段时间刚好是春天，阳春三月，一看到这个黄色，你肯定要想起你和老婆手牵手漫步在那乡间的黄油菜花的海洋中，那个浪漫啊！肯定不摆了。（做出陶醉的样子）

**罗泽志：**看不出来你还能够改正过来。

**娄不改：**领导大哥，你上午教育了我的，我不改要得哦？

**罗泽志：**好嘛，知错能改就是好同志，我还要到其他地方去看看。

**娄不改：**好的，好的，有空就过来玩哈。

**罗泽志：**（正要下舞台时电话铃响了）喂！你哪位？我就是……啥子……你要举报？广场这边有人在卖黄色盗版碟！好的……我刚好在这边，我马上就去查看……请你给我说一下他的样子和特征……胖胖的，没得好高，最大的特点就是他还卖黄糖。

**娄不改：**（偷听到了罗泽志的电话后）看来跑是来不及了，我还有一个绝招该用上了。（娄不改从口袋里麻利地拿出了一个女士假发，套在头上，脱掉自己的裤子，露出了一件早已穿好的女士超短裙，成了一个活脱脱的女人）

**罗泽志：**（走了过来）这人咋不见了嘛？到哪去了？（回头看见了女扮男装的娄不改）请问小姐，你有没有看见刚才这有一个男的？

**娄不改：**（捏着嗓子，学着女人说普通话）帅哥！我没有看见啊！你找他有啥子事吗？

**罗泽志：**（气愤）是一个屡教不改的专卖黄色盗版碟的不法分子，我刚才还被他蒙了，哎！小姐，你又是做啥子生意的？

**娄不改：**我啊！我是从这个西藏来的，（唱起了歌）北京的金山上有个红太阳，我这里卖的是那个黄手帕，嘿！嘿！巴扎嘿！我卖的是我们那里的特产黄手帕，来一张嘛，买回去给你的妻子显示你对她的爱心！黄色代表的是高贵的爱。

**罗泽志：**（摆摆手）算了，我还有事，就不买了，这个人跑到哪去了？

**娄不改：**那就拜拜了，帅哥。卖黄手帕了！

**罗泽志：**（忽然想起）今天咋有点怪了，刚才那个男的卖黄糖，这个女的是卖黄手帕，是不是有点……

（罗泽志看着一直低着头跟他说话的娄不改）小姐！请你把头抬起来让我看一下好嘛！我觉得……

**娄不改：**看！看什么嘛！人家还是黄花闺女，按我们当地的习惯，看了我的脸，那我就非你不嫁，看你的样子肯定是结过婚的，要看我你可要想清楚了。

**罗泽志：**（进退两难）小姐，这现在都是 20 世纪的新社会了，这看一下脸不可能有那么严重嘛？来，把头抬起来让我看一下。（说完就想用手去掀开娄不改的假发）

**娄不改：**（一边用手遮住自己的脸，一边惊叫）非礼了！非礼了！光天化日之下欺负良家少女！救命！（假发被扯掉，露出真面目）

**罗泽志：**嗨，我就晓得你是屡教不改，这下你该咋说呢？

**娄不改：**哦嚯，这下完了！（定格）

[剧终]

# 复习功课

时　间：1999 年
地　点：家里
人　物：朱兵（学生）
　　　　何明（老师）

［启幕：下课铃声响，朱兵背着书包高吼一声］

朱　兵：嗨，放学了。（哼着《好汉歌》上场：大河向东流啊，天上的星星参北斗……）我看一下有老师没得，莫得老师来我先抽杆烟哆！看到老师我不敢抽！（再次哼起《好汉歌》：大河向东流啊，天上的星星参北斗……拿着打火机点烟）

（老师来了！躲、灭烟、哼歌，假装镇定）

朱　兵：耶，到家了呢！呵呵，这个烟是我从我老汉那偷的钱买的烟，呵呵！开门，开门，老汉，老爸，爸爸！是我！妈！（无人应答）嗨，这家人都死完了嘛？（用脚蹬门）开门！算了，我还是拿钥匙出来自己开。

（进屋喊）老汉，妈！嗨，硬是莫得人呢！（门关了）我来看会电视哆。耶，遥控板呢？这几天美国鬼子打伊拉克打得叮啦咚的，你看还有大炮的嘛，你看打得好凶哦。哈哈，那是布什得嘛，哈哈，那是萨达姆得嘛，哈哈！啥子萨达姆嘛，龟儿子傻兮兮的。老师喊我回来做家庭作业，我跑起来看电视，关了！出来，（把书包里的书往外倒，饭盒子掉出来了）还经得绊呢。中国历史是最伟大的历史，不看历史！看生物，看不懂。唉，老师喊我回来背诗，我先看一道哆：黄……河……远上白云天……一片古城万刃山，羌碟何须怨杨柳，春风不度雨门关。一首念完了，我来念二首：春眠不觉绕，处处蚊子鸟，夜来风雨声，花落知多少。看完了，我背一哈哆：黄河……古城万冷山……哈哈，两首都背到了，嘿，我去耍会哆。

我们学校头回子耍杂技，那些人打武功，打跟斗，我也来打会哆。（做武术动作，翻跟斗，不小心踢到了铁椅子上）哎哟，背时老汉做啥子铁东西嘛，把脚整得娇痛。唉，我还打啥子拳呢？不忙哆，老师喊我回来造句，锤子挣扎，卷土重来。嘿嘿，造句！我们邓校长讲课，我呢就在打瞌睡，他在讲课呢，我就想到大坪。喔，有了，上半期我学习成绩不好，这半期经过了邓校长、何主任还有刘老师的耐心辅导，我决心就锤子挣扎，卷土重来好好学习。嘿，要得，这下该我耍了。

（唱）小呀小二郎，背上了书包上学堂，不怕爹来不怕娘，天天都桐坪场……

（又唱）我家住在灯塔高坡哦，我每天都爱下河，乒乒乓乓洗个澡……

洗啥澡洗，我们邓校长昨天开安全工作会议，不准私自下河洗澡，我还在洗澡。我命长，我还年轻，死了划不着。邓校长还说了，上楼梯要靠右，不要拥挤，安全第一，出了事不得了。当然不得了，现在都是独生子女，我妈才生我一个，生二个不准，我都不准她生，她敢生！她就是要生，我都不准她生，嘿嘿！唉，老是，不忙哆，我来看哈政治哆，我们学校在抓政治思想，抓得最紧了。（翻书）看哪篇嘛？这么多，哦，第十二课……（读着读着就打起了瞌睡）耶，咋个打起瞌睡来了？我还是要继续看哦，一遍不行我念二遍嘛，二遍不行我念三遍嘛，三遍不行我念四遍嘛……（又打起瞌睡，还打起鼾声）

（从桌子上滚下来）哎哟，妈呀！（伸个懒腰）哎呀，都八点半了，完了，我今天又迟到了，我天天都迟到，赶快上学去。完了完了，我的书都还没拿得嘛？我书包、我书包、这么多书，哎呀，我的饭盒子都还没拿得嘛，哎，算了，懒得吃了。

（狼狈地跑到教室，老师已站在教室门口了）嘿嘿，老师好、老师好、老师好，老师，我又迟到了……

何老师：为啥又来迟了呢？

朱　兵：嗯，为啥来迟了？我爸爸妈妈没在家，我爷爷婆婆也出门了，屋头的衣裳堆一大山，我在屋头洗衣裳煮饭，我就来迟了！

何老师：你的家庭作业呢？

朱　兵：嗯，我的家庭作业，诗都背到了，句子也造了，老师要看不嘛？

何老师：把你造的句拿来我看看！

朱　兵：嗯，要得！嘿嘿，老师还没有整我哒！（翻书包，找作业）老师，你看一下。

何老师：你自己念一遍。

朱　兵：嘿，我都念不到了，老师你看哈。

何老师：（恨了一眼）念就念嘛。

朱　兵：（做紧张状）老师，就算了嘛。

何老师：念！

朱　兵：锤子挣扎，卷土重来。上半期我学习成绩不好，这半期经过了邓校长、何主任、还有刘老师的耐心辅导，我决心就锤子挣扎，卷土重来。嘿嘿！

何老师：这个就是你造的噻？

朱　兵：老师，对没对？

　　　　（何老师恨了朱兵一眼）

朱　兵：嗯……老师，你看……

何老师：你上课不认真听讲，回家作业乱做，重新来过！

朱　兵：是，莫有造对。他们都在笑我，我错了，我给老师说老实话，我回到家里，没有安心做作业，我回家就东逛逛西望望，看电视，打拳又唱歌，我就没做作业，我就扯扑鼾扯睡着了。我今后一定改正，认认真真完成家庭作业，再不像以前那样，何老师，我给你鞠个躬，我错了！我可以进教室了吧？

何老师：那你进去嘛！

朱　兵：谢谢老师！

　　　　　　　　［剧终］

# 山村情话

时　间：现在
地　点：川北农村陈家新居
人　物：陈开发，男，50 岁
　　　　冯金秀，女，48 岁

[幕启：农村一片新气象，清清的空气，凉凉的微风，喔喔的鸡鸣，唧唧的鸟啼，舞台正中置一桌二椅、茶具]

冯金秀：（急匆匆上场，接手机，边走边说）刘村长啊，今天晚上这个晚会啊……好，好……我晓得很重要，啥子嘛？我两口子是乡上的文艺骨干啊？好，好……我们这回一定演好。（着急地转身向舞台后面张望）这个背时的死老汉儿硬是急死人啰！去接个娃娃半天都接不回来。今天乡上这台晚会就看我给他的节目长脸，要是演砸了岂不丢死个先人板板？
（这时陈开发兴致勃勃地回来）

陈开发：老婆，老婆，我回来啰！

冯金秀：背时的死老汉儿嘞，你硬是悬得哦，这么暗才回来，又在哪长筛边打网去啰！？

陈开发：（看见老婆高兴得说不出话来）哈……你……好，你……真是好，硬是三年的抱鸡母……

冯金秀：（佯装生气）你说的啥子哦？我啥子三年的抱鸡母？

陈开发：（一阵傻笑，笑得弯下了腰）嘿……这点都弄不懂！三年的抱鸡母嘛不捡蛋噻（不简单）！

冯金秀：嗨！我啥子不简单？尽说些莫头莫脑的话，我咋个就听不懂嘛？

陈开发：好事不在忙上，性急人喝不成热开水。王大娘吃米酥——有理有性地来嘛。来……你给我坐好！（拉椅子坐）

冯金秀：啥子哦？（莫名其妙地）你一天疯疯癫癫的。有话就说，有屁就放嘛，少在哪儿装神弄鬼的！

陈开发：我不干啥，我给你磕三个响头。

冯金秀：嘿，老汉我说你呀是胡子上贴膏药——有你个毛病嘛爪子哦？

陈开发：老婆，我莫得毛病，我陈开发这回真的要开发啰，你给我生了个好儿子哦！

冯金秀：（一头雾水）老汉儿，儿子咋个了嘛？

陈开发：你不晓得，我去接他，就被乡政府那个啥子脏纳塔小轿车……

冯金秀：我看你是包谷面吃多了——夯口黄腔。啥子脏纳塔哦？是不是桑塔纳哦？

陈开发：对——桑塔纳。把我接起"喂儿"的一声飙刮刮地一哈儿就飙到乡去啰！

冯金秀：（用手一摸陈开发的脑壳）你没有发烧得哇，咋个尽说了些瞎话嗬？

陈开发：咋个是瞎话呢？这回我们兵兵娃儿回来，你还不晓得有好提劲啰！人家在外头学了本事掌握了技术，还带了个广州的大老板到我们村上来投资。

冯金秀：我看你是遇侠记的枕头——想些来说！

陈开发：（越说越展劲）咋个是想些来说嗬？人家那个老板是看上了我们村的生态环境，要利用我们这里的青山绿水搞一个生态奶牛养殖场。儿子叫我先回来给你说一下，他还带了一个像天仙一样的女朋友回来唷！

冯金秀：老汉你不要白日做梦胡想哈！

陈开发：（急了）咳，人家正儿八经地给你说，你咋个就不相信嗬？他们在村上办手续，等哈兵兵娃儿就要把他的女朋友带回来啰！

冯金秀：（将信将疑）真的啊？

陈开发：不是蒸的未必是煮的嗦？

冯金秀：啥子？兵兵娃儿有女朋友了，我咋个不晓得嗬？

陈开发：年轻娃儿的事，你晓得啥子嘛？这就是人家城里说的啥子代沟哦！

冯金秀：老汉儿少给我假打。女娃子长的啥子样子嘛？

陈开发：啥子样子？咳，那硬叫做死鱼的尾巴不摆啰！

冯金秀：少卖关子，说清楚点儿！

陈开发：（绘声绘色地）那硬是说人才有人才，说身材有身材。那样子啊简直就跟电视里头的韩国美女有一膀！

冯金秀：（眉开眼笑地）那肤色好不好喃？

陈开发：你在开玩笑！那硬是白里透红，与众不同。就跟木马山的地瓜儿两个一样——雪白细嫩、猛脆、化渣！

冯金秀：你这个老不正经的，她未必比我年轻的时候还乖嗦？

陈开发：乖乖乖，你乖是乖嘛，你不过是山旮旯头的红苕花嘛！

冯金秀：管他的哦！一代更比一代强，老子英雄儿好汉，强将手下无弱兵。

陈开发：嗯。（自信地）那是自然。吼巴儿咳嗽莫得谈头。

冯金秀：哎呀，少说那么多废话！今天晚上我们的节目还是要排一哈噻，乡上那么重视，要不然在那么多人面前丢人现眼才羞人嘞！

陈开发：我的本事未必是吹的嗦？你放心好啰，我不上场便算啰，只要我一上场好多大牌明星都要收刀检卦！

冯金秀：少在那儿王婆卖瓜自卖自夸！

陈开发：老婆！（在背包里拿出一件新衣服）快点儿来把衣服换一哈。我在街上专门给你选了一件，穿起巴适得很！

冯金秀：（一看衣服很花哨）哎哟，这个都穿得出去啊？羞死人啰！

陈开发：咋个羞死人喃？现在生活好啰，农村跟城里有啥子区别嘛？城头人都是这样穿嘞！媳妇回来啰，也该洋气点儿噻！

冯金秀：我都穿得出去啊？

陈开发：嗨，好得很哦，人是桩桩全靠衣裳，穿上衣裳就像个新娘。（上前去吻一下）

冯金秀：（幸福地把陈开发一推）看你老不正经的。

（陈开发一跤跌倒在地）

（冯金秀心疼地连忙将他扶起）

陈开发：（抬头看着老婆笑着说）老婆，要是我们再回去20年噻，我又要再结一盘婚啰！

冯金秀：啥子喃？你还要结婚？你想跟哪个结婚哦？

陈开发：跟你噻！

（两人依偎在一起，回到年轻时候的感觉，在《选择》的音乐声中，两人手挽着手）

冯金秀：老汉儿，我好像又回到我们初恋的时候了！

陈开发：哎哟，我的个妈啊，我咋个也有这个感觉喃？

冯金秀：哎呀，时候不早啰，还是把今天晚上的节目走一道！（演员展示

　　自己的才艺，幕内汽车喇叭响）

陈开发：哎呀，儿子他们回来啰，走，快点儿接儿子去！

冯金秀：老头等到我！


　　　　［剧终］

# 悔

时　间：现在
地　点：某镇街道
人　物：任大富　周　平

大　富：（身着烂衣，一副可怜凄惨的样子，漫步街头，边走边唱流浪歌）

流流的人在外想念你，亲爱的爸妈，流浪的脚步走遍天涯，没有一个家，冬天的风夹着雪花，把我的泪吹下，走啊走啊，不该走啊，不该走出学校和老家。后悔啊，爸爸妈妈，刘校长，陈老师，我要回来读书。（大哭）

我叫任大富，家住富驿路，今年 15 岁，正在初中混。交个女朋友，名叫杨小柳，想外出打工到海口，一天晚饭后，把我叫到屋后头，细声细语给我说：现在读书有啥用？大学毕业也要去打工，不如现在就出走，挣到现钱先享受，只要有了钱，生活定比糖蜜甜。原来我在班上是前几位，每天下课她就来约会，我成天被她所陶醉，还说什么，亲爱的大富，离开了你我活不下去，我是你的衣，你是我的裤，虽然我们年龄小，但爱情价更高，我们的感情像冬天的包包白菜一样，越包越紧，像燃烧的火炉一样，越烧越热，只要我们同心到海口，心想事成样样有。我被她甜言蜜语迷心窍，下定决心离了校，回家壳子冲了大半天，花言巧语胡乱编，绞尽脑汁把存单骗，取了存款一万三。跑到绵阳火车站，老师追来苦口良言把我劝，劝我回校把书念，没有文化打工难上难。我硬着头皮不听劝，仍然登上火车去了海南。海南确实经济繁荣，景象美，到处是高楼工厂成堆堆，人人在奔波，生意红似火，但是我找工作却难上难……人家一见我娃气未脱，说我年龄太小，干活没力气，做事不牢靠，一无凭二无证，就是扫垃圾守大门人家也不要。找不到工作、无活干，天天街上窜，离家带的钱，即将要用完，朋友杨小柳，也跟别人走，剩下我一个流浪在街头，晚上睡街檐，一天一顿饭，日子过得好凄惨。（伤心哭）我是家里的独根根，爷爷婆婆把我当星星，爷爷婆婆说："孙儿啊！你要吃啥就开口。"爸爸妈妈把我当宝宝，爸爸妈妈说："儿子啊，你要穿啥就伸手。"我对爷爷说："我要喝酒。"爷爷说："不要贪杯少喝几口。"我对爸爸说："今天我要会朋友，请你给赞助。"爸爸二话不说一百现钞到我手，但是我却读书当懒狗，在校要朋友，迟到又早退，上课打瞌睡。爸妈拿钱叫我把书读好，我却经常往网吧跑，爷婆拿钱叫我刻苦展劲，我却跑到街上去鬼混。原来我的成绩好得很，全家还指望我上大学去北京，现在好，打工无人要，有书读不成，好悔啊！好悔啊！

千悔万悔我好悔，自己错了又怪谁？

读书早恋害自己，弃学打工无作为。

误入歧途才知道，老师劝言不该违！

学习才是我正道，决心读书把校回。

亲爱的叔叔、阿姨、大哥、大姐，（跪在地上苦苦哀求）我不是骗子，请你们给一点资助，献点爱心，让我早日回家与亲人团聚，重返学校，好好读书。（音乐伴奏《爱的奉献》）

谢谢大哥、大姐！

周　平：（上场，四处观看，走到大富面前）你是？

大　富：叔叔，我是四川人，你救救我嘛！

周　平：（惊奇）啊，你是新都人？

大　富：就是。

周　平：哎呀，（激动）我们终于找到你哪！

大　富：你是？

周　平：你是新都升庵中学的同学吗？

大　富：就是，哎呀，你咋个晓得的？

周　平：我啊，就是你们学校教导处的周老师。

大　富：（大吃一惊）啊，周老师，我错了。

周　平：好，只要你知道就好，我们学校为了找你，在网上、车站、码头等全国各地都在找你。我们为你呀花了不少的精力。

大　富：周老师，我对不起学校呀！

周　平：我们校长再三强调，我们升庵中学不放弃任何一个流失学生！

走，跟我回校读书。

大　富：谢谢，老师。

周　平：不用谢，走，我们回家。（拉大富下场）

[剧终]

# 留 一 分

时　间：现代

地　点：某私人诊所

人　物：周定白，医生，年龄 50 岁

　　　　刘一芬，女，年龄 70 岁

　　　　周远孝，男，年龄 24 岁

　　　　胡小青，女，年龄 23 岁

布　景：私人诊所诊断室的室内景，条桌一张，桌上放处方笺、听诊器，笔桌子一张，桌旁一长板凳，一长方形广告牌背面对着观众。

［启幕：周定白医生边穿白大褂边从室内走出，漫不经心的神态］

周定白：原先跑江湖，现在搬进屋。每天开大门，先穿白衣服。如今这两年，行医最来钱，架势要绷够，圈圈要扯圆。（拉开卷帘门，把广告牌拿到门外正面对着观众。牌上八个字——世代名医，妙手回春）打起名医招牌，何愁病员不来？嘴巴说得圆范，肯定能发财。各位乡亲和父老，一定要把健康搞好。俗话说，要想健康，你出手要大方，衣烂从小补，病从浅中医。（内白：你能医啥子病哦？）嗨！风湿麻木跌打损伤红崩白带阳痿百泻，雷打死了都医得活，上要医起脑壳顶顶，下要医拢脚板心心，除了"非典"而外，还医"艾滋病"！随便你啥子病，医一回就要见效，医两回就可以断根，老头儿找我医，可以返老还童，白发转青，80 岁的老太婆吃了我的药都可以焕发第二青春……

刘一芬：（捂着腮帮子上场）哎哟！哎——哟！

周定白：（看见刘一芬大娘，非常高兴地）我的财神菩萨来了！

刘一芬：哎哟！老人血气弱，屙尿打湿脚。吃碗凉粉儿，牙巴遭磕脱。

周定白：（热情地）大娘是来看病的呀？

刘一芬：哎哟，就是。

周定白：（扶刘一芬进屋）来来来，不着急。坐坐坐。（大娘坐凳上，医生到桌后座椅上，拿出笔和病历记录）你叫啥名字？

刘一芬：刘一芬。

周定白：啥呀？留一分？啥子留一分哦，留啥子一分？想开些，现在啊，人老就要笑，抱鸡母老了就跳，啤酒喝多了就屙尿，骚酒喝多了就乱套，平时到广场把舞跳，笑一笑十年少，留一分爪子？拉动内需搞消费。

刘一芬：我的名字叫刘一芬，不是留一分。

周定白：哦，整了半天，你的名字叫刘一芬哈。（恍然大悟）哦——我叫你刘大娘哈。你说下你哪里不舒服。（把听诊器挂在颈头上，川普）你说一下你的症状。

刘一芬：我的牙巴……

周定白：牙巴有啥问题嘛？

刘一芬：吃碗凉粉，不晓得咬到什么东西，把牙齿给我磕脱了，磕脱了又没有看见牙巴。

周定白：唔！把嘴张开。我看看。（看口腔）啊哟！有点凶。（绕到大娘另一侧、再看口腔后，搓手）哎哟——有点麻烦。

刘一芬：医生，有好麻烦嘛？

周定白：确实有点麻烦！不过你也不要着急，算你运气好，找到我了。我是世代名医——"专家"！

刘一芬：王幺妹儿就说你给他们说的你是专家，啥子病都能医，哪怕是痛症、尿症、癌症、龙门阵你尽都医得好……

周定白：啥子龙门阵哦？绝不是摆龙门阵，我是专家，还专治绝症！

刘一芬：现在乱打招牌的多得很，杀鸡的自吹手术专家，修脚的说他是美容专家，卖烧烤的成了美食专家，讲评书的是语言专家，抽彩头的是预测专家，算八字的是心理专家，屙屎屙尿在厕所旮旯头都碰得到专家。

周定白：哎哎哎！刘大娘你不要乱说哦。你到底看不看病嘛？

刘一芬：当然要看呀！不看我来到这里做啥子？我不如去搓麻将！

周定白：要看病就坐好。（回到桌后座椅上）我先摸下再说。

刘一芬：摸啥子？

周定白：摸脉。望闻问切，这是规矩。（手摸大娘脉搏）把衣服脱了。

刘一芬：你想做啥子？莫乱来噢！

周定白：哪个在乱来？把衣服脱了我给你检查，你这么大岁数了，哪个还想打你主意哦？

刘一芬：岁数大，啥子岁数大？在外国80岁老太婆还是俏货哦！我不脱衣服。

周定白：你不脱衣服那就到里头床上睡好，把裤儿松开。

刘一芬：哎哎哎！你到底想做啥子？一会儿喊我把衣服脱了，一会儿喊我把裤儿松开！

周定白：哎呀！你哪个乱想哦？我是要给你检查，你到底看不看病嘛？

刘一芬：当然要看啰，就看你医不医得好。

周定白：笑话！不管内科、外科、小儿科、伤科、骨科、妇产科，口腔、泌尿、胸外科，痔漏、五官、精神科，科科都懂，门门在行，我是专家嗦！

刘一芬：专家不是说起的，医术好才是专家。

周定白：交了钱就给你医嘛。

刘一芬：你咋个给我医嘛？

周定白：那要看你钱多钱少说话。

刘一芬：啥子意思呢？

周定白：钱多吃好药，钱少就吃歪货药，你不交钱就不开药。

刘一芬：哦哟！硬是说起钱就两无缘，瞎子摸着钱，心头都了然，我娃儿陪我到大医院去看病的时候，只是那个卡在机器上一划，啥都搞定了。

周定白：刷卡！（背白）耶！今天钓着一条大鱼了。（向大娘）大娘，你用的是啥子卡呢？

刘一芬：啥子呀？叫个母、啥子单卡。儿子媳妇给我办的。

周定白：（背白）牡丹卡，哦哟！硬还是一个阴着肥的老太婆。（对大娘）大娘，我这里同样可以刷卡，只是最近刷卡机坏了，只能收现金。

刘一芬：我身上除了卡就是大面额的票子，零钱是坐三轮的。

周定白：那这样，你把牡丹卡给我，密码说给我，我派人去取就是了。

刘一芬：取好多嗯？

周定白：我先给你算一下。查血化验、照光、照片、CT、B超、开刀、住院……

刘一芬：我只是牙巴磕脱了哇。

周定白：是呀！是呀！牙巴最硬。尸体化成水了牙巴都不得烂。你说你的牙巴磕脱了，磕脱了又没有看见牙巴，这个问题就严重了。

刘一芬：再严重也是口腔科的小毛病嘛。

周定白：单纯地讲是口腔科，可是滑下去牙巴卡在喉咙上那是五官科了，再滑下胸外科，滑到肚皮头就是胃肠科，滑到小肚子就属于泌尿科，如果偏偏卡在肛门上那是相当麻烦了。

刘一芬：你乱说，上头是面子上工程，底下是隐蔽机构，而且还是机密单位，咋个扯得到一堆去喃？

周定白：是呀、是呀！所以要检查这么多科。

刘一芬：这样科，那样科，就是把票子划在你那里磕。

周定白：莫说那么难听嘛，要医病就交钱。

刘一芬：交好多嘛？

周定白：你病情复杂，预交两万。

刘一芬：两万？是不是相因点哦！

周定白：又不是买小菜，还要讲个价钱。都晓得原先是挣钱吃饭，现在是吃饭挣钱。身体要紧，出手大方点嘛！

刘一芬：我出手倒大方哦，只怕我这个大面额票子你消受不起。

周定白：你吓我嗦？啥子消受不起？钱多了又不咬手！

刘一芬：我这张票子大得很哦！

周定白：支票嗦？我们不收支票，只收现金。

刘一芬：就是现金，大面额现金。

周定白：拿来我看看。

刘一芬：不能看哦，这我拿给我老头子用的。

周定白：你这个人咋这么傻？先把钱拿给我来给你医病嘛。

刘一芬：明天是我老头子的生日，我要给他送去。

周定白：不说那么多，拿给我来！

刘一芬：（取出冥币）一百万美元。

周定白：死人用的钱呀！

刘一芬：对得嘛！我老头子明天三周年得嘛，鬼想钱挨令牌。

周定白：耶，刘一芬，你太过分了吧，你拿死人钱来挖苦我哇？给我滚！

刘一芬：那我今天不滚，你又把我咋个呢？

周定白：（气急败坏）疯子！

刘一芬：骗子！

周定白：疯子！

刘一芬：骗子！

（二人争吵不休，刘一芬找板凳坐下，周定白把凳子一拉，刘一芬滚倒在地上）

周远孝：（周远孝拉着胡小青的手高兴上场）小青，这是我爸的门诊，我们去给他说一下，明天到你们家给外公烧三周年。

胡小青：好嘛！（二人进门诊）

周远孝：爸，你们这是干什么哦？

周定白：儿子，今天起来早了，遇到疯子了，把她弄出去！

刘一芬：你才是疯子！

（胡小青一看刘一芬大吃一惊）

胡小青：（上前扶起刘一芬）外婆，你们这是咋个的？

刘一芬：孙女，你来这样干什么哦？

胡小青：这是我男朋友爸爸的诊所得嘛！

刘一芬：啊？这是他妈歪诊所得嘛！

胡小青：外婆，你不要乱说哈。

刘一芬：孙女呢，你不晓得哦，我牙巴痛就来找他给我弄点药，结果他要收我两万块钱哦，千方百计来套我的钱哦，我不干，他就把我推倒在地上了。孙女你咋个找这样没良心、没道德的家庭哦！走，跟我回家！

（刘一芬拉胡小青下场）

周远孝：爸，你是咋个搞起得嘛？（追小青去）小青，小青……

周定白：耶，刘一芬，今天你硬是没给我留一分……情面。（自悔定格）

[剧终]

# 普天同庆

时　间：唐朝
地　点：利州
人　物：县　官
　　　　太　监
　　　　皇　帝
　　　　衙役 2 名、宫娥彩女、卫士等

　　　　〔启幕：县官、衙役慢步上场〕
县　官：自幼想当官就想起了毛病，五千文买了一个捐班出生，田地案、
　　　　婚姻案我实在难整，水搅面面搅水酱子一盆。（白）下官本姓
　　　　侯，坐地在利州，婆娘打男人，这事莫来头，为啥我不救，太
　　　　太耍舌头。我侯德宽，
衙役甲：我侯德窄。
县　官：我父……
衙役甲：咳。（答应）
县　官：（把衙役甲一看）你在干啥子？
衙役甲：老爷，我没干啥子。
县　官：没有干啥？我父……
衙役甲：咳。（又答应）
县　官：你又在干啥？
衙役甲：我没干啥？
县　官：我在说我父，你在干咳啥子？
衙役甲：我喉咙管不太通得嘛。
县　官：那站到旁边去把喉咙给我整通哆。
衙役甲：要得。（退一步）
县　官：（自信，整理衣帽）我父……

衙役甲：咳！（又咳嗽）

县　官：狗东西，老爷今天表个白都表不抻展，过来把这个梨子咬到！
　　　　（衙役甲咬住梨子）我父为我创下了这份家产。哎呀，要说这份
　　　　家产，我简单说一下，富不了来贫不贫，我家有二十四个金银
　　　　坑，周围堂转八十里，谁不称我为有钱人。哪晓得我那背时老
　　　　汉，拿五千担银子给我买个县官，哎呀，老汉啊老汉，你要买
　　　　嘛就给我买皇帝老倌嘛，（衙役指手画脚）哪个舅子喊你给我个
　　　　县官嘛，他们要把我管到得嘛！来呀！
　　　　（衙役甲不做声）

县　官：德窄！
　　　　（衙役甲不做声）

县　官：耶，这娃得了哑症了哇？来人呐！

衙役乙：老爷！

县　官：你到街上去，买点车前子、马钱子、大葱子，外加蜂蜜半斤给
　　　　他喝上。

衙役甲：（急忙取掉口中的梨子）老爷，老爷，要不得，要不得，你这一
　　　　弄就要把我整摆起。

县　官：你娃儿开得到腔嘛！

衙役甲：老爷，你把梨子咬到说话嘛！

县　官：少废话，过来我给你说，接上官命令，万岁要到利州来，叫我
　　　　们做好护驾工作，若有疏忽怠慢，出现问题，全家问斩！听
　　　　到没？

衙役甲：听到了！

县　官：平时不要给老爷开玩笑，再给老爷开玩笑，老爷要打烂你的嘴
　　　　巴子，打得你喊老子。

衙役甲：老爷，你摸到就打，你这么凶怕不怕人哦？

县　官：老爷这么凶怕哪个？

衙役甲：哎呀，老爷，你凶啥子嘛，你一个县官，人家府官比你还凶，
　　　　来哇！

县　官：哎呀，狗东西还把我难倒了呢！老爷当一个府官也要把你管
　　　　到起。

衙役甲：老爷，府官还是怕哦。

县　官：府官怕哪个？

衙役甲：府官怕道台。

县　官：老爷当个道台也要把你管到起。

衙役甲：老爷，道台也怕哦！

县　官：道台怕哪个呢？

衙役甲：道台怕宰相。

县　官：老爷当个宰相也要把你管到起。

衙役甲：老爷，宰相也怕哦！

县　官：宰相怕哪个？

衙役甲：宰相怕皇帝！

县　官：老爷当个皇帝也要把你管到起。

衙役甲：老爷，皇帝也怕哦！

县　官：皇帝怕哪个？

衙役甲：皇帝怕阎王！

县　官：老爷当个阎王也要把你管到起。

衙役甲：老爷，阎王也怕哦！

县　官：阎王怕哪个？

衙役甲：阎王怕玉皇！

县　官：老爷当个玉皇也要把你管到起。

衙役甲：老爷，玉皇也怕哦！

县　官：玉皇怕哪个？

衙役甲：玉皇怕天！

县　官：老爷当个天也要把你管到起。

衙役甲：老爷，天也怕哦！

县　官：天怕啥子？

衙役甲：天怕云，云把他遮到就看不到了！

县　官：老爷当个云也要把你管到起。

衙役甲：老爷，云也怕哦！

县　官：云怕啥子？

衙役甲：云怕风把它吹散了嗉！

县　官：老爷当个风也要把你管到起。

衙役甲：老爷，风也怕哦！

县　官：风怕啥子？

衙役甲：风怕墙把它挡到起！

县　官：老爷当个墙也要把你管到起。

衙役甲：老爷，墙也怕哦！

县　官：墙怕啥呢？

衙役甲：墙怕耗子打洞噻！

县　官：这个……（想一下）老爷当个耗子也要把你管到起。

衙役甲：老爷，耗子也怕哦！

县　官：耗子怕啥子？

衙役甲：耗子怕猫噻！

县　官：这个……（想一下）老爷当个猫也要把你管到起。

衙役甲：老爷，猫也怕哦！

县　官：猫怕啥子？

衙役甲：猫怕狗噻！

县　官：这个……（想一下）老爷当个狗也要把你管到起。

衙役甲：老爷，狗也怕哦！

县　官：狗怕啥子？

衙役甲：狗怕我婆娘不给吃饭。

县　官：这个……（想一下）老爷当个你的婆娘也要把你管到起。

衙役甲：老爷，我婆娘也怕哦！

县　官：你婆娘怕哪个？

衙役甲：我婆娘怕我噻！

县　官：为啥怕你？

衙役甲：怕我打她！

县　官：那你怕哪个？

衙役甲：（嬉皮笑脸）呵呵，我还是怕老爷噻！

县　官：狗东西，说了半天，全是废话！

太　监：（太监随 2 名卫士前来宣旨）圣诏下，利州县官接旨。

县　官：（忙整理衣冠）臣接旨！

太　监：奉天承运，皇帝诏曰，利州李志蜀员外，解贫济困，爱心资助
　　　　残疾人事业，带动马口村寻求致富，大爱无疆的精神，值得嘉
　　　　赏。万岁得知，李志蜀是皇叔之侄，喜得公主，万岁亲临驾到，
　　　　前来祝贺，钦此！

县　官：臣领旨，谢主隆恩！

太　监：侯大人，利州有什么特色啊？

县　官：启禀公公，那就是和尚的木鱼！

太　监：什么意思？

县　官：多多多！特别是我们马口村的豌豆凉粉，硬是巴适！

太　监：好！那万岁今晚在哪里用膳啊？

县　官：启禀公公，我们利州现在变化很大，最近，开了一个大堂口火锅城商务休闲会馆，值得万岁前来品尝！

太　监：此会馆有什么特色啊？

县　官：这个大堂口火锅嘛，据说发源于皇上的故乡，三千余平方米空间环境，可容纳 1000 人同时就餐。简约、沉稳、大气的装修风格，让万岁享受放松。周到细致个性化的服务，让万岁有如皇宫的感受。

太　监：好啊，侯大人，明日辰时，万岁要到皇泽寺烧香礼佛，一定做好护驾的工作啊！

县　官：是。

内　白：皇上驾到！（起音乐，走过场）

众　臣：吾皇万岁万岁万万岁！

皇　帝：众卿平身！

众　臣：谢主隆恩！

太　监：启奏万岁，利州大堂口火锅发源于皇上的故乡，三千余平方米空间环境，可容纳 1000 人同时就餐。简约、沉稳、大气的装修风格，让万岁放松休闲。

皇　帝：好！那就摆驾利州大堂口火锅城商务休闲会馆。

太　监：遵旨！御林卫听旨，万岁移驾利州大堂口火锅城商务休闲会馆。

众卫士：是！（音乐起，走圆场）

县　官：李员外快将小公主抱来，万岁瞧上一瞧！（过场）

皇　帝：好好好！我大唐又多了一位公主！来人呐！

太　监：是！

皇　帝：传旨下去，普天同庆！

太　监：万岁有旨，歌舞升平，普天同庆！

县　官：请万岁到一楼看川戏，二楼吃火锅看节目，三楼打麻将！（造型，在音乐声中下场）

〔剧终〕

# 忏 悔

时　间：2009 年

地　点：某监狱

人　物：法官（1 人）

　　　　民警（2 人）

　　　　刘洪松（肇事人）

　　　　李秀英（刘洪松之母）

　　　　王金凤（刘洪松之妻）

［启幕：警报声，法官走上台］

**法　官：** 将肇事者带上来！（两位民警将刘洪松押在台前）根据中华人民共和国刑法一百三十三条六十七条之规定，判决如下："被告人刘洪松犯交通肇事罪，判处该犯交通肇事罪有期徒刑六年。"宣判完毕，把罪犯押下去。

（刘洪松向台下喊妈、喊妻子）

**刘洪松：** 妈……金凤……

**李秀英：** 儿啊……

**刘金凤：** 洪松……

（难舍难分的场面，刘洪松被民警强制带走，母亲和妻子边喊边追赶下场，灯光暗下）

（刘洪松凄凉地唱着《铁窗泪》上场，忏悔在台上）

**旁　白：** 人生最大的悲剧莫过于失去自由

人生最大的痛苦莫过于失去亲人和朋友

悔恨自己不遵守交通法规

给他人造成严重的损失

今天我站在这铁窗前

罪有应得，悔恨难当啊

刘洪松：（唱）铁门啊铁窗啊铁锁链，手扶着铁窗我望外面，外面的生活是多么美好啊，何日重返我的家园？何日重返我的家园？条条锁链锁住了我，朋友啊听我唱支歌，歌声有悔也有恨啊，伴随歌声一起飞，伴随歌声一起飞；月儿啊弯弯照娘心，儿在牢中想母亲，悔恨开车不小心哪，而今我成了狱中人，而今我成了狱中人。

李秀英：（唱）月儿啊弯弯照娘心，儿在牢中细思寻，不要只是悔和恨，洗心革面重做人，洗心革面重做人。

刘洪松：（唱）慈母啊眼中泪水流，儿为娘亲添忧愁，如果有那回头日，甘洒热血报春秋，妈妈呀儿给娘磕个头，月儿啊圆圆照我心，我在狱中想伊人，不知你是否相信我呀，脱胎换骨变新人，脱胎换骨变新人。

王金凤：（唱）月儿啊圆圆照我心，盼望你早日出监狱的大门，浪子回头金不换，我等你回来不变心，我等你回来不变心。

（三人手拉手看着舞台上的荧幕）

（后背景荧幕上现出坐在篮球里的小女孩的画面和声音）

小女孩：我叫钱红艳，今年七岁了，在我四岁的时候，我们几个小朋友去给正在地里干活的妈妈送钥匙，在我们穿过公路的时候，只见一辆大货车向我们猛扑过来，等我醒过来的时候，我只觉得我的两只脚冷冰冰的，我叫妈妈给我穿上鞋子，妈妈什么也不说，泪水滴到了我的脸上，原来我今生今世再也不用穿袜子、不用穿鞋子了，甚至连裤子也不用穿了，我走路的鞋子是一个篮球，到今天为止，我已经磨破了六个篮球。有些好心的叔叔、阿姨来看我，他们总是给我买一些糖果饼干啊什么的，可我多么希望他们给我买一个新篮球和一个新书包啊！驾驶员、叔叔、阿姨们，你们飞快地开着车在路上跑的时候，请你们想想我这个坐在篮球里的小孩，我天天在想，谁能给我像别人一样的两条腿呢？

（三人抱头痛哭，灯光渐渐暗下）

旁　白：开车不喝酒，喝酒不开车，这样的悲剧值得每个人深思。

[剧终]

# 拜 年

时　间：2013 年
地　点：龙德集团
人　物：李春芳（中江表妹）
　　　　谢道恩（南部表哥）

　　［启幕：李春芳东张西望地从上马门上场，谢道恩四处张望地从下马门上场］

**李春芳：**（用中江话自言自语地说）唉，这个临江西路 7 号，龙德集团在哪个函哦？（四处张望）

**谢道恩：**哎哟，成都变化好大哦，房子好高哦，把帽儿都给我望落了。锦江宾馆河对岸的龙德酒楼咋个走哦？（发现李春芳，上前去问）唉，小姐！请问这个龙德酒楼咋个走？

**李春芳：**啥子？小姐？

**谢道恩：**（感觉没对）哦，老姐！

**李春芳：**闯你的鬼哪，哪个是老姐哦？

**谢道恩：**唉……（想一下）你既不是小姐，又不是老姐，那你是？

**李春芳：**我是中江来的表妹——李春芳！

**谢道恩：**哦，你是中央来的李心慌！

**李春芳：**哎呀，不是李心慌，是李春芳！

**谢道恩：**哦，你是中江的李心慌。

**李春芳：**我是李子花的李，春天的春，芳香的芳。晓得不？

**谢道恩：**晓得了，晓得了，李春芳嘛！

**李春芳：**对了，这位大哥，听你口音，你也不是成都本地人吧？

**谢道恩：**对头，我是南部的谢道恩！谢是谢谢的谢，道是道谢的道，恩是感恩的恩。我是来找龙德酒楼拜年的！

**李春芳：**你找龙德酒楼的啊？我是找龙德集团感恩拜年的！

谢道恩：哦，我晓得了，我们两个找的是一个单位。唉，表妹，你感啥子恩哦？

李春芳：你不晓得哦，那几年我们那个凶穷得很，吃的咪儿红苕喝稀饭，飞机路过都听得到我们喝稀饭的声音在响。

谢道恩：哎呀，穷得这么恼火啊？都没得人来帮助你们啊？

李春芳：很多年都没得人来帮助，我们那些孤儿啊都没得人来照顾！

谢道恩：哎呀，太可怜了！

李春芳：不可怜！后来呀，就是这个龙德集团感恩政府，回报社会，到我们这个地方来，给我们捐钱、捐物，帮扶救困，修学校、修公路，扶助孤儿56人，还帮助我们养起了猪，送起娃儿读了书。现在日子过得咪咪甜，吃水不忘挖井人，致富不忘龙德恩。所以，我们生产队就派我来感谢龙德集团，来表演个节目。

谢道恩：哦，你还演得来节目啊？

李春芳：开玩笑，除了演不到的都演得到！

谢道恩：那你太凶了！

李春芳：那你呢？

谢道恩：我啊，说出来你莫笑，那几年我家穷得响叮当，打工到处跑趟趟，那个日子过得好造孽哦！

李春芳：那几年啊，大家都差不多！那后来呢？

谢道恩：嗨，（惊奇地）后来呀，我运气好，碰到宋全宝，招进龙德集团来工作，日子过很不错。不是说的话，现在而今眼目下，我家里土墙变楼房、瓷砖贴上墙，家里啥子都不缺，就是缺婆娘！后来哦，我们对河的湾头的沟头隔壁倒拐的王二嫂给我说了个婆娘。

李春芳：是哪里的？

谢道恩：我给你说嘛是肚脐眼贴膏药——

李春芳：啥意思？

谢道恩：巴中的。

李春芳：巴中人好！

谢道恩：好是好，就是大三岁。

李春芳：表哥，女大三抱金砖嘛！

谢道恩：抱你妈个火砖，抱金砖！比我妈大三岁！

李春芳：后来呢？

谢道恩：后来呀，龙德集团的夏总给我说个老婆那才好哦，过门来就给我带个女娃娃，走拢就把我喊爸爸，我捡到一个老汉不说，还节约好多原材料哟。我女儿长得来呀不好说，横身上下连节疤都没一个，高高个儿矮墩墩，苗苗条条郎筋筋，头发飘逸满头青，一脸雪白光生生，不打胭脂桃花色，打了胭脂漂亮得了不得呀，脸上还有两个酒窝窝，硬是长得乖，最听爸爸妈妈的话，后来就考起了美国的那个哈呗大学！我一家呀，过得非常幸福，幸福加幸福！

李春芳：表哥，整错了，是哈佛大学！

谢道恩：哦哦，对对对，哈佛大学！

李春芳：你才是有福气哦！

谢道恩：福气倒是有福气，就是没得钱送得起！

李春芳：那后来又咋个搞呢？

谢道恩：后来啊，龙德集团得知了这个情况，就想尽了千方百计，终于把我女儿送到了美国。

李春芳：你这生活硬是达到小康水平哦！

谢道恩：唉，哪晓得2011年11月底，病魔缠我身，上班不得行，实在没办法，辞职回家庭，哪晓得病情越来越严重，家里凡是值钱的东西都卖完了，日子已无法维持下去了，无钱治病。后来啊，宋董事长得知我的情况后，就立即组织发动集团员工为我爱心捐助4万多元，宋董事长还当即承诺：他将负担我三个子女从小学到大学的全部学习费、生活费和零花费，还将承担我双肾坏死需移植治疗的全部费用，优先安排我老婆到龙德集团工作。解决了我家的困难，这真是山青水青不如人亲，河深海深莫得龙德集团的恩情深！是你们的关怀、爱心给了我极大的鼓舞，你们给我带来了战胜病魔的决心！今天，我要到龙德集团去向所有的兄弟姐妹们说声：谢谢了！（音乐《感恩的心》起）谢谢你们在危难之际对我的帮助，你们的恩情，我永远铭刻在心。在今天这个场合，我也没礼品送给你们，更没得华丽的语言感谢你们，只有带我家乡南部土特产！

李春芳：啥子土特产哦？

谢道恩：红苕！

李春芳：你给我搁到哦，现在哪个还吃你那个红苕嘛！

谢道恩：那你送的啥呢？

李春芳：我啊，世界知名品牌——中江挂面嘛！

谢道恩：莫说大话，啥子世界知名品牌哦，我还没听到过，我这个才是地地道道的绿色环保哦！

李春芳：我说你是坟林里撒花椒——

谢道恩：啥子意思哦？

李春芳：你在麻鬼哦！全国人民都晓得，绿色环保嘛，是我们龙德集团在彝海开发的那个东西嘛！

谢道恩：环保还在我们龙德集团，我还不晓得呢！那太好了！祝愿龙德集团的朋友，前程似锦，锦上添花，花好月圆，圆圆满满，满意多多，多多发财！龙德集团就是好，我来演个传家宝。（音乐起，表演杂耍：滚伞）

李春芳：你给我搁到哦，现在哪个还在看你这个哦？人家都是听的流行感冒歌曲！

谢道恩：啥子流行感冒歌曲？是流行歌曲！

李春芳：哦，对对对，流行歌曲，《树上雀儿啄瞌睡》。

谢道恩：停，整错了，是《树上鸟儿成双对》。

李春芳：管他啥子，都是给大家拜年！祝愿龙德的朋友，工作好、家庭好、身体好，一天更比一天好，一年更比一年好，万里长城永不倒，来点掌声祝贺我们龙德集团明天更美好！耶！（做耶的手势）

谢道恩：你硬是说得好！我代表（敬礼）中共中央国务院、四川省委南部县、梅家乡安全计生办，我代表家乡人民给龙德集团拜个年。

李春芳：耶，还看不出来南部表哥是三年的抱鸡母——不简单（不捡蛋）呢！你还代表得多呢！

谢道恩：多不多，董事长我叫声哥，他随时教我：低调为人、高调做事，合法、合理又合情，建设自己的小家庭！

李春芳：整得好，干脆我们两个来撩起整，千言万语说不完，唱个戏给龙德集团拜个年。整个《夫妻双双把家还》！（起音乐，唱）

谢道恩：不唱了不唱了，走，在喊我们上车到广元看节目、洗温泉。走！（二人跑下）

[剧终]

# 军 风 颂

〔启幕：舞台中央一张条桌，桌上围着桌子圈布（桌围上印有：军需仓库文艺活动室）和一把座椅〕

甲：（从下场内哼）啊……（唱《咱们当兵的人》歌曲边走边上）

乙：（从上场站一旁听）高……实在是高，高家庄的高，唱得好，唱得好，战友你这是……

甲：哦！你还不知道嗦？

乙：不知道。

甲：我们联勤部为丰富军营文化生活，要搞文艺汇演，我要去参加演出，在这里吊嗓练习。

乙：哎呀！太好了，我也是去表演节目得嘛。

甲：你（上下打量）你也演得来节目呀?！我看你呀是穿起中山服打领带——倒土不洋，你还演得来节目啊?！

乙：说学逗唱，不缺哪样，生旦净末丑，样样都还有。

甲：嗨，还看不出来，你是肚子里撑船——内行（航），说大话费精神，演给大家评一评。

乙：演就演，我还怕你不成？唉！（想）演个啥子呢？

甲：演啥子?！我们来演一段新编双簧，你看咋样？

乙：哎呀，（高兴）我这个人最喜欢双簧，最爱看双簧，最爱听双簧，最爱演双簧，最爱……（急转变，一脸迷惑状）哎！双簧?！双簧是个啥东西哟？

甲：啥东西?！我说你是耗子跳在鼓上——不懂（扑通），就是一个人台前演，一个人后台说。

乙：啊，知道啦，头上整个小辫子，身上穿个长袍子，脸上画个花鼻子，嘴里说个好段子，手里拿个木块子。

甲：啥子木块子哟?！它叫醒木，它说开始就开始，它说结束就结束，记住这是规矩，你千万不能和尚娶媳妇不守规矩哈。

乙：好，我保证守规矩，那就开始。

（甲钻桌下，乙桌上醒木一击，开始表演）

甲：（哈切）喷嚏一打响起来，万里长征好艰难，爬雪山过草地，吃野菜，熬皮带，日子过得好可怜，饿死多少老红军，战死多少老革命，老红军老革命，想起你们就流泪。（哭由伤心小哭逐渐激化到号啕大哭）

乙：（甲从桌下钻出来）不要哭了，把眼泪水都给我哭干了，你在哭啥子？全国人民早解放了。

甲：啊！胜利呐?！有苦就有甜，再说一下改革开放前。

乙：对，换个角色重新演。

甲：好。

（乙钻桌下，甲换装）

乙：国民经济发展慢，部队生活很困难，两弹一星独创造，全国人民都惊叹，世界从此刮目看！

甲：怎么搞的哟，你站到桌上干什么哦？（指乙的手，随即拉下）

乙：好，艰苦日子不长久，美好生活来招手。

甲：改革开放就是好，人们生活水平提高了。

乙：对，咱们部队变化大，讲究营养来配餐，吃的是六菜一汤自助餐，水果牛奶和鸡蛋。

甲：是啊，现在我们的部队吃得好、住得好、穿得好，咱们军需仓库下发了"65 式"，"85 式"，一直到惊叹"07 式"军装。

乙：好！（鼓掌）

甲：好是好，穿上军装我不好在街上走。

乙：那是为什么呢？

甲：你不晓得哟，我穿上军装一回头，路上的行人把我瞅；我穿上军装二回头，街上的美女倒着走；（动作）我穿上军装三回头，哈雷彗星撞地球；我穿上军装四回头，咔——（动作）

乙：怎么啦？

甲：脖子扭了，赶快给我敲一下。

（乙用手敲甲肩胛）

合：对啦。

乙：我们来点高兴的。

甲：要得。（甲钻桌下，乙表演）醒木一响，鼓鼓掌，咱们军人真高尚，军纪军威不一样，政治合格好思想，保卫祖国有力量。抗洪抢险，迎难而上；抗震救灾，英勇顽强；军事过硬，作风优良。落实科学发展观，维护和平，百姓安康。人民生活喜洋洋，喜洋洋！（秧歌）嘟个嘟个嘟个嘟个……哈哈……（不同风格的笑）

（甲从桌下出来，看着乙还在笑）

甲：笑啥子，我都没有说话了，你还在笑啥？

乙：你不知道，我高兴的是建国六十周年，我们向党和人民交上了一份合格的答卷。

甲：不要骄傲，还需努力，同舟共济，共创复兴。

乙：对，战友们！（内应：哟！）众人划桨开大船！

（12 名战士随着音乐节拍上，音乐《众人划桨开大船》响起）

甲：（领唱）一支竹篙哟，（众呼应：嘿哟）难渡汪洋海，（众呼应：嘿哟）众人划桨哟，（众呼应：嘿哟）……

（舞蹈造型，武术表演，定型亮相，拉开标语：政治合格　军事过硬　作风优良　纪律严明　保障有力）

[剧终]

# 神　医

**地　点：**某小巷

**时　间：**春天

**人　物：**陈素芳，70岁（女）

黄医生，50岁（男）

刁　梅，30岁（女）

张公安，25岁（男）

［启幕：舞台下侧一张桌子两把椅子］

**陈素芳：**（边走边说非常着急上）（叹气）人老如木朽，路都不想走。周身痛死人，唉，我还想活九十九。管他的哦，今天再忙我都要到区医院检查一下。

（到处观看，刁梅与老太婆对碰，将老太婆手中的包撞落在地，刁梅连忙捡起，非常热情地）

**刁　梅：**婆婆，对不起，对不起！

**陈素芳：**莫关系，莫关系，没把我撞倒就好了。

**刁　梅：**哦，婆婆，你这会儿到哪去（切）呢？

**陈素芳：**我到区人民医院去（切）看病。

**刁　梅：**你去看病？婆婆，那你老伴咋个没有陪你来呢？

**陈素芳：**哎呀，不提啰，我那老伴都死了五年了。

**刁　梅：**那你女儿咋不陪你来喃？

**陈素芳：**儿在广东打工，女儿在成都荷花池做生意，都搞不赢！

**刁　梅：**婆婆，你叫啥名字呢？

**陈素芳：**我啊，叫陈素芳，老伴王世贵，儿子王凡，女儿王香，他们都对我很好，就是没得时间来！

**刁　梅：**哦，婆婆，那你女儿咋不把你接到城头去呢？

**陈素芳：**哎呀，姑娘，我要给我儿子带娃娃得嘛。

刁　梅：哦，婆婆，刚才你说要到医院看病哪？

陈素芳：就是，我听得我们隔壁那个张婆婆说现在区医院全是进口设备，医术精湛得很哦，人家还打啥子裸体哦！

刁　梅：哈哈，婆婆啥子裸体哦，人家那个叫 CT。

陈素芳：哦，对，叫 CT！

刁　梅：哎呀，婆婆你过来我给你说嘛，（低声地）现在医院药价高，整钱凶得很，你这些老毛病，他们医不好！

陈素芳：唵，啥子？咋个医不倒呢？

刁　梅：哎呀，前次，我妈就是得的你这种病，在医院里呀花了好多钱都没有医好。

陈素芳：真的呀？

刁　梅：（把两边一看，附耳说）后来找了一个神医才治好的！

陈素芳：神医，哪儿来的神医哦？

刁　梅：没得好远，就在我们新都，他叫黄仙爸。

陈素芳：黄仙爸，我咋个没听过喃？

刁　梅：婆婆，我给你说嘛，这个神医硬是灵得很，不打针，不吃药，阴阳结合，外气内功，法术大得很，只要你见到他，他连你屋头啥子情况都晓得。

陈素芳：唵，他那么凶啊？

刁　梅：是嘞，人家是天上铁拐李的弟子，啥子成都、北京、上海的，哦！还有那个香港的，都开起飞机躺躺地来找他。

陈素芳：哎呀，姑娘你是不是在吹牛哦？

刁　梅：婆婆，我说的都是老实话，咋会骗你老人家嘛？

陈素芳：那姑娘他在哪儿？你带我去看一下喃。

刁　梅：唵，恐怕搞不成哦，我还要去上班！

陈素芳：哎呀，姑娘你做个好事嘛，你走了我又咋个找得倒嘛？哎呀，这样子，你上班好多钱嘛，我把工资付给你！

刁　梅：这个……（想了一下）算了嘛，算了嘛，我看你这么大的岁数，就带你去嘛，但是你千万不要跟别人说哦！

陈素芳：你放心嘛，我不得乱说。

刁　梅：那好嘛。（在一旁发消息）

陈素芳：姑娘，你在干啥子，快带我去嘛！

刁　梅：我给单位发个短信，请个假说我迟点回去上班！

陈素芳：对，对！那我们走嘛！

黄医生：（从下场上，接看短信息）短信传喜讯，今天生意上门。（下场一张桌子旁坐下，看见外面有人了，自语）陈素芳老太婆，进来坐嘛！

陈素芳：咦，他咋个晓得我的名字喃？

刁　梅：婆婆，开玩笑，他连这点儿都算不到，还叫啥子神医喃？不光是你的名字，就是北京的他都晓得人家的名字。（边走边进屋）

黄医生：刁梅，你少在那儿给人家吹哈，老人家，你儿子叫王凡在广东打工，女儿王香在成都荷花池批发服装生意，没得人来陪你看病是不是？

陈素芳：是，是，是！（激动地说）哎呀，我的妈哋，他连我屋头啥子都晓得喃，活菩萨，活菩萨呀。

刁　梅：婆婆，不要着急，你坐到，慢慢听神医跟你往下说嘛。

黄医生：（观看）我看你呀，印堂发黑，面带土色，阴阳不调，有邪气缠身，晚上爱做怪梦对不对？

陈素芳：哎呀，就是，就是，你完全说对了，我就爱做怪梦。

刁　梅：婆婆，你在这里慢慢看哈，我要回去上班了。

陈素芳：乖女子，谢谢你，谢谢你帮忙啰，你这个人太好啰，好人有好报！

刁　梅：（二人挤眉弄眼）黄仙爸，你给婆婆好生看哈，我走啰。（下场）

黄医生：你坐好，我来好好给你看下。（过场装神弄鬼地）上管天，下管地，飞钗、飞盘转运气。哎呀，你那个老头王世贵死 5 年啰，正在阴间受难，你们没给他超生，所以才回来找你的，如果你们不及时给他送钱去消灾弥难，你们儿子和女儿还要出大事哦。

陈素芳：哎呀，这个背时的，咋个还在受难嘛？神医，神医，你做点好事嘛，帮我解一下嘛！

黄医生：这个问题嘛，可能还有点难哦，你这些病都是不治之症，不咋好医哦，都是你老头子把你找到的。

陈素芳：天哪，天哪，你这个背时的，（哭）你在世不放过我，死了都还不放过我啊。神医，我给你跪下了，你就救我一下嘛。（哭）

黄医生：起来，救喃都可以救，就是看你相不相信啰，心诚则灵，心不诚则不灵哪。

陈素芳：（急忙地）行，行，我心诚得很。

黄医生：不忙，我要问一下我们的大师。

陈素芳：求求你在大师面前给我好言几句嘛！

黄医生：要得。（装神弄鬼，将一杯水用大筷子顶起来，念法语）大师说，这杯水顶得起嘛，你就有救，如果顶不起嘛，就和尚的脑壳——没法！（过场）

陈素芳：好，好……

黄医生：没问题，没问题，大师叫你交两千元，超度你老头子的亡灵。

陈素芳：唵，神医，我今天到区医院看病只带了一千元钱，我下次给你补起来嘛。

黄医生：好嘛，（又表演）我看你心还诚，可以加入我们这个教会，为你的老头子赎罪，消灾免难，下次把那 1000 块钱给我带过来就对了。（数钱）

张公安：（用手铐铐住刁梅上场）走，你说在哪里？

刁　梅：就在这里。

张公安：（一脚踢开门）咦，姓黄的，又在这儿装神弄鬼，我们已经跟踪你好久啰，走！

（铐起，黄医生大吃一惊，拔脚就跑，张公安上前用手铐铐住）

陈素芳：（不懂地）你们在爪子哦？他是神医哦。

张公安：老人家，你被骗啰，他不是神医。我是公安便衣，经我们长期侦查，他用邪教骗取了好多人，这个就是他的串串，是她收集你的情况，用短信发送给他，他才了解你屋头的情况，他根本不懂啥子医术。

陈素芳：唵，哎呀，我的妈呀，你们幸好来得及时哦！

张公安：老人家，把你的钱拿回去。看病啦，叫儿女们陪你去正规医院治疗，不要相信这些歪门邪道。现在我们新都打击邪教活动已开始啰，希望大家提高警惕，积极举报，配合我们公安部门，共建我们和谐新都。

陈素芳：（感激地握住张公安的手）哦，谢谢，晓得了，晓得了。

[剧终]

# 临时爸爸

时　间：春天

地　点：学校办公室

人　物：祝　彪（学生），年龄 15 岁

　　　　张　渝（老师），年龄 40 岁

　　　　刘成全（三轮车驾驶员），年龄 46 岁

道　具：舞台中央一张办公桌，桌上放着备教课本等一些教材，两边放着一把扇子，右侧挂一幅字画"天才在于勤奋"，张老师坐在教案桌边阅改作业。

［启幕：祝彪、刘成全边走边说］

祝　彪：三轮，（失口用手摸着嘴，向两边一看）哦哦……爸爸，就按我们刚才商量的办吗？

刘成全：要得。

祝　彪：我先给你拿 50 元，等一会儿见到老师再给你拿 50 元，要得不？

刘成全：（想一下）你娃儿不要骗我哈。

祝　彪：不得骗你，哪个龟儿子骗你嘛！

刘成全：那好嘛。（想一下）老师问我，我又咋个说呢？

祝　彪：老师问你啥你就说啥嘛？

刘成全：要得。（想）你还没告诉我你爸叫啥名字，万一老师问我，我还说不出来呢。

祝　彪：哎呀，差点误了大事，我老汉叫祝成功，我妈叫金德容，新繁镇三大队二队，我叫祝彪，记到没有嘛？

刘成全：哦，记到了。你老汉叫胡扯风，你妈叫经得用。

祝　彪：完了完了!!! 你整错了，是祝成功不是胡扯风，妈叫金德容，不叫经得用。哎呀，你咋个搞的哟!!! 我叫祝彪。你记到没有吗？

刘成全：记住了，记住了，你说的这些我都不会搞错，保证给你把老汉当好。

祝　彪：好嘛，好嘛，我们到老师办公室去。（过场，刘成全、祝彪站在门口很不自然）报告！

张　渝：进来。

祝　彪：张老师，你好，这是我爸爸。

张　渝：喔，这是你爸爸。

祝　彪：对。

张　渝：请坐，请坐。

刘成全：要得。（显得粗糙的动作）

张　渝：请喝水。

刘成全：要得。（显得粗糙的动作）

张　渝：我们升安学校关于未成年人思想教育开展的这次家长会，就是和家长们探讨、研究少年成长问题。

刘成全：要得。

张　渝：我想把你儿子在我们学校里的一些情况和你谈一谈。

刘成全：要得。

张　渝：学习状况是一个 C 优成绩。

刘成全：要得。

张　渝：从上学期，我们就发现他表现有些不太正常，爱迟到早退，不按时完成作业，我们多次在网吧把他找着，在宿舍里不讲卫生，乱唱乱吼，影响别的同学休息。我们对他进行很好的教育，采取了一系列方法，挽救他的不良行为，我想了解一下回家的情况，请你谈一谈。

刘成全：要得……（心中急，很不自然）这个……这个……祝蒿呀！

祝　彪：（急忙）爸，祝彪。

刘成全：对……祝祝彪，回家来很听话，是个乖娃娃。

张　渝：你对我刚才谈的有什么看法呢？

刘成全：要得。

张　渝：（心中越看越不对）这个，你们家长和我们老师都要从心灵上教育和引导孩子的成长。

刘成全：要得，你们要钱，我给钱就是嘛。

张　渝：不是钱，而是如何教育孩子的问题，请问你叫什么名字，我做记录。

刘成全：我哇，我叫胡扯风。

张　渝：你家属叫什么名字？

刘成全：她叫——金得用。

张　渝：哪里人?

刘成全：嗨……新繁二大队三队。

张　渝：不说了,祝彪,我问你,他到底是谁?

祝　彪：是我爸爸。

张　渝：是真的呀?

祝　彪：是真的,一点也不假,货真价实的老汉。

张　渝：他为什么连自己的名字都说不对呢?

刘成全、祝彪：(惊) 嗨!

张　渝：不演戏哪,你的这些做法都是错误的,是自己在骗自己。

刘成全、祝彪：(目瞪口呆) 这个……

张　渝：祝彪呀! 你这个主意打得很好,找了一个临时爸爸,嗨,你这
　　　　是为什么呢? 你这是自己害自己,自己整自己!

祝　彪：老师,我害怕见我爸爸,爸爸为我付出很大,每次回家汇报,
　　　　我都是说的假话,骗我爸爸高兴,骗他多拿钱给我。这次开家
　　　　长会,我害怕爸爸跟你见面,所以,我才请这个蹬三轮车的刘
　　　　成全叔叔,给我当临时爸爸。

张　渝：你呀! 太糊涂了,咋这样骗父母呢? 上一个月走访家庭我就到
　　　　了你们家,我和你的爸爸妈妈见过面,了解你回家的情况,你
　　　　“爸”走进来的时候我就看出来了,我就想看看这幕戏如何
　　　　结局。

刘成全：张老师,这不怪我呀,我是下力人,只要给我拿钱我就挣。

张　渝：这样的做法是错误的,你知道他是一个未成年的孩子吗? 你说
　　　　服他教育他帮助他,让他成才,你这样能收他的钱吗?

刘成全：是……张老师我错了,你这些话讲得很好,我一时糊涂,我将
　　　　这些钱都还他,从今以后不当临时爸爸了。哪个当父母的不想
　　　　自己的儿女,哪个老师不爱自己的学生? 我今天才深深体会到
　　　　老师的良苦用心哪! 来,祝彪,这50元钱我退给你,那50元
　　　　你不要拿了,要听老师的话,好好学习天天向上。

祝　彪：(激动地跪在老师的面前哭喊) 老师,我错了,我一定改正。我
　　　　从头学起,请老师多原谅我。

张　渝：(急忙上前扶起) 来,快起来,只要改正了就是好同学,勤奋学
　　　　习。少壮不努力,老大徒伤悲啊!

祝　彪：是,我一定好好学习!

[剧终]

# 谁来供我

时　间：现代

地　点：李家园

人　物：李自私，老大

　　　　李自和，老幺

　　　　汪素华，李母

　　　[启幕：李母拄着拐杖，被李自私牵着出场]

**李自私：**妈，你走快点嘛，你天天都在说，你那个幺儿子想你，你幺儿
孝顺，这一下嘛，就到你幺儿那儿去享福哈！

**汪素华：**老大，今天才 28 号得嘛。

**李自私：**啥子？28 号哦？头一个月份大，你晓不晓得？

**汪素华：**让我再多住几天嘛！

**李自私：**废话，公事公办，私事私办，走哦！

　　　（李自私将李母的包裹甩在地下转身返回）

**汪素华：**天啦！天啦！这寒冬腊月的，把我一个孤老太婆赶出来，你叫
我到哪里去安身呢？算了，算了，我还是到我二娃那儿去，看
他收不收留我哟！

　　　（汪素华到二娃家门口，敲两次门）

**汪素华：**（第一次敲）二娃！

　　　（第二次敲）二娃幺儿呢？（《二泉映月》作为音乐背景）

**李自和：**是哪一个敲啥子嘛敲？上次居委会来解决我李自和就吃了大亏，
哥哥做事太狠心，专门找我扯烂经。我来看看，清早八晨的，
是哪一个敲啥子嘛敲？（二娃开门，一见是老母，背自语）又是
你那老不死的来了。（正想关门）

**汪素华：**二娃，幺儿呢！

**李自和：**妈，你又来了嗦？哎，你不在哥哥家里享福，跑到我家来干啥

子？再说，上次居委会来解决的时候，明明解决好了的，一家一个月一个月地供。今天明明才 28 号，还差两大两天，48 小时，还是有六大六顿饭哆。妈，我看你老人家还是到哥哥家里头去，把这两天福享满了，我才来亲自接你老人家啊。（说完正要关门）

**汪素华：** 天啦！天啦！

**李自和：** 听嘛，听嘛，她每回一到我家里就天啦地啦的，那硬是吵死人了，算了，我还是来做丁点好事，亲自把你老人家送到哥哥家去。

（李自和捡起李母的包裹，拉着李母走）

**李自和：** 妈，你莫哭，说起来你老人家是晓得的，哪个说你的幺儿子不孝敬你老人家，而是你给我娶的媳妇，她硬是又歪又恶，又不是吃豆芽脚脚的，每回你到我家，你是看到的，她不是跟我两个吵嘴，就是跟我两个打架，我家里那碗饭，你老人家吃不吃得下去嘛！

再说了，逢年过节我多多少少还是给你拿了五六十元钱的。记得上次我到百货公司去买药，还专门为你老人家买了双削价网鞋，哎，那整整花了我一元五角钱呢，你还是穿起的噻。（狗叫声起）哎哟，说着说着就到了，妈妈，过来到这儿坐到起，我去叫哥哥亲自来接你老人家。（李自和到李自私门前敲门）

**李自和：** 开门，开门，开门……

**李自私：** 是哪个在外面闹他妈的啥子嘛？我看是哪个。（李自私睡醒出来开门）耶，又是那个老不死的来了。（转身就走）

**李自和：** 站到！

**李自私：** （一惊）我以为是哪个，原来是老弟嗦！

**李自和：** （学李自私的声音）哦，老弟来了。

**李自私：** 啥……啥子事？

**李自和：** 啥子事？明明上次居委会来解决好了的，你我两个一家一个月一个月地供她老人家，哎，今天明明才 28 号，还差两大两天，48 小时，还是有六大六顿饭哦，哥哥，我看你嘛还是把妈妈接回去，把这两天供满了噻。

**李自私：** 你是孝子，你就供嘛。

**李自和：** 搁到，哎，啥子孝子不孝子的？我给你月亮坝子耍刀——明砍，要是今天不讲理，别怪老弟对不起。（握起拳头在李自私眼前

晃）

李自私：噫，老弟，啥子叫做讲……米？哪一点又叫讲讲……米？哎，你晓不晓得，我们现在现场上的米好多钱一斤？哎，我简简单单地给你说两句，妈送你读书，都是送到高中毕业，我，我小学都没有毕业。再说，哎，你结老婆，前前后后，左左右右，上上下下，整整花了我八大八十五元，我结老婆你一分钱都没有花，妈她老人家不该你供，该哪个供嘛？

李自和：哎，哥哥，我们那个大嫂一分钱都没有花，难道我们那大嫂是从河南、河北要饭来的？

李自私：你，你……

李自和：你啥子你，再说那屋里的东西你多分，房子也是你们占，今天该你供妈了，你别跟我瞎子打架——瞎扯，那是不得行的。

李自私：啥子，我还多分啦？哎，我还多占啦？放屁，你说话讲不讲良心哦？

李自和：哥，我不准你骂！（背自语）

李自私：哼，我说现在还是那个计划生育好，只生我这一个就不该生你那个簸箩货。

李自和：这样说来妈她老人家就只该生我一个，不该生你这个文盲，大老粗，没有读过书的人，一点都不讲道理。

李自私：噫！啥子文盲，哪一点又文盲？我看你倒像一个科……科盲。

李自和：哪个是科盲？

李自私：你就是科盲。

李自和：我说你是狗追摩托——不懂科学，你才是个文盲。

李自私：今天不管怎么说，头一个月大，我整整就供了她30天。即使到北京找毛主席去打官司，我也不怕！（转身就走）

李自和：哎，回来，回来，你给我回来。我给你说，哥，你先从妈那肚子里出来两年，你就多享了两年福嘛，妈就应该到你那儿去。

李自私：胡说，哪个都晓得，皇帝想长子，百姓爱幺儿，妈还是到你幺儿那里去享福，到你幺儿那里去！走！（李自私把妈抽到李自私边）

李自和：大儿子那儿去！

李自私：幺儿子那儿去！

李自和：大儿子那儿去！

李自私：幺儿子那儿去！

李自和：该你供！

李自私：该你供！（由慢到快，相互指对方）

李自和：该你供！

李自私：该你供！

李自私：呸，该你供！

李自和：噫，你龟儿子还呸起来，呸！

李自私：噫！你个狗东西，你敢呸我老大啊！老子今天要给你两下。（动作）

李自和：想打架啥？想打架啥？（李自和做出蛇掌吓李自私）蛇掌，多少还是练了两招的。

李自私：今天不管你是龙掌、蛇掌，老子跟你两个拼了！

李自和：噫！

（加起由慢到快，两兄弟抱在一起，大打出手，最后老太婆被打倒在地，鼻血被打出来）

李自私：哎哟，打死人哟，打死人哟。

李自和：我嘛，还练了那么两年。

李自私：打死人了……你们派出所长在不在嘛？把那个不孝之子给我抓起来嘛，哎哟，打死人哟，打死人哟！哎呀，我的鼻子有点痛呢，唉，（用手一摸，鼻血已出）哎呀，鼻血都给我打出来了，哎呀，这下我不得干。（李自私到处找东西）

李自和：看你搞啥子板眼，好孬比你年轻那么两年。（得意的样子）

（李自私拖一个木棒，轻轻走到李自和的背后，一棒打去）

李自和：哎哟！（蹲下）

（李自私转身进屋关门，李自和冲上前去敲门）

李自和：开门开门，有本事就给我出来。

李自私：我今天就是有本事我也不得给你出来嘛，门我是不得给你开的，打我是不得怕的，妈我是不得供的！

李自和：开门！

李自私：呸、呸、呸。（下场）

李自和：妈呀，妈呀，你看到我两兄弟在打架嘛，你就看到这个机会，往他那屋头钻嘛，唥个站在这儿动都不动一下呢？妈呀，妈呀，你生了他嘛就不要生我嘛，你生我嘛，就不要生他嘛，哪个舅子叫你生这么多嘛？害得我两弟兄两天又在吵嘴，三天又在打架，你硬看得惯吗？哎，又不是我一个人的妈，我也走啦！

（李自和一下推妈下场，雷声同时起）

**汪素华：**老天爷啊，这让我咋个活啊？我要到人民法院去告这两个不孝之子！

（画外音：人生在世孝为本，不孝父母且为人，生儿育女苦受尽，不孝之子应严惩。警报声响起！）

［剧终］

# 选 婿

时　间：现代
地　点：某广场
人　物：山田宫一，男，60 岁
　　　　美知子，女，25 岁

山田宫一：嗨，科里叽哇！啥？（向观众）说四川话？四川话就四川话
　　　　嘛！大家晚上好！我就不介绍我了。我还是我，你们认不到
　　　　我。我来自日本东京，嘿！说起我们日本啊，经常地震，艾
　　　　滋病盛行，禽流感居多，不尊重女性。我有位如花似玉的女
　　　　儿，想找位女婿，简直是香签棍搭桥——难上加难！我在因
　　　　特尔网上一查，就查到了全世界只有中国非常尊重女性、关
　　　　爱女孩。艾滋病和禽流感都预防得非常好。所以，我坐飞机
　　　　赶轮船，坐脏邋遢不不不，桑塔纳，进行详细考察。的确不
　　　　错，特别是，四川的尊老爱幼，关爱女孩。成都这个地方，
　　　　山清水秀，人杰地灵，人才辈出，我有心在今天这个团拜会
　　　　上选一位女婿，大家说要不要得？你说啥？乌龟打屁——冲
　　　　壳子！把女娃子给你介绍一下？好嘛，那你就听到我给你讲
　　　　嘛！长得来芝秆儿麻秆，脸上有两个酒窝窝。不打胭脂，桃
　　　　花色，打了胭脂，漂亮得了不得。啥？把女娃子拉出来你看
　　　　看？要得，音乐响起，掌声雄起！欢迎我女娃子闪亮登场！
　　　　（在音乐声中，美知子上场）
　　　　嗨！有哪位小伙子敢上来米西米西我的女娃子？耶，还莫得
　　　　哪个人敢上来啊？嘿，中国人就是好！拿到女娃子都不敢搞。
　　　　中国的和谐社会不一般，诚实守信理当先。好！好，好……
　　　　莫得人上来啊，那我就亲自下来选一选。你！你可以上来的。
　　　　啥，你不敢来？你！你可以上来的！掌声响起，欢迎这个小

伙子！这小伙子不错，长得天庭饱满，地角方圆，眉清目秀，两耳垂肩，西装革履，就是没打领带。你可以向我女儿求婚。好大年龄？

甲：我三十五。

山田宫一：我女儿二十五，就需要你来补。文化程度？

甲：我是本科毕业，大专生。

山田宫一：莫得我高，我是本科毕业，小学生。不管什么生，你可以现场向我女儿求婚。

甲：长得什么样样的哦？

山田宫一：嘿，你把盖头揭开就知道了。

甲：好嘛，你叫我咋个揭嘛？

山田宫一：哎，你咋个这么瓜哦？说你瓜你就瓜，半夜起来扫院坝。拿到个日本婆娘你都不敢抓。

甲：我们中国人要讲文明礼貌，和谐社会你懂不？不能乱整！

山田宫一：那好嘛，就听你的嘛，把盖头揭开。

甲：大家说揭不揭开？

众应：揭开！！

山田宫一：那就来个倒计时嘛：5、4、3、2、1……

甲：哎呀我的妈呀！吓死人了！我不干，我不干！

山田宫一：不要跑不要跑，听我给你说嘛，你不知道，这就是我们××首相，参拜了靖国神社后，艾滋病一下子就感染到脸上来了。来来来，重揭，重揭，看美国又如何？大家又来倒计时。

甲：要得嘛，我又再来搞一盘嘛。

山田宫一：5、4、3、2、1……

甲：哎呀，我的妈呀，咋个这么丑哦？

山田宫一：不要跑，不要跑。这就是我到美国去，只晓得搞钱，没搞好人口管理，就感染到脸上了。来来来，我来四川看见了人口管理得好，预防工作管理得好，看有什么变化。来揭开盖头看一看。

甲：算了，算了。

山田宫一：来嘛，来嘛，大家给他雄起！来点掌声！

　　　　　（揭盖）

甲：啊！！

山田宫一：看得起不？

甲：看得起，看得起！

山田宫一：不忙，我问下女儿看得起呢不？女儿，你喜不喜欢这个成都帅哥？

美知子：科里叽哇！

甲：你说的啥子哦，带青蛙？不能带青蛙，那是保护动物！

山田宫一：呦喂，哪里是带青蛙，用你们中国话说是：你好！

美知子：（一串日语）

甲：听不懂。

山田宫一：她说她最喜欢成都这个地方。

美知子：（一串日语）

山田宫一：她说你这小伙子还长得要得。要得就要得，那马上按四川的风俗，丙乙丁卯——今天就好！啥子啊？要问下你的领导？哦，那好，就请你们的领导来当个证婚大人，掌声来点！
（乙上台）

乙：如此和谐的一对，组织上批准了哈！祝愿你们新婚愉快哈！

山田宫一：好，男亦能来，女亦能，成都来了我日本人。大家掌声来祝贺，祝贺他们马上整。
一鞠躬，感谢各位领导的关照。二鞠躬，感谢朋友的捧场。三鞠躬，拜父母大人，健康长寿。喜洋洋，笑洋洋，今天女儿来拜堂，最后掌声来祝贺，我请大家来吃糖，（过场发糖）送入洞房。

甲：要不得，我是结了婚的！

山田宫一：结了婚的？哪个喊你上来啊？

甲：是你拉上来的啊！

山田宫一：哦嚯，完了！

［剧终］

# 快乐的后勤兵

时　间：2010 年春天

地　点：成都军区军需仓库文艺活动室

人　物：巴导，40 岁（左右）

　　　　队长，28 岁（左右）

　　　　士兵，12 名

内容概况：该剧反映了后勤兵的真实生活，利用导演的艺术手法，把他
　　　　们的这种生活演变成一种舞台艺术，体现出了军需仓库后勤
　　　　兵的快乐生活。

　　　　［启幕：队长急急匆匆吹口哨上场］

队　长：紧急集合。（士兵从两旁上）立正，向右看齐，向前看，稍息，
　　　　报数！
　　　　（1、2、3、4、5、6、7、8、9、10、11、12，士兵说报数
　　　　完毕！）

队　长：同志们，我们联勤部为了丰富军营文化生活，培养军营文化人
　　　　才，上级安排要搞一次汇报演出，要求我们军需仓库选送一个
　　　　文艺节目。为了这个活动，我们首长专门请了一位导演前来指
　　　　导排练，一会儿导演来了，你们要虚心学，让他教，他说咋教
　　　　就咋教，争取在短时间内，榨完他身上的所有细胞。

士　兵：好！

士兵甲：（急忙上场）报告队长，导演到啦。

队　长：大家鼓掌欢迎。

众　兵：（鼓掌）欢迎、欢迎、热烈欢迎！

众　兵：导演好。

队　长：战友们，欢迎导演讲话。

导　演：谢谢。（回礼）首先，我做个自我介绍，我叫巴导。

士兵乙：啊，巴到烫呀。

众　兵：（笑）哈哈哈……

队　长：严肃点。

导　演：巴是巴适的巴，导是导演的导，大家都叫我巴导。

众　兵：巴导好。

导　演：战友们好，我当年和你们一样也是部队的，部队呀是培养人才的好基地啊，是一个好大学，你们一定要好好学习。这次我到你们部队来体验生活，看到了你们后勤兵很辛苦啊。

众　兵：导演我们不辛苦，我们很快乐。

导　演：这是为什么呢？

队　长：导演，我们的文化生活开展得非常丰富，我们的战士都是多才多艺的。

导　演：好啊，那你们有什么特长，展示给我看一看啦。

兵　1：（急忙上前）导演，我是东北的，我会人二转。

兵　2：错了，是二人转。

兵　1：哦，对了，二人转。二人转真好看，一张帕儿手里转。（表演一下动作）

兵　3：导演我会唱歌。

导　演：唱什么歌呀？

兵　3：我唱一首张学友的歌曲——《一千头伤心的奶牛》。

兵　4：错了，是《一千个伤心的理由》。

兵　5：导演，我会跳街舞，小王来点 music。（过场跳舞）

兵　6：导演，我来个变脸。

兵　7：变啥子脸哦？看我的武术。（音乐《男儿当自强》）

导　演：（拍手）好，哎呀还看不出来，你们部队还是藏龙卧虎，人才俱备啊，看来呀，你们平时的文化生活开展得很不错。

队　长：导演你看咋个办？

导　演：咋个办。（思索）这样办，我们来一个集体节目，展示一下我们后勤兵整体的风采。

众　兵：好。

队　长：小王把那个《众人开桨划大船》的音乐放起。（内应：好！）

队　长：（领唱）一支竹篙哟，（众人呼应：嗬嘿嗬）难渡汪洋海，（众人呼应：嗬嘿嗬）众人划桨哟，（众人呼应：嗬嘿嗬）开动大帆船，一棵小树，弱不经风雨……百里胜利哟，并肩来谁还……

（舞蹈造型，搬运货物的动作表演，开车运输的姿势，展示后勤兵的快乐场面）

导　演：高，实在是高，高家庄的高，这个节目的名字……就有了，就叫快乐的后勤兵。

众　兵：好。（拉开标语）听党指挥，服务人民，英勇善战，保障有力。（亮相定型）

# 下　课

地　点：某医院诊断室

时　间：现代

人　物：温　岚，医生

钟成真，卫生局局长，钟更农的儿子

钟更农，病人，钟成真的父亲

李不输，温岚院内科主任

[幕启：舞台下侧，一张桌子，一把椅子，舞台中间挂着某某医院的招牌，温岚上场，坐，看报，手机响]

温　岚：(打手机)喂，你是哪个？啊，你是表姐嗦……啥子？你问我还想不想结婚？算了，莫开玩笑啊，我这么大岁数，还结啥子婚哟？再说，哪个还看得起我们这些寡妇……啥子嗬，有人看得起，还是一个小伙子？他看得起我哪些？啊，是位医生，还有海外退休……算了，算了，请他去找年轻的富妞……我正在上班……好好，下了班在老年活动中心见，拜拜！(又看报)

钟更农：(捂着肚子叫)哎哟，肚子痛得很哦……医生……

(温岚看了一眼，不理)

钟更农：医生？

(温岚不理)

钟更农：啷个，是他妈个聋子吗咋个？

温　岚：(在桌上一拍，刷的一下站起)你才是个聋子，啥子事嘛？

钟更农：(举起处方笺)拿药。

温　岚：拿药嘛就拿嘛，(学钟更农模样)做起那个样子干啥子？(大声吼)拿来嘛！

钟更农：这是药单子。

温　岚：(生气地拿出一些药，放在桌上)晓得！等到！

钟更农：(看药瓶，念)洁尔阴……半月清……三鞭雄起丸……耶，医生，我就是肚子有点疼，你们给我开这么多药呀？

温　岚：废话，不开这么多药，我们的奖金上哪儿拿？

钟更农：奖金?! 啥子奖金哦？

温　岚：你懂不起，快走！

钟更农：医生，看病的医生说，我还有针药得嘛！

温　岚：针药？

钟更农：你看药单子嘛。

温　岚：（仔细看药单）哦，等到嘛！（转身取针药）拿去，针药！

钟更农：医生，在哪儿打针呢？

温　岚：准备好，我给你打……

　　　　（钟更农背向观众，支起脚）

温　岚：你在做啥？

钟更农：打针得嘛！

温　岚：硬是恼火得很，打针嘛，你到前面来弓起嘛！

钟更农：医生，打啥子地方？

温　岚：臀部。

钟更农：我没有带垫布，只有围腰布。（取围腰布）

温　岚：啥子围腰布啊？臀部你都不懂？

钟更农：不懂。

温　岚：就是你的屁股！

钟更农：屁股嘛，我有两半了……（转过身，拉下一点裤子）

温　岚：再拉下去点！

　　　　（钟更农又微微拉下一些）

温　岚：硬是恼火，喊你拉下去点，你这么大的岁数了，未必还怕羞吗
　　　　咋个？

钟更农：是，扯下去些……（把裤子全脱下，只剩里面的内裤）

温　岚：（转身打针，见钟更农状，急捂脸）快，快，拉上去……

钟更农：打点针嘛，一会儿喊拉下去，一会儿又喊拉上来，硬是羞人巴
　　　　沙的！

温　岚：准备好，我去拿药棉药签。

钟更农：医生，快点嘛！屁股凉起好冷啊。

　　　　（温岚药棉花擦打针处）

钟更农：（笑）嘿嘿嘿。

温　岚：你在做啥子？

钟更农：痒索索的！

温　岚：硬是讨人嫌！（离钟更农很远，举起针，猛烈刺向臀部）

钟更农：（大号）哎哟，医生，你这是打针嘛还是打鞋底？

温　岚：话多，打完了，快走。

钟更农：（去拿桌上针药）医生，这是我的针药吗？

温　岚：（挡钟更农手）莫乱抓，（拿起药瓶一看，暗叫）哎呀，不好，打错了得嘛，（忽然改变态度，温柔起来）大爷……

钟更农：啥事？

温　岚：你过来嘛！

钟更农：做啥？

温　岚：大爷，你乖哈。

钟更农：嗯，老乖老乖的……

温　岚：你听话哈。

钟更农：（紧张地）啥事你说嘛……

温　岚：大爷，我再给你打一针哈？

钟更农：不打了，不打了，打得非痛。

温　岚：这一回，我打另外一边。

钟更农：另外一边？

温　岚：对，我轻轻给你打哈。

钟更农：对嘛，轻轻打哈。

　　　　　（温岚第二次打完针）

钟更农：医生。

温　岚：又啥子事嘛？

钟更农：看病的医生说，我只打一针，你给我打了两针，你要负责任哈！

温　岚：我负啥子责任，大不了多给你打了一针"保胎针"。

钟更农：啥子呢？保胎针！（大叫）哎呀，不好，这阵肚子痛得很。

温　岚：咋个痛的嘛？

钟更农：肚子头好像有两个小脚板在蹬一样，怪眉怪眼地痛……哎呀，我脑壳昏起来了……

温　岚：不要紧，大爷，你坐到休息一会就好了。

钟更农：（坐，忽起，大叫）哎哟！

温　岚：做啥？

钟更农：医生，你这个凳子咋个钉起钉子，我坐下去把屁股给我钻得非痛。

温　岚：哪里钉得有钉子嘛，那是针头！

钟更农：啊？针头啊？你咋个把针头放在凳子上嘛，把屁股给我锥了，

给我赔起。（上前去拉温岚，二人争吵不休）

钟成真：（边走边向内场打招呼）王院长，今天我们研究的工作要马上落实下去哈！再见！（内应：好的，请局长放心，我们一定落实到位）（转身向下场走，突然看见有二人拉扯，上前去劝阻，一看钟更农）爸，你咋个在这里呢？

钟更农：儿子，你来得好哦！我给你说，吃了午饭后，我出来转街走一走，突然肚子痛得很，我才到医院里来看病，开了这些药，给我打了两支针，坐凳子呢，又把屁股给我锥了，她还给我打了支啥子"保胎针"哦，我现在这个肚子绞起绞起地痛，就像有娃儿在蹬一样！

钟成真：（气急了，指着温岚）你……你……你是咋个给病人看的哦？

温　岚：我错了！

钟更农：错了？错了就算了？把娃儿给我取出来，把屁股给我赔起！

温　岚：赔起？赔啥子？

钟更农：取娃儿，赔屁股！

温　岚：赔你看，呸……（生气）你个乡巴佬，农豁皮，少来这一套！

钟成真：你刚才说的什么？

温　岚：我说了又怎样？乡巴佬，农豁皮，农豁皮，乡巴佬。

钟成真：你……（指着）你这样的医德还能工作吗？你这样的态度，病人能接受吗？

温　岚：行不行，你管不着！（得意的样子）

钟成真：你这样的态度，我管得着，我肯定管得着！

温　岚：你莫得那个资格！乡巴佬，给我滚，不要影响我上班！

李不输：（开门进来）对不起，对不起，对不起！

温　岚：李主任，来得好，喊他们给我赔起！

李不输：赔啥子？

温　岚：赔钱噻！

李不输：你晓得他是哪个不？

温　岚：管他是哪个，就是皇帝的老子也要给我赔起！

李不输：哎呀，他不是皇帝的老子，是我们刚上任的卫生局长的老子。

温　岚：（惊）啊？哦嚯，下课！（定格，切光，落幕）

[剧终]

# 嫘祖故里行

人　物：甲、乙

甲：（从下场内哼赞歌上场）啊……从北京来到盐亭嫘祖故乡，团拜会把赞歌唱，感谢观众来捧场，共祝盐亭人民更加辉煌。

乙：（从上场上）高，实在是高，唱得好，唱得好，先生你这是从哪里来？

甲：我从东往西来，西部开发，我也要开发，航空母舰上天了。

乙：你才是黄牛的肚子，草包。啥子航空母舰上了天哟？是神舟飞船上了天！

甲：对，对，神舟飞船杨利伟上了天。我今天来点新板眼，团拜会我把节目演，今天在这里百灵鸟碰到鹦鹉，会唱歌的遇上会说的呢。

乙：哎哟，听了你的话，我是风筝点火——飘飘然，我到陕西黄陵祭祖，寻根嫘祖故里找素材，投资找品牌，我也要为团拜会演个节目。

甲：嗯，（上下打量一番）丑，你也会演节目呀？我说你呀，中山服打领带——倒土不洋，五官不正，相貌不均，满脸地图，污染环境。

乙：嗨，我丑是丑，有户口，生旦净末丑，样样我都有，昆、高、胡、弹、灯，一样有丁丁，说学逗唱，不缺哪样。

甲：嗨，还看不出来，你是肚子里撑船——内行。哎呀，说大话费精神，演给大家评一评。我们演一段新编双簧，你看怎样？

乙：要得，那我们就开始。

（甲钻桌下，乙桌上醒木一击，开始表演）

甲：喷嚏一打想起来，我来给大家说一盘，光阴已过五千年，嫘祖诞生在盐亭金鸡青龙山。

说个山，道个山，笑星有个赵本山，四川有个峨眉山，盐亭有个凤凰山，山山相连，山连着山，金凤山，高凤山，玉龙山，大刀山，官印山，包沙山，胖官山，老君山，白马山，走马山……（唱小调）

月儿弯弯照高山，打个呵欠瞌睡来。（打哈欠，打鼾，越打越响、越急、越火爆，如剧烈抽筋）（甲从桌后出来，醒木一击，乙惊醒）你嘟门搞起的？嘟个演到演到就睡着了？

乙：不好意思，我来找素材，爬山越岭，累得很，说到说到瞌睡就来了。

甲：正在台上演，你瞌睡来了，你硬是火车放屁——霉气冲天。振作精神，好生演，我们接到来。

乙：开始。

（乙回桌后，甲又在台前表演）

嫘祖劳苦在深山，栽桑养蚕跑遍了前山和后山，来去匆匆，多少回日晒雨淋，多少回腹中空空，多少回昏倒在桑林，多少回只能喝西北风。（哭由伤心小哭，逐渐激化到号啕大哭）

甲：出来，快把眼泪擦干，还在哭啥？

乙：哎呀，有苦就有甜，王凤很能干，每日都在山上转，发明了栽桑来养蚕。

甲：对，凤凰涅槃冲天气，王凤她与轩辕皇帝缔结良缘，祖母元妃西陵女，缫丝织绢庇万民，功绩彪炳留青史，丝绸文明代代传。

乙：好，我们换一个角度重新演一段喜庆的，来给大家拜个年。

甲：好，换一个演。（甲钻在桌下，乙将醒木一拍）哈哈，嘻哈哈来笑哈哈，嫘祖是华夏儿女亲妈妈，人类文明她缔造，福庇天下世界也忘不了她。祭奠她，念着她，歌儿唱给亲妈妈，（唱）妈呀妈呀亲爱的妈妈，唱歌跳舞歌颂她，（动作表示）嘟哩个嘟哩个嘟，嫘祖带来大开发，我心在笑，脸在笑，胡子眉毛都在笑，三把钥匙胸前挂，开心、开心、真开心。哈哈……（乙笑得受不了，出来问审）你在笑啥子？

乙：（笑）常言道，喜笑颜开，笑就是喜。第一喜，嫘祖文化资源开发打开了新局面，嫘祖故里明天更加灿烂；第二喜，嫘祖儿女艰苦创业，励精图治，同心同德，农业产业结构大调整，农村处处旧貌换新颜。旧城改造、新区建设，盐亭一片艳阳天。

甲：第三喜，新年新景新气象，海内赤子朝圣乡，看盐亭，万马奔腾，一片升腾景象，县委、县政府带领 60 万人民，与时俱进，直奔小康。对，丝绸美名天下扬，黄金有价国库藏，嫘祖二字记心上，万代千秋永志不忘。

乙：说得好，巴掌拍起来，嫘祖故里欢迎外商投资来。

甲：咿呼嘿！

乙：呀呼嘿！

甲：呀咿呼嘿！

乙：咿呼咿呼呀嘿！

甲：舞起来，跳起来！

乙：唱起来，掌声响起来！

甲：（滚在地上）哎呀，我的腰杆。（造型谢幕）

［剧终］

# 特别的爱

时　间：2006 年春
地　点：林家园
人　物：林丁，男，40 岁
　　　　金花，女，30 岁

　　[启幕：舞台中央一张方桌，和四条板凳、桌子。舞台下场放着一辆自行车。《你别走》的音乐声中，金花气冲冲上场，林丁急忙上前拦住]

林　丁：老婆，你不要走，老婆，你不要走嘛。我求求你，今后我改正还不行吗？

金　花：哼，改正？我不想听你说，现在我只想两个字。

林　丁：老婆，哪两个字嘛？

金　花：离婚！

林　丁：啊？（惊）离婚？哎呀，老婆，离不得婚哪！

金　花：啥子离不得？你一个大男人，不敢出家门，叫你去挣钱，回回都不行。

林　丁：现在我不行嘛，二天我雄起就是了嘛。

金　花：你雄起，你那个矮样子还雄得起哦？

林　丁：我矮是矮有风采嘛！

金　花：风采，哼！你有啥风采？我在外面打工挣钱，你在家里游手好闲，娃儿你不管，钱你全用完，到处去欠债，家里呀！搞得稀巴烂，我该不该和你离婚？（欲走）

林　丁：老婆我错了，再给我一次机会嘛！（跪下拉住）

金　花：机会没门，这是离婚协议书，拿去签字。

林　丁：（狼狈的样子求情）老婆，任你打来任你罚，不看我来看娃娃，我们不能离婚呀。

金　花：看娃娃，你就该珍惜这个家，我给你机会还少了吗？我还能相信你吗？

林　丁：我向毛主席保证，从头再来。你相信我嘛！

金　花：要相信你呀，（无意）那府南河的水倒起流，除非你倒起来走路。（起来）

林　丁：老婆说话要算话哦！倒起走路就倒起走路！（过场）

金　花：嗨，（惊旁白）他说倒起走路就倒起走路。

林　丁：老婆说话要着数哦！

金　花：（想一下）着数。（变一根棒）

林　丁：爪子噢？（吓一跳）打爹得，打不得哦！

金　花：这个放在你鼻子上给我顶起，我就相信你。

林　丁：吓我一跳，顶就顶嘛！（过场）

金　花：把筷子咬到。

林　丁：好嘛，咬到就咬到。

金　花：你喜炊喝烂酒，我今天就让你喝个够，把瓶子放在上面。

林　丁：（动作）放不稳。

金　花：自己想办法。

林　丁：老婆放稳了。

金　花：调个头。

林　丁：调个头就调个头。

金　花：抛上去。

林　丁：不得行哪。

金　花：少啰嗦！

林　丁：嗨！上去了，上去了。

金　花：把这个拿去斗起。（过场）

林　丁：那咋得行嘛？

金　花：你不得行，那我们就离婚！

林　丁：（旁白）哟，她这次安心和我拜拜，我只好按着她的办。

金　花：上去再上去，下来再下来。

金　花：（旁白）我今天要好好医治他一下，免得他只是嘴巴说一套，过后又是一套。把这根板凳顶起来。

林　丁：哟，逼到牯牛下儿呀！——顶。

金　花：你顶不顶？

林　丁：顶就顶嘛！（过场）

金　花：把四根板凳一下给我顶起来。

林　丁：那我试一下嘛。

金　花：嘿还看不出来，你还有点怪，你会怪就让你怪，把桌子顶起来！

林　丁：哎呀，我的老婆，你不要开国际玩笑，那咋个顶得起嘛？

金　花：顶不顶？你不顶那就算了嘛。（欲走）

林　丁：老婆，老婆你不走，我顶，顶哪！（过场）

金　花：哟，我还看不出来，你有两刷子嘛。

林　丁：（自信）没得两刷子敢给你当老公？

金　花：我说你呀是小娃吃黄瓜……

林　丁：啥子嘛？

金　花：苦的日子还在后头。你那个牙齿还凶，把那个自行车给我顶起来。

林　丁：哟，老婆，你硬是那矮子过河——安了心地把我弄下课，这咋个得行嘛？

金　花：嗨，不得行。我还要提把轮子转超求，这就看你有没有回心转意。

林　丁：砍头不要紧，只要不离婚，累死我一个，幸福全家人，顶就顶。（过场）我的妈呀，好痛哟。

金　花：我说你呀！硬是茅坑里的石头——又臭又硬，就怪你那嘴光说不动，一天还装疯。

林　丁：是是是，是我的错，这就是有钱难买后悔药，不怪老婆要怪我，怪我这张臭嘴壳，今天当着你来个高温消毒。（点火自烧）（烧火过场）

金　花：（被感动又担心地）哎！老公，那是火啊！

林　丁：我晓得是火，这回是吃了秤砣铁了心，我一定悔过自新，我喝口油来烧我心，烧得我重新来做人。

金　花：哎！（大惊）老公要不得。（音乐《特别的爱给特别的你》，在音乐中金花前去拉林丁，林丁一口火喷出，慌忙中喝口水喷在林丁脸上，林丁变黑脸倒坐在凳上）老公，我不离婚了！哎呀，老公。（哭）

林　丁：老婆，不离婚了哇？

金　花：真的不离了！

林　丁：不离我又没得事了啊。（林丁变回本脸）。

金　花：背时鬼，你把我吓惨了哦！来，重新点燃我们爱情的火花。

林　丁：好嘛。（点火变玫瑰，献花，金花冲向林丁献花，并向林丁脸上
　　　　左右亲一下）

金　花：献你一朵玫瑰花，齐心协力建咱家。

林　丁：老婆你雄起我让步，和谐家庭才致富。

金　花：和谐家庭才致富。（定格）

[剧终]

# 醒　悟

时　间：现代
地　点：吕不开书记家
人　物：吕不开，书记
　　　　黄道柱
　　　　曾和谐

［启幕：吕书记家，一张桌子，两把椅子，吕书记边走边哼流行歌曲，右手端着茶杯，左手拿着报纸上场，坐在椅子上看报纸］

**黄道柱**：（上前敲门）唉，吕书记在家吗？

**吕书记**：找哪个？（上前开门）

**黄道柱**：嘿嘿，吕书记你好！你好！

**吕书记**：你找我有啥子事？

**黄道柱**：吕书记，我儿子调动工作的事情，请你签个字。

**吕书记**：哦，你儿子叫……？

**黄道柱**：我叫黄道柱，我儿子叫黄德很。

**吕书记**：哦，晓得了，晓得了。老黄，现在大学生很多啊，要我来签字，这个大家都要懂得起音乐嘛。

**黄道柱**：我们懂得起音乐，我儿子是川音毕业的。

**吕书记**：哦，你儿子是川音毕业的，那就应该去当歌唱家嘛，找我做啥子呢？

**黄道柱**：我把我儿子调到县城来工作，希望吕书记帮忙安排一下。我也是老同志了。

**吕书记**：（普通话）黄老革命，现在想调进城来的人很多，我们县有几百个人呐，这个事情呢，我们还要研究研究。

**黄道柱**：吕书记，我们的手续都完成了，就是请吕书记签个字。

**吕书记**：老黄，你是老革命了，这些事情咋个能随便签字呢？这个事情我是手板打海椒，有点辣手哦。

**黄道柱：** 吕书记，求求你了，我年龄大，老伴又多病，帮个忙。我给你磕头嘛！

**吕书记：** 唉，起来起来，这叫啥话！哎呀，你这不是在逼我嘛！这是国家政策，我也不敢违背啊，你就给我磕一万个头，我还是没办法，你还是要理解哦。

**黄道柱：** 吕书记，我一切手续都办完了，就是等你签个字，帮个忙嘛！

**吕书记：** 嘿你这人咋个的？你咋个懂不起哦？

**黄道柱：** 吕书记，我就是懂不起，请多多指导！

**吕书记：** 黄道柱，那你懂不起就给我走出去。我要午休了。

**黄道柱：** 吕书记，你不要冒火，你不给我签字，我咋个走呢？

**吕书记：** 嘿嘿，你这个人胡子上巴膏药——有个毛病，出去，我要午休，紧到说啥子？走。（抽黄道柱出门）

**黄道柱：** 你不要抽，不要抽，你今天不给我签字，我就是不走！

**吕书记：** 你走不走？走不走？（推黄道柱到门口）

**黄道柱：** 唉，吕书记，求求你嘛，你咋个是这个态度哦？

**吕书记：** 我有你个啥态度？（把黄道柱推出门外，将门反锁）

**黄道柱：** 吕书记，你不签字，我就不得走！（退下场）

**吕书记：** 你不走？你就是给我跪到明年我也不得签字。你说得轻巧，吃根灯草，一风吹来，捞起就跑。简直懂不起？你硬是黄道柱。现在哪个懂不起，哼，干指拇还想沾盐，不得行。

（曾和谐提着五粮液，身背挎包上前敲门按门铃）

**吕书记：** 唉，黄道柱，你走不走哦？你还在搅臊我哈？我马上通知110，把你抓起来，多则扣留你15天，少则扣你半个月。（上前开门，大吃一惊）哎呀，这是老同学得嘛？请进，请进！（进屋）请坐，请坐！（转身倒茶）

**曾和谐：** 唉，老同学好久没见，你硬是红光满面，官运亨通，美女不断哦，嘿嘿。

**吕书记：** 哪里哪里，老同学你太幽默了。老同学，今天找我有何事啊？

**曾和谐：** 无事不登三宝殿，今天我是找你帮我老表办个事情。

**吕书记：** 老同学，有什么事还要你亲自跑一趟，打个电话就搞定了嘛。

**曾和谐：** 唉，老同学，我还是要表示一下嘛，给老同学送两瓶酒来喝噻。

（把酒和红包递到吕书记面前，吕书记推脱）

**吕书记：** 哎呀，这要得啥子？还送啥子礼嘛！

**曾和谐**：唉，我还是懂得起音乐，打得来体育，业余时间还搞点创作。

**吕书记**：哎呀，老同学，你真和谐！像你这样懂音乐的人，办不了的事都办得了！

**曾和谐**：那就请老同学，把这个字给我签了嘛。

**吕书记**：只要不违法，飞机都给你刹一脚。（顺手就把字签了）

**曾和谐**：那就谢谢老同学了！像你这样的工作水平，为民办实事，办得很好，祝你步步高升啊。我还有点事，就不打扰你了。（转身下场）

**吕书记**：唉，老同学，把你这些东西拿起走哦！你看嘛，他连头都不回就走了。这些人嘛，才像办事的嘛！（转身回到桌子跟前，把红包拿在手上）呵呵，这红包至少是一方钱嘛，（打开红包一看）啊，冥币……耶，是你这样操的哦？（里面掉出一张纸条，捡起来看：亲爱的吕不开：我曾和谐路见不平，为百姓出气，我想提醒你，你已经走向了悬崖，请你勒马回头是岸，我现赠打油诗一首给你：名牌酒瓶冷水和，英（阴）镑送来莫推脱。希你为人要正直，久走歪路要闯祸！）耶，老同学！（起身自叹）老龙正在梦中困，一脚踢醒我梦中人！


[剧终]

# 雨　夜

时　间：现代
地　点：某公寓楼
人　物：刁是贵（男）
　　　　范健美（女）
　　　　罗　江（男）

　　　　〔启幕：舞台当中一张桌，两把椅。雷电交加，刁是贵捧着蜡烛
　　　　上场〕
刁是贵：下下下……一天都在下，电又停了，他妈哦，真倒霉。（转身把
　　　　蜡烛放在桌上，又是风雨雷电交加的声音，上前关窗户，摸出
　　　　手机向老婆打，手机：您拨打的电话暂时无法接通！看手表）
　　　　都十二点半了，怎么我老婆还不回来呢？（转身向内场，坐在椅
　　　　上抽烟，纳闷焦急）
罗　江：（背着范健美上场）哎呀，这雨太大了，这雷太凶了，把整个城
　　　　的电都击停了。哎呀，这大晚上在哪里去找个人家嘛？到处的
　　　　手机电话都打不通，这医院又在哪里嘛？哎呀，管他的。耶，
　　　　这里还有一家人没有睡觉，我把她放在这家人这里，喊她看到
　　　　一下，我在前面去喊一个车来，把她送到医院。同志，屋里有
　　　　人吗？
刁是贵：（在桌上已经睡着了，突然有人喊，惊醒）是哪个在喊啥子？
罗　江：同志，开门，我跟你商量一件事！
刁是贵：深更半夜有啥子事情商量？
罗　江：同志，我下班的时候在路过前面的巷道，发现一位女同志被雷
　　　　击昏了，我手机没有电，打不通电话，我把这个女同志放在这
　　　　里，请你看到一下，我到前面去喊一个车，把她送到医院。
刁是贵：嘿，雷击昏了有我啥子事情嘛？哎呀，你给我背起走，不要给

我找麻烦，我还在等我的老婆呢！

罗　江：同志，做点好事！

刁是贵：好事做不到那么多，你给我背起走，少给我找麻烦！

罗　江：同志，你还是发扬一点人道主义的精神嘛！

刁是贵：啥子人道主义精神哦？少废话！给我带起走。

罗　江：哎呀，我就是背不动了才放在你这里的。（突然一声大雷响）同志，来不及了，我到前面去喊车去了，救人要紧！（转身下场，边走边喊）我走了，同志，把这个女同志照顾好哦！

刁是贵：唉……不要走，不要走！胡子上巴膏药——有你妈个毛病哦，深更半夜背个人甩在我这里，给我背起走！连头都不抬就走了。唉，管他的哦，闲事少管，走路抻展，进屋关门睡觉哦。哎呀，不对啊，我进去睡觉，这个女人万一死在我门口，不是要给我找麻烦吗？社会上要谴责我真的是莫道德嘛！管他的，我还是把她扶在屋里去再说。唉，女同志，来来，我把你扶在我屋里去坐一下！哎呀，要不得，万一我老婆子回来看到了，那就是黄泥巴掉在裤裆里——不是屎也是屎。哎呀，要不得，要不得。这事情真把我难倒了，是救人还是不救人？真的死在我门口，我还要打一场人命官司，跳进黄河也洗不清啊。哎，不管那么多，先把她扶到屋里去再说。（把她扶到屋里去）你坐好，我去给你倒点热开水来喝。（转身倒水，送到女同志的面前，突然电来了）。嗨，鬼闹起的，半晚上你来电，好，女同志，请喝水！（把水端近女同志的脸）啊！（大吃一惊），咋个是我的婆娘呢？嗯，（思索）这其中有奥妙。咋个是个男同志背到我门口来的？莫非是他跟她？（拍桌子）醒来，醒来！
（范健美没有醒，刁是贵走到她背后使劲地摇她的膀子）醒来，醒来！（范健美缓缓醒过来）

范健美：啊，这是哪里？

刁是贵：（冷笑）你给老子半天云头挂口袋——装疯（风），哪里？你说哪里？我问你，刚才背你哪个男人是谁？

范健美：我不晓得。

刁是贵：不晓得？他怎么会背你呢？

范健美：我……我在下班的路上不知怎么就昏倒了。

刁是贵：胡说，昏倒了你就应该给我打电话！今天我要对你进行专政。

范健美：我昏倒了怎么给你打电话呢？人家好心把我救回来，你不但不感谢人家，反而……

刁是贵：反而什么？心正就不怕影子斜，你跟他没得关系，他怎么会背你呢？我一晚上给你打电话都接不通！

范健美：你该给我们办公室打电话嘛。

刁是贵：办公室？办公室莫人接电话。

范健美：这该怪不到我嘛。

刁是贵：不怪你怪哪个呢？几十岁的人了，不自觉，找话说。

范健美：我找的什么话说啊？

刁是贵：你还不知丑，还问我找的什么话说？你们都到我们门口来战争了。

范健美：战争什么啊？

刁是贵：战争什么？老子要对你进行抗日！给我说，那个男人到底是你什么人？坦白从宽，抗拒从严。

范健美：是贵啊，你太过分了，我下班的时候你不但不接我，我昏倒在路上，别人将我救了，我们要感恩人家，你怎么这样对待我呢？

刁是贵：哪样？你想让我戴绿帽子，你妄想！

范健美：是贵，我真的和他没有关系，人家是个好人啊！

刁是贵：（气急败坏，扇了范健美一耳光）好人！啥子好人？你给我还在狡辩。

范健美：是贵，你太没有良心了，你少要侮辱我的人格。

刁是贵：人格？给老子狗格都没得！不要脸的东西。（又扇了范健美一耳光）

范健美：你太欺负人了，老娘今天跟你拼了！（二人抓扯）

刁是贵：耶，你胆子还不小呢？喊你丢了！

范健美：我就是不丢！

刁是贵：（顺手从桌上拿起一个酒瓶，打在范健美的头上，当场倒地）来嘛，老子还打不赢你了？怪了。起来，陪老子大战八百个回合！咋个不动了呢？（用脚踢范健美的脚，用手去摸范健美的鼻子）哎呀，拐了，咋个没得气了呢？遭了，遭了……

罗　江：（边走向内打招呼）唉，师傅，你就在门口等到一下，我马上把她背出来。（转身向屋内喊）同志，同志，（刁是贵出门和罗江对碰）同志，那位女同志在哪里去了？

刁是贵：哼，你问的是她吗？在屋里。

罗　江：（走进屋里一看，范健美倒地，大吃一惊，手摸鼻，没有气，气

　　涌胸上）你……你……你怎么将她整死的？

刁是贵：你问我？我还得要问你，你和她是啥子关系？

罗　江：没有关系，认不到。

刁是贵：你知道我和她是啥子关系？

罗　江：我不管你啥子关系，你不该将她打死！

刁是贵：嘿嘿，这个问题嘛，我倒要问你。

罗　江：我跟你说不清楚，走派出所！走！（定格）

旁　白：人在相识，贵在相知，彼此互相理解而信任，请观众朋友们深思！

[剧终]

# 正 在 陪

时　间：冬天
地　点：家园
人　物：郑在培（丈夫）
　　　　陈　瑜（妻子）


陈　瑜：哎呀，自从我老公开了公司，当上了经理，就没有按时回过家，说好了回来吃晚饭，现在都几点哪，半夜十二点半，这个点没有什么好事，等他回来我非得问个究竟，他要说上来就好，他如果说不上来，我非得跟他离婚。

郑在培：（打招呼，打酒嗝，边走边说）昨发准许证，今换许可证，昨发红本本，今换蓝本本，昨日盖木章，今天换钢印，管理需加强，一月换个证，整得我很累，陪吃陪喝陪耍夜总会，回家不敢说，说了怕伤心。（打个酒嗝）

陈　瑜：哪个？

郑在培：老婆！（醉醺醺，打酒嗝）

陈　瑜：回来哪？

郑在培：回来哪。

陈　瑜：干什么去了？

郑在培：开会。

陈　瑜：开什么会？

郑在培：开夜总会。

陈　瑜：夜总会?!

郑在培：不……不，是易总带着我们去开会。

陈　瑜：你都编哪，说好回来吃晚饭，现在都几点哪？

郑在培：7点半。

陈　瑜：7点半？你好好看看！

郑在培：我刚洗完澡，把表戴反了。

陈　瑜：洗澡，在哪儿洗澡？

郑在培：喔……喔，是起得早，把表戴反了，早起早睡不用盖被，沙发一靠就能睡觉。（睡着了）

陈　瑜：醒醒，醒一醒！看见没有，天天这样，你看我把他折腾病了，我还得伺候他，等他酒醒了再说，来擦把脸再睡。（洗脸过场）

郑在培：谢谢小姐。

陈　瑜：小姐？

郑在培：小费、小费。

陈　瑜：小费，看见没有？拿块毛巾都给小费，我伺候了他半辈子却什么都没有啊！

郑在培：拿着啊，拿着啊，嫌少啊，没有了，没了一天都掏没有了，万水千山总是情，少给几块行不行？

陈　瑜：什么情啊什么爱？我收回一块是一块，看他酒还没醒，我都套套他。大哥呀。

郑在培：这声音咋这么耳熟？

陈　瑜：我是新来的，普通话说得还不太好。

郑在培：吓我一跳，我还以为是我老婆来了。

陈　瑜：大哥，你天天来吗？

郑在培：基本上我一天一趟。

陈　瑜：回家给老婆咋说呢？

郑在培：回家就说在开会。

陈　瑜：你老婆信吗？

郑在培：不信，现在老婆特别鬼，各就各位像纪委，这样的真话不能说，咬牙切齿坚持不张嘴。

陈　瑜：我叫你不张嘴。（打）

郑在培：哎呀，是新来的，你的手法太重。

陈　瑜：那我轻着点嘛！

郑在培：不要那么温柔，我到这来不是按摩。

陈　瑜：你到这里不按摩干啥？

郑在培：我到这里陪嘛，陪人吃，陪人喝，陪人洗澡，陪人按摩，回家还不敢说。

陈　瑜：为啥不敢说？

郑在培：我怕我老婆伤心。

陈　瑜：你老婆对你好不好呢？

郑在培：我老婆对我可好哪，给我洗脚给我捶背，帮我铺床哄我入睡，一切一切咱都免费，不像你们这里那么贵。

陈　瑜：那你为什么这样干呢？

郑在培：为了公司的发展嘛！

陈　瑜：那你可以换个方式嘛！

郑在培：你说得轻松，不这样干，咋个把生意做得下去？不干，我公司几十号人咋个活呢？我宁可自己有愧，也不让员工跟我遭罪。

陈　瑜：那我遭罪你管不管？

郑在培：你算啥呀？

陈　瑜：我是你老婆。

郑在培：哎呀，我的妈呀，现在的小姑娘，胆子大呢，啥都敢说一下。大哥大哥我爱你，就像老鼠爱大米，到最后兜里的钱全都掏给你。

陈　瑜：这样你对得起你老婆吗？

郑在培：我知道对不起，我也没办法啊！

陈　瑜：没办法，那公司可以不开了噻！

郑在培：不行，不行，现在是东风吹战鼓擂，当今社会谁怕谁？只有陪，只有陪！

陈　瑜：那我就不要你陪。

郑在培：不陪，生意就搞不成，（昏昏沉沉睁开眼睛）哎呀真的是我的老婆得嘛！对不起，对不起，刚才喝醉了说了很多废话。

陈　瑜：也有实话。

郑在培：你听我说，关键的都让你听着哪？

陈　瑜：听着了！

郑在培：遭了，这下遭洗白了。（电话铃声响起，拿起电话讲）喂，刘总呀？是我来呀，对对，好久有时间我们一起坐一坐，明天，明天！好，好，再见！就这样。卖原材料的刘总，你不把他陪好，到时候我们等米下锅。

陈　瑜：下个铲铲的锅。

郑在培：哎呀，老婆，我也没办法啊，人在江湖，身不由己。（电话又响）电话又来了！喂，王总你在哪？我来陪，你在哪里？好嘞，好嘞，那见面再谈，再见！管销售的王总，我们不把他陪好，到时候生产出去再多的货，都销售不出去，也卖不出去的。（电话铃声响）又来一个，宋总吗？我郑在培，喂，宋总嘛！

陈　瑜：宋总是哪个？他干什么的？

郑在培：他是我们的财神爷，投资公司的董事长，你知不知道哦，没他
　　　　们就会饿死，晓得不？

陈　瑜：不晓得！

郑在培：你怎么不通情达理，你呀。（气急，指着陈瑜）

陈　瑜：我通情达理，自从你开起这个公司，天天饭店、酒店、夜总会，
　　　　每天都醉醺醺地回来，第二天酒还没醒你又走了，家里事从来
　　　　都不管，你问都不问，你知道今天是什么日子？

郑在培：不晓得！

陈　瑜：耶，郑在培，你在陪哪个？今天是我们结婚的十周年纪念日。
　　　　你知不知道，难道说你连今天都不陪陪我啊？

郑在培：我要不想陪你，我就是你的孙子，可我陪不过来呀。我在外面
　　　　上陪领导，下陪朋友，中间陪客户，我成了三陪呀。我知道我
　　　　家里上没有陪好父母，下没陪好儿女，中间没陪好你。我关掉
　　　　一个手机过一个安稳的日子。（电话铃声响）看嘛，看嘛，电话
　　　　又来了。（拿起电话接）喂，宋总，没事我在家里闲着呢，好
　　　　呢，我马上过来。

陈　瑜：来来来，你简直不会说话，你硬是鹅卵石滚水井——老实到底
　　　　了，你就说家里有事，走不脱嘛！

郑在培：有啥子事？

陈　瑜：老公，这个公司我不要你开了，再开下去，要把我们这个家开
　　　　摆起！

郑在培：老婆，我也晓得恼火，白天陪晚上陪，陪来陪去陪成了胃下垂，
　　　　现在手机全部"交公"，拿给你管，我坚决天天陪你，让我老婆
　　　　欢喜起！

陈　瑜：哎呀，你这才是我的好老公啊！（电话响）老公接电话！

郑在培：（比手势）你接！

陈　瑜：（接电话）喂，我是郑在培，啥子？你说郑在培是男的啊？他正
　　　　在陪我，我是他老婆。你说啥？今天下午那个合同，领导已经
　　　　同意了！

郑在培：（急忙夺过手机）喂，你好，我是郑在培，你是巫总嘛，感谢你
　　　　帮忙了，啥子？喊我马上到王朝夜总会来陪他们？哎呀，对不
　　　　起啊巫总，今天是我们结婚十周年纪念日，我要陪老婆得嘛，

（电话里声音传出：那好嘛，就陪你老婆嘛，这个工程的合同你就不用来签了哈）那我马上来，马上来！（起身走）

陈　瑜：站到，我陪你一起去！

郑在培：哎呀，这就成了四陪，把老婆又陪进去了。

陈　瑜：（指着郑在培）啊，郑在培！

[剧终]

# 捉 蜈 蚣

时　间：现代
地　点：刘家才家
人　物：任举贤，老师
　　　　刘家才，家长
　　　　刘　鑫，学生

[启幕：刘家才师傅家客厅。台左置一茶几，茶几两旁置一椅子，台右前是一圆桌，桌上有茶壶茶杯等物]

**刘家才：**（身着围裙，上）这小子怎么还不回来？都八点了。（开门）老杨，你们家小明回来没有？（内：没有啊）这长江发大水，他又是哪河水发了呢？（解围裙，欲下）

**任举贤：**（上）刘鑫同学在家吗？

**刘家才：**不在！

**任举贤：**刘师傅你在家。

**刘家才：**（开门）哟，是任老师，请进。你看，刚才我……

**任举贤：**没什么。

**刘家才：**请坐！（倒茶）
　　　　（任举贤的肝区突然疼痛，强忍……）

**刘家才：**（边倒边说）哎呀，任老师，你不该来家访嘛，这么热的天。你通知我一声，我到学校里来，不也一样嘛！

**任举贤：**刘师傅，我听刘鑫的新班主任陈老师说……

**刘家才：**你不当班主任了？

**任举贤：**嗯，我另有任务。

**刘家才：**啊。哎，陈老师不来，怎么你来呢？

**任举贤：**不行吗？

**刘家才：**那是！那是！

任举贤：就算我最后的家访吧！

刘家才：那是！那是！

任举贤：刘家才师傅，你最近发现小虎有什么反常情况没有？

刘家才：（气来了）还说呢！都八点了还没有回家……（感到不妥）嘿嘿嘿，这阵子他上学是提早离家，放学是迟到回家。干干净净地出去，脏兮兮地回来。好像去参加了抗洪抢险一样。

任举贤：啊？那他家庭作业完成得怎么样？

刘家才：这阵子，厂里生产任务紧，没顾上检查他的作业。

任举贤：听陈老师说，他作业完成得不好，还经常迟到。

刘家才：啊？

任举贤：刘师傅……

刘家才：（惊）旷课？他吃了豹子胆了……

任举贤：刘师傅……

刘家才：他回来看我怎么收拾他！

任举贤：刘家才师傅，你这不打不成才的思想又冒出来了！

刘家才：呃……

任举贤：你以前对刘鑫又打又骂，成绩还是上不去，经常吃零分……

刘家才：那是，那是！任老师，自从你当了刘鑫的班主任，经常进行家访，跟我们讲：不求人人得高分，但求个个有进步，根据每个学生的情况，因……因……

任举贤：因材施教！

刘家才：对对对！因材施教！因材施教！

任举贤：根据每个学生的具体情况，因材施教，促进不同类型学生的发展。结果，刘鑫的成绩上去了，考试都可以得八十多分了。

刘家才：那是那是！任老师，可刘鑫今天的表现，实在叫人不能忍受！

任举贤：刘师傅，不要着急，等小虎回来，先问问原因吧！

　　　　（内刘鑫唱：请把我的歌……微笑留下）

刘家才：嗬！他还唱得欢呢……

任举贤：冷静点！

刘　鑫：（边唱边上）爸，我回来了！任老师您也在啊？（手拿一个瓶子）

刘家才：嗯。刘鑫，你帮爸爸看看几点了？

刘　鑫：（看）八点过五分！（欲走）

刘家才：这手表是不是走快了？

刘　鑫：我这手表，也是八点过五分。

刘家才：这手表准？

刘　鑫：像新闻联播一样准！

刘家才：你们几点放学？

刘　鑫：爸，你怎么了？知道还问我？

刘家才：你怎么现在才回家？干什么去了？

刘　鑫：没干什么！

刘家才：没干什么？跪下！

　　　　（刘鑫不跪）

刘家才：跪下！（按刘鑫）

任举贤：刘师傅！（欲扶刘鑫）

刘家才：任老师，不要你管！

任举贤：哎哟！（手按肝区，跌坐在椅子上）

刘家才：任老师，对不起，对不起！

刘　鑫：（扑过去，哭泣）任老师，你……

任举贤：（按紧）刘鑫，我很好。刘师傅，发火解决不了问题，还是问问
　　　　孩子原因吧。

刘家才：你，过来！（刘鑫反感）过来！（用手拉刘鑫）

刘　鑫：（挣脱）哎哟！

刘家才：（心痛地）怎么呢？你——你到哪儿把手弄这么大个口子？还在
　　　　流血！真是……（入场，拿消毒用品）

刘　鑫：任老师，你……

任举贤：我是来家访的。

刘家才：（上）过来！（给刘鑫消毒）

刘　鑫：哎哟！

刘家才：忍着点，打架的时候不疼，这个时候知道疼了！

刘　鑫：我没打架。

刘家才：没打架？怎么会有这么大个口子？嗯？

刘　鑫：（倔犟地）没打架就没打架嘛！（收手）

刘家才：嗬！你还敢顶嘴！（举手欲打）

任举贤：刘师傅！我来。（拿过碘酒棉球）刘鑫，你最近怎么常迟到
　　　　早退？

刘　鑫：我……

任举贤：今天下午为什么旷课？

刘　鑫：我……

刘家才：你哑巴呢？任举贤老师问你呢？

刘　鑫：我……我有事！

刘家才：和尚赶道士！（欲打）

任举贤：（制止）刘师傅！

刘家才：（尴尬地）嘿嘿嘿！咳！刘鑫同学，不，刘鑫儿子，这段时间你
　　　　为什么经常迟到、早退？

刘　鑫：捉金头蜈蚣去了。

刘家才：（背白）老毛病又犯了？为什么家庭作业完成得不好？

刘　鑫：捉金头蜈蚣去了。

刘家才：又是捉金头蜈蚣去了！今天下午为什么要旷课？

刘　鑫：去捉金头蜈蚣去了！

刘家才：嗬！跑二十几里路去捉金头蜈蚣！你这一辈子就是蜈蚣呀？教
　　　　不转的东西！（一耳光，夺过刘鑫手中的瓶子，欲扔）。

刘　鑫：（双手拉住刘家才的手）爸，这是最后一条金头蜈蚣呀！

刘家才：还银蜈蚣呢！（举瓶）

任举贤：（抓住刘家才的手）刘师傅，不能！
　　　　（刘家才一愣）

任举贤：（从刘家才手上拿过瓶子）拿着。

刘家才：任老师你说要留出时间和空间，引导孩子去发挥他们的专长和
　　　　个性，不但不会影响学习，相反对孩子的成长有好处。他喜欢
　　　　小昆虫、蝴蝶什么的，（入内出）你看，这就是他做的标本，我
　　　　不但没有阻拦他还支持他。可是，他竟敢旷课去捉金头蜈蚣！
　　　　听着，从今天开始，不准你喜欢这些东西！（扔标本欲踏）

刘　鑫：（扑过去，用身体护住标本）爸！
　　　　（刘家才脚停在半空）

任举贤：刘师傅，你是在踏碎一个孩子的心呀！

刘家才：你说，为什么要去捉金头蜈蚣？

刘　鑫：（哭）我……我都是为任举贤老师呀！

刘家才：哼！你还要赖到任老师身上！我……

任举贤：刘鑫，到底是怎么回事？

刘　鑫：任老师，（咽喉哽哽）我最喜欢你了。自从你病了住进了医院，
　　　　我做梦都在想你，想起你对我的爱，我的眼泪就往外流。我每
　　　　天放了学，都要到病房的窗口偷偷地看你。有一天，我听见医

生去给陈校长说，你的病，是……是癌症……（音乐气）（进入
高潮）

刘家才：啥？癌症？这不公平，这不公平！好人应一生平安。任老师，
让我替你生病吧，你好多教出一些好孩子。让我替你生病吧！
（渐弱下来接转平静的音乐）

任举贤：（笑了笑）只有替人帮工，哪有替人生病呢？

刘家才：任举贤老师……

任举贤：刘师傅，谢谢你，你的心意我领了！

刘　鑫：爸，医生说，任老师最多只能活三个月呀……

刘家才：（停顿）任老师，你……你怎么还来家访？

任举贤：刘师傅，我只要还有一口气，就要尽到我教书育人的责任。

刘家才：你……你……不该来呀！

刘　鑫：（爆发地）任举贤老师，我不要你死，不要你死！我要你永远永
远地活着，教我们、管我们！为了治好你的病，我四处打听治
癌症的偏方。后来听覃大爷说，吃下一百零八条金头蜈蚣，就
能治好你的病，……听到这个消息，我好高兴啊，就约了几个
同学，天天找呀四处捉。金头蜈蚣真少呀，找到一条真难呀！
再难也要治好任举贤老师的病。今天这一条就是第一百零八条，
是在一块大石头下面捉住的。（入内，拿出一铁盒）金头蜈蚣都
装在这里面，任举贤老师，你拿去拌着蜂蜜吃，你的病一定会
好的。

任举贤：（搂住小虎）小虎，谢谢你。
（《爱的奉献》乐曲声大作，响彻云霄）

［剧终］

# 自作自受

时　间：夏　天
地　点：槐树坡
人　物：朱牛二，男，40 岁左右（农民）
　　　　三　妹，女，35 岁左右（农民）
　　　　刘祝君，男，40 岁左右（村长）

［幕启：刘祝君边走边向内打招呼：大娘，谢谢了，如果有了朱牛二的消息，就及时给我们打电话联系。（转身）王幺爸，你们看到朱牛二夫妻没有？啊？没有？嘿，这人跑到哪里去了？（边走边下）］

（朱牛二挎着提包，满面怒气，急匆匆上场）

朱牛二：（向内喊）妹，妹，走，我们回家，你还在娘家躲啥嘛？金窝银窝不如自己的狗窝，走，我们回。

（三妹怄气的样子，慢慢上场）

朱牛二：三妹，你在怄啥嘛怄？要怪就怪王仙爸，算你这胎是男娃，哪晓得生下来是一个女娃娃。

三　妹：要怪就怪你那个封建脑壳。

朱牛二：啥子，封建脑壳，这些都怪你娘家老妈子，求神拜庙子，烧香抽签子，说你这胎一定是儿子，我才给你壮大胆子，喊你给我生儿子。咄！你才偏要给我生他妈个女娃子。哎呀，气不气死老子。哼，老子给你龟儿子两砣子。（动作上前欲打）

三　妹：打嘛！打嘛！！

朱牛二：哎呀！算了，算了，我咋个敢打你老人家嘛？站着干啥吗？还不回去。

（三妹欲走）

朱牛二：哎呀我朱牛二呀，这几年不知走他妈的啥子背时运，结个老婆子肚皮不争气，头胎生一个女，这胎又生他妈一个女娃儿，你说气不气死人嘛？

三　妹：这生儿生女也怪不到我们女人嚛。

朱牛二：嘿！这不怪女人还怪我们男人嗦？娃儿长在你肚子里面，那你说怪那个呢？

三　妹：啥，怪我们女人啰？生儿生女关键是男人的问题，你懂吗？

朱牛二：啥子怪男人不男人，你看我们队里那个刘幺娃，结个老婆多会生，别人一生下来就是个儿子。你呢？头个女子二个女子，你那个肚子里尽是他妈个女娃子，没有一个儿子。我说你呀，我说你呀：你真是黄牛落毛——在给老子臊皮。

三　妹：你看人家电视里天天都在讲，现在时代不同哪，男女都一样。

朱牛二：那是你听错了，实在不信那男女都一样。你看我们村上那个李忠心，只生一个娃儿负担轻，家里买了冰箱、冰柜、洗衣机、粉碎机、打麦机、打谷机、磨粉机、抽水机、彩色电视机、卡拉 OK、CD 机、电脑摄像机，手里拿的打火机，蹲在厕所打手机，一天都是笑嘻嘻。我们家里墙上挂的是烂簸箕，灶上放的是烂筛箕，墙下面是一只抱母鸡。别人住的是平房，我们住的是土墙。人家睡的席梦思的弹簧床，我两口子睡的硬棒棒。别人吃的肥嘎嘎，我们饿成瘦卡卡。别人穿的皮尔卡丹，我两口子穿的是烂衫衫。独生子女家庭发奖金，我两口子过得好伤心。别人两口子抱着睡，我两口子天天都是背抵背，别人的日子过得咪咪甜，我两口子日子过得好凄惨。别人与时俱进搞票子，我两口子就只晓得搞儿子，日子过得好造孽。（哭）

三　妹：（哭）牛二呢！有钱难买后药悔，当初该听政府说。

朱牛二：说啥子嘛说？现在也迟哪，哭也晚了，不要哭嘛，过来我给你说。

三　妹：说啥子嘛说？

朱牛二：啥子，过来嘛，过来嘛。我又不是歪货怕啥子嘛？（三妹慢步走到朱牛二面前，朱牛二悄悄对三妹说）把女儿甩哪。

三　妹：（大吃一惊）那……那要不得，虎毒不食子嘛！

朱牛二：啥子吃子不吃子？回去罚款要票子，娃儿给我拿来，我把她甩在这槐树下面。

三　妹：牛二哪，要不得，要不得。

朱牛二：啥子要得要不得？这个嫁鸡随鸡，嫁狗随狗，嫁给螃蟹就横起走，嫁给当官的就当娘子，嫁给杀猪匠就翻肠子，嫁给老子光生女子，老子就要甩女子。

三　妹：女儿乃是妈的心头肉，我不干。

朱牛二：啥子干不干？（朱牛二上前夺取，三妹不给，在《晚秋》音乐声中，夺抢过场）哎呀！说你好瓜你就有好瓜，半夜起来扫院坝，别人的老汉你喊妈，你还要想女娃娃。（一脚踢倒三妹，抱起娃下场）

三　妹：牛儿，还我的女子，你这个黑心王八，没良心的，天哪，叫我咋个活嘛！（在凄惨音乐声中下场）

朱牛二：（东张西望上场）娃娃你在哭啥子嘛？你再哭，你要是个儿子，老子就把你当老子，可惜你是个女娃子，只能把你丢在这里。（欲走）

（内应：朱牛二，你老婆跳河啦）哎！三妹跳河……（气急败坏，滚在地呼天呼地）（凄惨音乐）完了，完了，这背时婆娘跳啥子河嘛？天啊，这叫我咋下田嘛？（下台）三妹等到我，我来了，等生了儿子你才去跳河嘛

刘祝君：（刘主任和三妹上）朱牛二，你……在干什么？

（三妹上前抱小娃娃）

三　妹：我的幺妹呀！（伴着音乐《晚秋》）妈妈舍不得你呀。

刘祝君：朱牛二，你生了一胎，又躲起来生二胎，这已经违反了计划生育政策。现在，你又逼妻跳河，遗弃女婴，要不是村里的群众抢救得快，你妻子早就淹死了。你真是胆大包天，国法不容。

朱牛二：我甩我的娃，又犯啥法？

刘祝君：朱牛儿，你这个法盲，你严重违反了计划生育法。如果闹出了人命，你娃要受到法律的严惩。最近全国各地掀起轰轰烈烈的"关爱女孩、保护妇女"行动，目的是积极推进出生人口性别比例的平衡。像你这样不关爱女性、泯灭人性的人，该当何罪？来啊，给我到乡计生办去学习一个月。

朱牛二：啊！我明白了。

刘祝君：牛二哪，你想想看，你们村上的龙大爷也生了一女，招婿上门同样很孝敬父母，家庭搞得和和美美，并在今年4月享受计划生育家庭奖励扶助各种优惠政策。现在政府特别对女孩有优惠政策，男孩女孩都一样，女儿也是传后人。

朱牛二：我错了，我不是人，我一时糊涂。刘主任，我愿接受处罚。

三　妹：牛二啊，你这是"自作自受"。

朱牛二：啊。（造型，落幕）

[剧终]

# 租　房

地　点：某住房
时　间：夏天
人　物：曾友钱（父亲）
　　　　曾光行（学生）
　　　　余圣贤（老师）
　　　　王　君（消防队员）
道　具：舞台中间一张书桌一把凳

　　[启幕：学校一阵铃声，一遍学生下课铃声，余老师拿着教科本从上场向下场走去了]

曾友钱：（急忙上前）余老师，余老师！

余圣贤：（转身一看）喔，你好！

曾友钱：（二人握手）你好，我是曾光行的爸爸。

余圣贤：哦，有什么事吗？

曾友钱：余老师，上次我来跟你商量的那一件事，你意见如何？我给我儿子把房子都租好了！

余圣贤：曾老板，不行哪！我们学校有规定，学生不能在外面租房。好多学生在外面租了房，学习成绩下降不说，还染上社会上的不良风气，特别是安全问题非常不好管理，如果发生意外，后果不堪设想啊！

曾友钱：余老师，这个我也晓得，不过我儿子说外面学习清静，发展起来更有空间。你也晓得，现在的家长不好当啊，娃娃的要求也有他的道理，而且我的儿子我晓得，很听话不得乱来，更不会出啥子事。

余圣贤：曾老板，我可以理解，不过我还是不能同意。

曾友钱：哎呀，余老师你就通融一下嘛，这个安全问题我儿子会注意的，在屋头就多细心的，没得啥问题。

余圣贤：曾老板，不是这个意思。作为老师就要做到老师的责任，作为家长更要为孩子负责。

曾友钱：余老师，你就帮个忙嘛，我相信我儿子，给他找个清静的地方学习，哪不好呢？这样，我曾友钱给你写个保证，拿我的人格担保，行不？

余圣贤：（无奈，难为情）这个事情不好办哪！

（曾友钱拉老师下）

曾光行：（放学回到家里）老爸给我租了房，我的生活得解放，哎！（动唱）亲爱的，你慢慢费，小心前面有人追。（放音乐，开了瓶啤酒，跳舞，自己先庆祝一下。突然手机响了，一看是家里打来的电话，连忙关小音乐）喂，爸啊，我正在看书，哎，就是，这儿安静得很，灵感来得之快，嗯，好，拜拜！（继续开大音量。内应：喂，楼上的哪个哦，这么晚了声音开那么大，还让不让人休息？吐舌头，关音响，熄灯，准备睡觉）

曾光行：（下场）（天亮了，电话响了……内应：行，你咋没来上课哦？）嘿嘿，睡过了，对了我在外面租的房子，空了过来耍噻。（挂电话，闲着没事又拨通了电话）喂，欢欢啊，在干啥子？上网？空了在我这耍噻，免费上网，还可以给你提供饮料哦，够朋友嘛？好，挂了哈。（肚子咕咕叫）饿了，妈给我拿的香肠，去煮点吃。（回到书桌旁发呆，点燃一支烟，起身打开电视看球赛。电话响了）哪位？哦，老大啊！喝酒噻，好，没得问题，出得来，我老汉给我在外面租的房子，随时可以出来陪你，那你等到哈，我马上来。

曾光行：（下场）老大！（内应：光行）来，坐坐……哦，你肚子饿不饿？我还没吃饭，要不到外面先去把饭吃了？吃饭啊！我家里还煮着东西得嘛！（顿时恍然大悟，连忙跑回去。一开门，烟雾熏鼻）完了，这次事情闹大了哦！（急忙下场救火，呼叫救命。邻居拨通119，消防队赶到，将光行拉出场，光行一脸被烟熏得漆黑，狼狈不堪，痛苦扭体）妈，我完了……

王　君：幸好我们及时赶到，才保住了你的性命，我们及时抢救扑灭，火焰才没有烧到这旁边的工厂，否则后果不堪设想。走，找你家长去。（将行送下场）

[剧终]

# 指　路

时　间：2006 年冬
地　点：汪沟村
人　物：曾先能，50 岁（先富起来的农民）
　　　　赖大宝，40 岁（村民）

[幕启：在音乐《在希望的田野上》中上场。赖大宝穿着烂衣，
凄凉地东张西望]

**赖大宝：**嗨咦！几年没有回来，四方村真是王大娘的皮蛋——都变瓜了
　　　　呢！土墙变楼房，瓷砖贴上墙，烂路溜溜光，水田变鱼塘，好
　　　　巴适哟！这里是先能哥住的地方，房子变得好漂亮呵，喊一声
　　　　再说，先能哥——

**曾先能：**（内白）哪个在喊？（慌忙上场看见赖大宝一惊）你是哪个？

**赖大宝：**哪个？先能哥，你……连我都认不倒啰？

**曾先能：**你是……

**赖大宝：**哎呀，先能哥，我就是你们喊的赖疙宝得嘛。

**曾先能：**（想）哦……你是我们一队那个赖大宝呀。

**赖大宝：**对，他们都叫我赖疙宝哆嘛。

**曾先能：**哎呀，你咋个混成这个样子呢？

**赖大宝：**先能哥哎，说来话长，斗起把长，硬是麻绳儿拴豆腐——提都
　　　　提不得哦。

**曾先能：**哎呀，我看你硬是恼火，咋个整得孔夫子死倒起埋——文屁儿
　　　　冲呢？有话就说，有屁就放。

**赖大宝：**先能哥，我的情况你是晓得的，前几年欠了烂账，没办法才出
　　　　去跑烂摊的。

**曾先能：**这么多年，账该还得差不多了嘛？

**赖大宝：**啥子差不多了，现在呀还欠一屁股的烂账。

**曾先能：** 那你出去打工的钱花在哪儿去了呢？

**赖大宝：** 都怪我这个手爪爪发痒，遭洗白啰。

**曾先能：** 你呀你呀，硬是死猪不怕开水烫，狗吃屎免不了那条路，背时，活该！

**赖大宝：** 先能哥我错了，我今后一定改正，你要拉兄弟一把哟。

**曾先能：** 改正，赌博赌博越赌越薄，哪有靠赌博发了家的？站远点，一身梆臭！

**赖大宝：** 先能哥，你在抽啥子嘛？

**曾先能：** 爪子？你看你这个样子，我们村上哪里还有你这样的人嘛？还不赶快到屋头去冲个热水澡，喊你嫂子给你拿几件衣服换上。

**赖大宝：** 那咋个要得嘛？

**曾先能：** 咋个要不得呀？都怪我倒了八辈子霉跟你做了邻居，快去快去！站到——

**赖大宝：** 先能哥又爪子了嘛？

**曾先能：** 嗨，你简直在给我们这村丢脸啰。

**赖大宝：** 是，是，丢脸，丢脸。

**曾先能：** 春芳，给大宝找几件衣服换上。这个人哪，三穷三富不到老呀，这么聪明的娃儿，咋个搞成这个样子？他们老汉是名震川西的民间老艺人，有一身绝活教给了他，他娃儿抱着金饭碗去讨口。自从城乡一体化以来，我们村在三个集中思想的指导下，那硬是人长精神地长宝，我们成都市是最佳旅游城市，我们村又是最好的旅游景点，嘿，这个娃儿身上的这一套东西还有用场。大宝衣服换好了没有？

**赖大宝：** 换好了。先能哥，谢谢哪。

**曾先能：** 不谢。我想给你娃儿指条路，让你发大财。

**赖大宝：** 先能哥，你没洗刷我吧？我这个样子是冬瓜皮做衣领——霉登了的，发啥子大财哦？

**曾先能：** 我说你娃儿，是讨口三年，官都不想当，我看是摆起金砖你都不想去搬哦。

**赖大宝：** 先能哥，这钱是人的胆，衣是人的脸，银子是白的，眼珠子是黑的，瞎子见钱眼睁开，哪个瓜娃子不喜欢钱嘛？

**曾先能：** 君子爱财，取之有道你知道吗？

**赖大宝：** 晓得晓得。

**曾先能：** 那就好，来，来，坐，坐，大宝你有啥要求尽管说。

赖大宝：要求不大，一天三顿饭，外搭一包烟，再来半斤老白干。

曾先能：行。

赖大宝：早饭随便。

曾先能：要得。

赖大宝：中午回锅肉。

曾先能：可以。

赖大宝：晚上几大盘。

曾先能：莫问题，这个要求并不高，要吃鱼到我那鱼池捞。

赖大宝：要得，还有件事，我还不好意思说。

曾先能：男子把叉的，做得个扭扭捏捏的爪子？有啥子就说出来嘛。

赖大宝：嘿嘿，我人过三十五，衣烂没人补……先能哥，我活了这大半辈子，还没有尝过女人的味道，我还想——

曾先能：想干啥说嘛。

赖大宝：算了，还是不说的好，要不然你哥子又要骂我穷心未退，色心又起。

曾先能：我懂起了，你是想……

赖大宝：我想要个老婆。

曾先能：对啊，男人二十是奔腾，三十日立，四十正大，五十康佳，六十微软，七十就只有联想了。是该成个家。大宝我想问你一个问题，你又如何来致富喃？

赖大宝：你给我发钱噻。

曾先能：我欠你的？

赖大宝：没有。

曾先能：我该你的？

赖大宝：不该。

曾先能：好到，站起来！把衣服给我脱下来，滚出去！

赖大宝：先能哥，你是六月天气，说变就变喃。

曾先能：早就该变了，像你这种人，不思进取，好吃懒做的东西，给我连爬带滚，给我滚远点！

赖大宝：要不得，要不得！（唱）再也不能那样过哇，再也不能这样活……

曾先能：好好活，搞赌博，你这一套少来骗我，给我滚远点。

赖大宝：（拉着先能的手，痛哭流涕）先能哥帮帮我，救救我，我给你发誓，（跪下）从今把赌戒，光掷骰子不打牌。

**曾先能：** 你说的啥？都免不了那条路，给我滚，不想看到你那个样子。

**赖大宝：** 习惯了，对不起，我错了，我从今把赌戒，再不把赌开，如果再扣麻将打纸牌，我把指头来宰完……（转身进屋拿刀，先能上前拦住）

**曾先能：** 这就对了，男儿膝下有黄金，痛改前非重新做人，那我就帮你了，嘿，你老汉教给你的绝活忘了没有？

**赖大宝：** 童子功，那咋忘得了呢？

**曾先能：** 那就好，我就要打造你、包装你。

**赖大宝：** 先能哥你不开玩笑？那些土节目卖不到钱。

**曾先能：** 我说你娃儿是耗子跳在鼓上——不懂，土要土到底，洋要洋登堂，民族的才是世界的，不说那么多，给我表演一下，看你娃儿的手艺回潮没有。我这里还有你老汉的道具，快到屋里去喊你嫂子给你拿出来。

**赖大宝：** 嫂子，给我道具，先能哥给我放音乐！（放音乐，表演绝活）

**曾先能：** 好，好，好，我出钱办个农家乐。

**赖大宝：** 对！我接客来表演绝活。

**曾先能：** 走，找洗刷刷来策划打广告。

**赖大宝：** 要得！（手拉手下场）

# 训 子

（讽刺喜剧）

时　间：现在
地　点：温家
人　物：温幺娘，大约四十岁，桑格福的母亲
　　　　桑格福，十二三岁，温幺娘的儿子


［启幕：背景为场镇街道，舞台中央一方桌一椅，桌上就放一根鸡毛掸子，温幺娘怒气冲天上］

温幺娘：福儿，福儿……（见无人应声，怀疑地四顾一下）咦，人呢？（抓起桌上的鸡毛掸，在桌底下和虚拟的床脚下乱打乱搅，一面口中叨叨不停……）你躲……你躲……不管你躲得好深，老娘就是"海底捞"也要把你捞出来！
　　　　（桑格福背着书包耷拉着脑袋上）

桑格福：（畏怯地）妈……

温幺娘：（转身）哪个舅子是你的妈？你……你还好意思回家？（说着提起鸡毛掸子就追打桑格福，桑格福围着桌子躲避）

桑格福：妈，妈，你不要打，打落了一块焊不起，你坐到说嘛，坐到……

温幺娘：（追得气吁吁也没追着）哼！（坐下）刚开完家长会出来，转眼你就不见了，跑到哪里去了？说！

桑格福：（垂直头）我……我……我到那边去歇去了。

温幺娘：啥？你打伊拉克去了？管你屁事！你……你……你！看到你这副霉戳戳的样儿老娘心中就有气，莫把我的手气"信"霉了，过来！

桑格福：（慢吞吞地走上前去）妈……

温幺娘：把脑壳抬起来！
　　　　（桑格福抬头，但不敢面对温幺娘，把头偏向一边）

温幺娘：（讽刺地）不好意思见人了嗦？脑壳转过来，鼓起你那对"二
　　　　筒"把妈盯到……（说着用手粗暴地扳正儿桑格福的头）

桑格福：哎哟……哎哟！

温幺娘：先莫忙叫唤！（从口袋里掏出一张纸来）看嘛，这就是你的成绩
　　　　单，羞死你屋头的祖老先人。你把成绩读给我听！

桑格福：（接过纸捏在手中）妈，算……算了嘛。

温幺娘：（扬扬鸡毛掸子）我叫你读！

桑格福：（无奈只得展开纸，念）周大婶二十块，李老幺三十二块……嘻
　　　　嘻（笑）……

温幺娘：（一愣）咹？（一把抢过纸条）拿错了，这是我的赌账得嘛。
　　　　（又从口袋里掏出另一张纸条看看）是这张，读！

桑格福：（勉强接过纸，不服气的嚷嚷）成绩孬的又不止我一个……

温幺娘：（跳起来用鸡毛掸子一拍桌，吓得他后退几步）嘿！你还有理
　　　　了？你自己看一下，那叫啥子成绩哟？简直……简直是根本就
　　　　没有"开胡"得嘛！妈没有要求你"割"满贯，也没有要求你
　　　　盘盘都"自摸"，手气再孬嘛也总该"割"几个小胡嗦，你娃
　　　　娃为啥总是下不到"叫"，落不到"听"啰？哪一门课都"撞"
　　　　不够六十分，尤其是那个英语，简直是考块"白板"，这究竟是
　　　　哪个回事？

桑格福：那天考……考英语，我……我睡着了……

温幺娘：唉？上了考场就跟上了牌桌子一样的，你娃娃居然还睡着了！
　　　　（痛心疾首）天哪，你啷个这么不争气嘛？我说你是五百除
　　　　以二！

桑格福：妈？啥子意思哦？

温幺娘：二百五！

桑格福：妈，我没有考到二百五！

温幺娘：你他妈个瓜娃子。唉，我的命好苦哦……（掏手绢擦泪）

桑格福：（突然胆壮起来）妈，那怪不到我！

温幺娘：（奇怪地）噢？怪哪个？

桑格福：考试的头一天晚上你们打牌打齐天亮，一会吵一会闹，一会哭
　　　　一会又在笑，害得别个一晚上都没有睡觉，所以我……

温幺娘：所以，所以个屁所以。我打我的麻将，你睡你的觉。

桑格福：我睡不着得嘛！

温幺娘：哦！（有些内疚地）算了嘛，这回就不说了嘛。你们班主任还

　　　　说，你娃娃不但成绩不好，还经常打架，到处乱"放炮"，弄些
　　　　事来摆起，害得你老汉经常跟我两个整顶起，这又哪个说？

**桑格福**：我……我……改就是了嘛。

**温幺娘**：改？回回都说改，回回都不改，今天……咳，老娘恨不得拿块
　　　　"红中"把你娃娃周身都锯成"九筒"，把屁股车过来！

**桑格福**：（捂住屁股后退）妈，我真的改，我发誓，再不改正你就罚我盘
　　　　盘当"相公"。

**温幺娘**：（把举起的鸡毛掸子又放了下来）哼，你娃娃要是稍微胖一点，
　　　　老娘今天非把你的屁股打成"十三滥"不可。看到你这副干筋
　　　　筋瘦壳壳的样子。唉，我们当父母的还要哪个将就你嘛？啥子
　　　　"卡张儿"都打给你吃交了，你看你……还是瘦得来像你妈根
　　　　"二条"。（咽哽起来，又擦泪）
　　　　（桑格福趁妈不注意，背起书包悄悄转身欲往门外溜，刚走了两
　　　　步，就被温幺娘发觉。）

**温幺娘**：（大喝一声）"碰到"起！

**桑格福**：（转身）唉？

**温幺娘**：（自觉没有对）哦哦，是喊你站到起！

**桑格福**：（赌气地）站到就站到！

**温幺娘**：老娘今天就好比是输家，输家不开口，赢家不准走，你想溜到
　　　　哪里去？

**桑格福**：我我……（突然理直气壮）我要找个清静点的地方做作业。

**温幺娘**：做作业？没有哄人？

**桑格福**：哪个儿才哄你！

**温幺娘**：（转怒为喜）哈哈哈……

**桑格福**：（咕哝地）笑，笑啥子嘛？

**温幺娘**：我幺儿都晓得要做作业了，妈的心头这一阵就像"割"了"三
　　　　元会"一样，哈哈……

**桑格福**：妈，那我就走了哦！

**温幺娘**：（拉住桑格福）幺儿，不消"搬庄"格外摸方位了，就在家里
　　　　头做你的作业！

**桑格福**：妈耶，等一下你们的"场合"一"架脉"，我就安不下神，只
　　　　好来"抱膀子"，莫怪我哈！

**温幺娘**：幺儿，不会的，我跟你老汉都商量好了，（赌咒式）从今以后，
　　　　保证不在家里头打麻将！

桑格福：（不信地）真的呀？

温幺娘：信不过妈嚔？又不是在牌桌上，妈还会说假话？只要你娃娃争气走正路，妈啥子都舍得，"自摸"的牌都舍得打出去，碰到"放炮"都要问！

桑格福：我也保证争气走正路，努力学习，坚决顺到"牌路子"走，管他"大胡"、"小胡"，"割了总比不开胡"好！

温幺娘：对头！有你娃娃这句话，妈就放心了。幺儿，你晓不晓得为啥跟你取个名字叫桑格福？

桑格福：晓得，晓得。

温幺娘：晓得？你是嘟个晓得的？

桑格福：周围堂转那些伯伯婶婶早就跟我说了。

温幺娘：哦，他们说了些啥子？

桑格福：他们说，爸爸本来想给我取名叫"清一色"，你说不好喊，何不改叫"七对儿"，爸又说"七对儿"不好"下叫"，后来你们在牌桌子上商量了一个多月才取了个桑格福，意思是说保佑你们盘盘"割"大"胡"，回回都赢钱！

温幺娘：放他娘的狗臭皮！是这个意思呀？

桑格福：他们都是这么说的！

温幺娘：那全是他们背后说的屁话，简直是幺筒吊九条——毛子（赌场生手）乱搞！硬是怪头怪脑的。我们给你取桑格福这个名字，是希望你将来做大官、发大财、享大福，弄清楚没有？

桑格福：这下弄清楚了。

温幺娘：从今以后不准你去躲桌子、抱膀子，自己在屋头专心读书，天天的学习任务是做到"门前清"，家庭作业要做到"不求人"，大考小考再也不准"缺一门"，听到没有？

桑格福：听到了，我保证门门功课的分数都争取"一般高"！

温幺娘：哈哈哈，那就好，那就好，应该有点志气嘛。唯愿你娃娃一切都顺手，想要哪张儿就摸哪张儿，从小学、中学到大学，"一条龙"地升上去，一下"叫"就"割"跟张儿"外搭"杠上花，死活争取个第一名！

桑格福：（咕哝地）班上成绩好的同学嘟个多，想得第一名非遭"短"不可！

温幺娘：遭"短"？莫心虚嘛，做啥子事情都要有恒心，常言说"牌打精神"，一定要"雄"起，只要手兴旺，来他个下"短"上。

（这时幕内有人喊："桑格福妈，时间到了哦，快来坐起！"）

温幺娘：哎呀遭了，只顾跟你摆龙门阵。饭都还没有弄，这……这……这……

桑格福：妈，你快点弄饭嘛，我早就饿了。

温幺娘：再快也搞不赢了，"上班"时间都到了得嘛！

桑格福：妈，你着啥子急嘛？

温幺娘：我咋个不着急？人家三缺一在等到的。

桑格福：妈，这样，我去"挑几盘土"帮你顶到！

温幺娘：哈哈哈幺儿乖，要得要得。

（桑格福放下书包一溜烟跑下）

温幺娘：（正欲转身，对内大喊）哎呀，拐了！（拍脑袋）要不得，要不得！（追下落幕）

［剧终］

# 你 我 他

时　间：2003 年 5 月
地　点：陈家园
人　物：陈大豹

　　［启幕：舞台中央一幅标语："万众一心抗非典！"左侧放一张桌
　　子、一部电话、一把椅子，陈大豹急急上场］
**陈大豹：**（白）唉呀，非典、非典，害人不浅，害得我父子不能团圆，害
得我不想搞生产，害得我走路打偏偏，腿杆打闪闪。唉呀，你说我着急不着
急，恼火不恼火？你看嘛，麦子都黄透了，又怕老天爷打风下雨。我的儿子
在外面打工，唉呀，急死人啰！咹？啥名字？我叫陈大豹，啥子陈大炮？哪
个陈大炮？我说你才是大炮！天哪，天啰！我麦子割不回来，着急不着急嘛？
我去给我儿子打电话，喊他回来，他在广东打工，原说要回来，咋个没有回
来，我着急不着急嘛！我去给他打电话，他们喊我不要去打电话，怕把"非
典"带回来了，管他啥子非典不非典，我要搞生产，几大几个人的地呀，要
喊我儿子回来。上街打电话，让王二哥给我儿子打个电话！喊我儿子回来！
我那么多庄稼做不动，不得了啊，啥子？不能打电话？现在防非时期不准外
头的人员回来，怕"非典"带回来了就不得了！王二哥，你说的啥？为了我，
为了你，还为了他，为了子孙后代不能喊他回来？哎，啥子？不能喊他回来，
我家头几大几个人的地，还有几亩田，田头还要收水，还有菜籽，还有麦子，
还有孙儿要读书，我一个人哪里得行嘛？再说狗也要互寒抢两天桑果子嘛，
这两天蚕老麦黄秧上节，娃儿哭，屎胀豆浆蒲，啥子季节哦！咹，请人帮忙
嘛，克服点困难？唉呀，王二哥，大忙季节到哪里去请人嘛？一个人都请不
到，你看嘛，青年娃儿都出去了，屋头尽是瘸子、跛子一摞子，哪个能做啥
子嘛？你说恼火不恼火嘛？唉呀，唉呀，麻烦你给我打一个嘛，这是我的电
话本本，啥子？不行，据说外边隔离起来了，电话打不通，这下整遭了，断
起停摆了，龟儿子"非典"你就把老子整惨了哟。嘿，李娃你娃在喊啥子？
咹？你说的啥？镇上来人了，党委政府发动党员、团员来帮助我们这些儿子、
媳妇在外打工的人、生产搞不动的人，抢种抢收来了。咹？你说的啥，他们

已经到我地头去了，把麦子割了一大片，陈大妈到处找我？唉，李娃，你娃是不是牛圈里安风扇——吹牛啊，啥子？干部来给我们割麦子？不可能哦，我活了几十年还没有享受这个待遇，我给我儿子打电话，你不要哄我啊！没有哄我，你龟儿子不要乌龟打屁——冲壳子啊，没有，没有？那我回去看看。唉呀，谢天谢地，我们这里的干部才好哟，他们真的下来帮我收麦子。哎呀，（过场）你们看，好多人啰，几十个人哪，那是何书记，谢谢啦，谢谢啦，何书记你说的啥？这是县广播局的顾局长和他们的职工，哎呀，天哪，这真是三年的抱鸡母——不捡蛋哪（不简单），县长都来给我们割麦子，我非常激动，硬是激动，娃儿他妈，你赶快去给他们打鸡蛋，烧醪糟子，白糖多放点，一人打四十个，哟……不，不，不，一人打四个。何书记你说的啥？你们不吃饭，把麦子割完了就要走，还要去帮其他家庭抢种抢收？那啷个要得？鸡蛋不够就煮点绿豆稀饭、炕馍馍嘛，也要吃点饭走呢。啥？你们不吃饭，那我啷个放心得下去？啊，你们放心得下去，我就放心不下去，要吃饭才行啰！范镇长，你说的啥？喊我不要着急，大忙季节有困难就来找镇上，千万不要把儿子催急了喊回来，镇上组织的助耕队，帮助农民抢种抢收，你放心哦，我放心，要得，要得，只要有你们这些话，我就放心了，我啥都得了，我哪里都得了。啥子，你们要走了？那就谢谢了，除了谢谢还是感谢，除了感谢就是谢谢，党的十六大讲得好，三个代表硬是有体现，唉呀，别人叫我陈大炮，我听到就鬼火冒，遇事不思考，见人发急躁，明明听到广播上通知助耕队要来，我硬是不相信。今天，闹起闹起打电话，人家书记、县长、局长、镇长，一巴掌几十个人在屋头把麦子给我收了，秧子都给我栽了，不是李娃来喊我，我连人都见不到，感谢都说不成，你说我大炮不大炮嘛？嘿，王二哥，你在喊啥？哎，喊我接电话，哪个打的？儿子打来的，要得不要闹，不要闹，闹啥子？我接个电话。喂，我是你爸爸，儿子，我等了你好久的电话，唵？你说的啥？电话拿倒了，喔，倒过来。喂，儿子听得倒不？我今天就是来给你打电话，准备喊你回来，麦子黄了，怕吹大风，打冰雹，我正在着急，哪晓得镇上的助耕队，啥子叫助耕队？唉呀，就是助农抢收队，帮助我们农民抢种抢收，还有县上的干部，几十个人哪，都把麦子给我割完了，喊你们在外面安心工作，不要想家。儿子，你好嘛？家里的事情你放心，你不要飞起回来，哦，不，不，不，你不要把非典带起霉夹，啊，你妈好，吃得饭，走得路，娃儿在学校里读书，学校里已吃了预防药，没得问题。我们这里没得一个"非典"，没得，没得，简直没得。你不要担心家里啊，你心放宽一点啊，你不要着急啊，你要保重身体啊，家里都好啊，这里是长途电话啊，我就不多说了啊，就这样了啊。喂，喂，咋个没声音了？王二哥，你说的啥？把电话搁下去？要得，哎呀，还是我们共产党好啊，农村干部党员在助耕，城市党政部队在治瘟，你我他都上阵，抗击"非典"送瘟神。

# 感恩奋进

时　间：2010 年秋天
地　点：乡长办公室
人　物：朱坚强

［启幕：底幕展示震后援建的新房新区，背景音乐《感恩的心》起］
［布置：中央一副对联竖幅：地震来临家园荡无存，搬进新房永记援建人，台上一张办公桌，桌背一把椅，桌上有办公用品］

（朱坚强背着包囊，抽挤拥一个踉跄滚在台上。大声呼叫白）"哎呀，我的妈呀，有毛病。"

"抽啥子嘛抽？一个一个来嘛。"（起来转身看住杨乡长笑）

"嘿嘿……杨乡长，自从震后政府组织我们开展灾后自救，我就去广东厂里打工上班，近两年没有回来了，我们乡硬是变了。"

"啊，啥子变了？"

"你看嘛，土墙变楼房，瓷砖贴上墙，以前的烂路溜溜光，还有城里叫啥子白领才爱去的啥子健身房，（激动）哎呀……乡长——"

"你说要感谢哪一个？要感谢政府感谢党啊，感谢援建单位不辞辛劳建好房。"

"是是是，乡长说得对。今天，我钥匙拿手里，感激在心底。杨乡长，今天晚上这台谢恩晚会，我一定要来演个节目。"

"啊？你说啥？今晚的节目已经安排好了，还是有专业水准的艺术团队经过多次彩排后定下来的？"

"哎呀杨乡长，那不得行啰，我昨天听老家来广东的二娃说我们乡的援建队为我们建好房了，都快要撤回去了，说今天晚上要给他们搞个饯行的晚会，今天一早我从广东厂里坐起巴士再打起飞机，再坐起巴士再转摩的，花了近 8 小时终于回来了，就为能参加上这个晚会，现场亲自给我们的恩人演个节目，表达我个人的感谢之情。杨乡长你咋个不要我演嘛？我准备了多久了，我现在在我们厂里已经是一个班长了，这次是专门请假回来的，（拿出往返的机票）你看嘛，这是我的往返飞的票，明天还要赶回去上班。我要遵守厂里的规矩，请一天假要扣多少工资的。"

"哎呀，这样咋个对得起我死去的爹和娘？（哭）我妈在成都省医院抢救无效，最后给我了一句话：儿子，这是灾难，朱坚强你一定要坚强，只要有你和孙子在，我们家就有希望了，你一辈子都要记住，是解放军给了我们第二次生命，你一定要感谢党啊！（大哭）妈呀我不能实现你的话哟。（啊呀叫）"

"不要哭，有话慢慢说。"（擦泪）

"啊，你问我名字，我叫朱坚强，（乡长笑）笑啥嘛？我是朱德那个朱，不是地震中活下来的那个猪。我朱坚强说来话就长，地震毁了我的房，砸死我的爹，埋了我婆娘，只剩了几件烂衣裳。解放军救我和娘，可惜我娘重伤在身命不长。废墟中刨出我儿子，异地安置上学堂，儿子懂事勤学习，不用我来挂心肠。政府安置进了厂，就业打工有保障，国家对口援建我家乡，新居选择很科学，房屋质量不用讲，而今迁居进新房，满心欢喜神飞扬。杨乡长、杨乡长让我感恩上个场，啊？你问我有啥子节目？你看我先给你来几段飞蚊子，啥子飞蚊子哟？哦，非物质、非物质文化遗产的。好，先把音乐放起。（动作打开包拿出东西表演金钱板，不自在地动）敬爱的、尊重的、几辈子难忘的恩人你们好。金钱板，板钱金，灾民打给恩人听，灾难显真情要感谢解放军。今天我给大家讲一段感恩要奋进。（乡长叫停）乡长，咋个的？这个节目陈板眼都唱了？（惊）陈板眼你比我还快哪。好嘛乡长，我换一个葫芦丝，音乐响起！（自信吹月光下的凤尾曲）乡长你说啥？吴幺妹都吹哪？（呆哪）那——那——我来演个杂要要得不？（乡长点头）啊，要得，我肯信你就给我演了，音乐响起。（表演杂技）乡长你说啥，李二娃都是演的这些杂技，杨乡长你硬是矮子过河——安了心的。（呆——）那乡长我就要变脸嗦，啊，有人变脸？山花小学二年级的八个小学生要变《幸福像花儿一样》，他们不光要变脸，还要变字！你们还专门邀请了大明星唐国强来现场书法，哪晓得'嫦娥二号'要奔月，为了让'嫦娥'奔月，机场就留住了旅客。唐国强先生就来不了，乡长你现在急得不得了！哎呀，乡长，你急啥子嘛急，唐国强来不到嘛还有我朱坚强嘛！乡长，你惊乍乍地盯到我干啥？不信我就写几个字给你看一下嘛！（激动地走到花架前，拿起毛笔在裱好的白纸上写下'感恩奋进'四个行书大字。音乐响起《感恩的心》）我们吃水不忘挖井人，感恩不忘援建者，你看我写这四个字要得不？乡长，你说要得啊？那今天的晚会就让我上了哦，哈哈！谢谢乡长！（向着远方）妈——我要代表我们全家，上台去感恩了！（高兴地跳了起来）"

[剧终]

# 好 日 子

时　间：某年初春的一个早上
地　点："农家乐"计生文艺舞台
人　物："农家乐"业主莫得错

〔幕启：莫名堂满脸喜气，迈着轻快的步子，口中哼着歌曲上〕

（唱）（《好日子》调）今天是个好日子，心想的事儿特别美，今天是个好日子，计生协到我这开现场会。

（白）接通知我回到富驿家乡，心花怒放像三月的阳光。
　　　县城里开公司生意正旺，家里面还烤酒养猪开茶坊。
　　　四面人缘财源滚滚，日进斗金我迈上小康。
　　　西装革履流马水光，吃香喝辣我天天"装香肠"。
　　　计生协和我结对子，发挥特长我把婚育新风来歌唱。

（白）各位嘉宾，各位客人，我想死你们啦！我羊年等到猴年，初一盼到十五，柳树已经发芽，桃树正在报数，今天我终于盼到你们啦！我太高兴了，高兴得脸都快笑烂了。见了你们格外亲，想说句心里话给你们听，要不是协会帮助我，还不知我现在在哪里混。我现在是吃不愁穿不愁，生活富得直冒油，出门办事有"广本"，了解世界因特网上去周游。（脸一拉，眉头一皱，有些伤感地）可想起那些年，往事还真有些说不出口。哎，还是不说了，不说了哈。想听听？忆苦思甜？有福同享，奇闻共欣赏？哪儿有啥子"奇闻"哦，忘记过去就意味着背叛？还是列宁说的？哎呀，看来不说说，还真过不了关，上纲上线我可担待不起。啥子？说不定小布什还要找我谈话！哎呀，妈哋，这么严重，那我就向你们汇报汇报。先说清楚，你们不要笑哦，实在忍不住你就悄悄地笑。

（白）我爷爷叫莫法说，娃儿生了一大屋。我老汉叫莫名堂，家里穷得叮当响。我虽然叫莫得错，生活实在太坎坷。老汉跟妈结了婚，计生宣传他不听，生育儿女无计划，一个接着一个生。五个姐姐六个哥，老了还要添上我。

娃儿多了真恼火，忙完这个忙那个，田坝地头坡上忙，忙得背驼腰又阔。娃儿多了要吃饭，急得老汉团团转。房子只一间，衣裳打伙穿。唉，卖了抓抓卖晒垫，卖了腰裤去称盐。（伤心地哭）我的眼睛是个怪，种不得麦子栽不得菜，想起那些伤心事，止不住眼泪流下来。（又哭）（稍停）哭啥哦？都过去了，不哭了，坚决不哭了，男子汉大丈夫说不哭就不哭。我生得伟大，过得痛苦，但我一不偷二不抢，三不嫖四不赌，五不欺负抱鸡母。潼川的豆瓣保宁的醋，我家的光棍没法数，几个姐姐嫁了人，几个兄弟守空屋。妈老汉累得把血吐，不到几年就钻了土。可怜我活到三十五，衣裳烂了没人补。人到中年没老婆，晚上睡到脚搓脚。你说我着急不着急，恼火不恼火？

（高兴地白）到了1978年，三中全会谱新篇。改革开放政策好，我家的面貌变好了。改革开放来引路，计生协会来帮助，池里放养鱼，山上栽果树，不到三五年，我家致了富。（转而忸怩而羞涩地）都说我长得很风趣，对不起领导对不住你：（模仿地）身高像个土行孙，脑壳长得像明星，走路很像卓别林，唱歌赶上宋祖英，说话有点像赵本山，跳舞超过杨丽萍。计生协会来到我门前，动员我发挥特长搞宣传，我现身说法把节目演，走南闯北我挣到了钱。换身行头还看得，追求我的女人一串串。山那边三倒拐、四上坡、五下河、六钻沟，那个王幺嫂一不小心给我说了七个老婆，不不不，从七宝给我说了个不费马达不费电，省时省力又省钱的老婆。还有更让人高兴的呢，她过门就给我带来个女娃，走拢就把我喊爸爸，我捡到个老汉当不说，还节约了好多原材料哦！要说我那女儿呀，那简直是条死鱼的尾巴——不摆了，浑身上下连节疤都没得一个：高高的个儿胖墩墩，苗条的身材比燕子轻，披肩的秀发满头青，浓眉大眼光生生。不打胭脂桃花脸，打了胭脂漂亮得了不得，那硬是长得乖，乖呆了，我这心里啊就像灌了五斤蜜——甜透了。我现在啊，不是说的话，硬是说的话，我老实说的话，还是说的话，那硬是王大娘的皮蛋——变了。自家土房变楼房，院坝变宽敞，琉璃瓦盖顶，瓷砖贴上墙，荒山变果园，水田变鱼塘，房前种花草，屋后健身场，地头绿油油，道路溜溜光。我的家里啊简直成了电器市场：空调机、电视机、收录机、洗衣机、电脑冰箱缝纫机、卡拉OK影碟机、娃儿玩的游戏机、我老婆操的摄像机。我手里拿着打火机，腰杆上别的BB机，手提电脑随身带，蹲在厕所打手机。我家还买起了拖拉机、抽水机、打麦机、打谷机、粉碎机、磨面机，样样都是良种"机"，走起路来笑嘻嘻。（开怀地笑）这要感谢政府感谢党，感谢计生协会来帮忙，产业结构大调整，与时俱进奔小康。（夸张地做一个"文革"式动作）

（白）抱鸡母下蛋就要跳，更年期的鸭子瞎胡闹，白酒喝多了要乱套，啤酒喝多了要屙尿。我心花怒放脸上笑，感谢党的好领导，说说我的心里话，想唱歌来把舞跳：共产党领导真英明，少生快富政策好，今天登台演节目，就想唱唱新生活。（疑虑地）唱啥子呢？唱流行歌曲？不，流行歌曲命短，美声唱法太懒，还是民歌安逸，近听水来远看山。我给大家唱支宋祖英的《好日子》，好不好？（俏皮地）嘿嘿，不好意思，我有个坏毛病，听不到掌声我起不了头。（掌声）（扭身，俏皮地）嘿嘿嘿，还是不好意思，掌声不热烈我唱不好。（又掌声）谢谢谢谢，那我就唱，硬是唱了哦，真的唱了哦，亲自唱了哦。（夸张地清清嗓子）

（唱）昨天是个好日子，市上的客人到这里，

　　　今天是个好日子，盐亭的人民欢迎你，

　　　明天是个好日子，尊敬的客人你慢慢去。

　　　后天是个好日子，欢迎你常到我这里，

　　　天天都是好日子，赶上了盛世我们笑嘻嘻！

（内喊：哪家的抱鸡母？）（接）我叫陈家甫，哪个在喊啥子？（跑下）

[剧终]

# 后悔莫及

时　间：1986 年

地　点：农家

人　物：樊不信

　　[启幕：街道某茶馆，舞台中央一个小方桌，两个板凳，樊不信边走边打招呼]

　　**樊不信**：李二哥，你们来得早。王大爷，你们今天也来得早哈。啊，喊我到你那里去喝茶？算了嘛，龙门阵打伙摆，茶各喝各。（向内喊）刘幺娃，给我来五分钱的花生、五分钱的酒。啥子？现在五分钱莫法卖了？那要多少钱嘛？啊，至少两毛钱啊？给我来一毛钱的酒，来一毛钱的花生。啥子？把我赖不活？喊我自己来端？那好嘛，好嘛……（端酒端花生）谢谢刘幺娃，二天我多来招呼几回你生意。啊？你说啥子？像我这样照顾你的生意，人遭不住！好，好，好！（边吃花生边喝酒唱川剧）山间明月江上风，取之不尽用不穷，来在人间走一走，得风流时且风流。（好像有人喊，一下把酒杯吓落在桌上，赶快用舌头去舔）有你妈个啥子事？你在吼啥子嘛？哦，是老弟啊。啥子事？啊？保险公司的人在我们生产队登记农房保险，他们登记农房保险有我屁事！啥子？不是屁事，是好事？万一出个啥事情，保险公司全部承担！兄弟，我那个房子前靠堰塘后靠山，水淹不到，火烧不到，我要保个啥子险嘛？那都是保险公司来骗我们钱的。要保你就去保，我那房子不得保，安全得很！啊？你说啥子？只怕万一？哈呵不万二哦，不万一。尽到说啥子嘛？啊，最后听你说两句啊！人有旦夕祸福，天有不测风云。哎呀，这些道理我都懂。你说啥子？千家万户保一家，两元钱又不多，保一千！唉，莫说那么多，两元钱我要喝多少酒哦。你喊我少喝酒，多保险。保不保险我自己晓得，好喝酒就坐到，说其他事可以，不要说保险，再说保险我就翻脸了。啊，你走了啊，不管我的闲，看我咋个办。走啥子嘛，转来喝酒噻，（看见樊相信走了）呸，狗咬耗子多管闲事。保不保险我还不晓得哦？（坐下，接着喝酒，又唱川剧《杀狗惊妻》）想当初，我在楚国八抬八座，到而今只落得肩挑背磨，（樊不信的小儿子上前喊叫）狗娃子，你在喊啥子？看你跑得来气都出不赢了，慢慢说，慢慢说。啥子？家里的房子遭火烧了，哪个的房子遭烧了哦？啊，我们家里的房子遭火烧了！你……你……你不吓我哦！啊，电线起火，把麦草子惹燃了。哎呀我的天呐，我赶快回去看看。（过场）

　　（刚刚起步走，看见狗娃子站起）你站在这里干啥子？还不赶快跟到老子回去救火！（边走边喊）哎呀，这咋个得了哦？啊！（一惊，看见自家的房子被火烧了）天呐，这下叫我咋个下田哦！我那柜子头还有一千元钱啊！哎呀，我房子烧了，钱也丢了，（由伤心到号啕大哭）这下我咋个活啊，我莫法活了！我跳到堰塘头死了算了。（走到舞台边，准备往下跳，好像有人拉住了）你不要拉，不要拉，让我死了算了，丢了丢了！我这个人活到也莫得意思了，丢了王二嫂，劳慰你了！（刚刚挣脱要跳，又有人拉住）牛二哥你拉到我爪子嘛？啊，啥子？

　　保险公司找我兄弟赔保险来了？那我不忙死，我去看看。（转身，过场，看见两位保险公司的工作人员就喊）干部，你好！感谢你们来找我赔保险费。啊，你问我叫啥名字？哦，我叫樊不信，啊，你们是来找樊相信的啊？哦，樊相信是我老弟，我们房子是挨到起的，一起都遭烧了。我那房子给我赔好多嘛？啊，保险没有？唉……（想一下）我现在就保。唵？不得行！你们是来给我兄弟樊相信赔款的啊？他是保了险的，莫忙莫忙，娃儿他妈，快拿两块钱来保险哦！啊，你说啥子？出了事再保险，是不得行的！你们去找我兄弟了。哎哟，我才是火烧眉毛顾眼前，后悔莫及哦！（昏倒在舞台上，慢慢起来）保险公司的同志，等到起，我要保险，我——要——保——险——（太空漫步追下场）

# 妈要结婚

时　间：2002 年重阳节
地　点：川剧团
人　物：郑德普

郑德普：（哼唱《美丽的传说》歌曲上场）有一个美丽的传说，我妈要结婚，回家祝贺，哎哟！哎哟！哎哟哟……我叫郑德普。啥子正得补？我妈要结婚，才正在补。我姓郑，郑重其事的郑，德高望重的德，普通话的普。老爸去世有几年，留下妈妈好孤单，妈妈一生多勤俭，老来无儿在身边，我打工在外面，妈妈生活无人管。妈妈应该谈恋爱，夕阳红，黄昏恋，不稀奇，不古怪，风吹石头打脑袋，云南十八怪，背起娃娃谈恋爱，笑啥子笑，少见多怪。（看见牛二哥）牛二哥，我妈呢？啥？到川剧团举行婚礼去了？嘿！妈比我还操呢，提前就到剧团去了，那我马上就去。（转过场，看见刘二爷）哎哟！刘二爷，唱得好，（看见王大妈）王大妈老年舞硬是跳得巴适！今天来的人还不少呢！吹拉弹唱都是来齐了的。我妈结婚，老龄委办得好呢！整得好闹热哟！硬是老来红老来红，我妈结婚还挂的大灯笼！（向许多人打招呼）谢谢！除了谢谢就是感谢，除了感谢就是谢谢！感谢大家的祝贺。妈打的爸呢？（失口）不……给我找的爸在哪里？介绍一下，啥子？在哪里？　（转向爸）喔！那就是我妈的爸的哟！啥子，吴么妹！

喊错了，啊——妈的亲爱的，就是我爸，爸心爱的就是我妈。（激情豪放唱）爸爸，亲爱的爸爸，不是爸也是爸，是爸还是爸爸，你是我一个人的爸爸。（动作）巴扎嘿，唉呀！妈抽啥子嘛？啊，瓜娃子，妈，哪个是瓜娃子？（悄悄在妈耳边说）你要人家不晓得，我才该给你唱个天天配。啊，错了啊？哦，是天仙配。啥要不得，妈要结婚，儿子咋个又不高兴？（笑动作）哈哈哈……顾金娃，你说的啥？背架子上捆上篮球——臊圆了，啥子臊圆了？少是夫妻老是伴，妈妈常听人家劝，现在才在黄昏恋，党的政策好，敬老又爱少，老人有关照，儿女麻烦少，老人有幸福，全凭儿女好，老人有恋爱，全凭改革好。我妈结婚嫁妆不可少，妈，1998 年我县劳动社会保障局给你老人家买了养老保险。今年你满了 50 岁，每月可以领取 380 元，按政策每年还要上涨。今天是你结婚的大喜日子，我把这份礼品交给你，还给你买了冰箱和彩电，拿到遥控按一按，能知天下事，节目轮流看，你说喜欢不喜欢？笑笑笑十年少，人老就要笑，抱母鸡老了就要跳，啤酒喝多了尽屙尿，麻将怕点炮，火锅怕改灶，我妈结婚，请大家把舞跳。（动作）今天九九是重阳，我妈结婚请大家吃喜糖。（走下舞台，向观众撒糖）吃糖，请大家吃糖……

[剧终]

# 懂 不 起

时　　间：2004 年夏天
地　　点：新世纪广场
人　　物：董复理

　　［启幕：舞台中央一幅标语"安全责任重于泰山"］
　　**董复理：**（急匆匆上场）呸，哪个懂不起，我还想活五百年。
　　我懂不起呀！我说你才懂不起，坐在那里一稳起，不懂安全法，处处是问题。啊！啥子问题，嗨，问题的问题是关键的问题，关键的问题就是安全问题，安全问题就是一个重要问题，重要问题就是两口子打个"啵"，都要讲安全问题，平安就是福，你懂吗？原来我懂不起，自己气自己，为啥懂不起，把安全当个小问题。嗨呀！干部讲的很重要，上班要戴安全帽，开车要戴安全带，骑摩托要戴头盔帽，工作不准开玩笑，下班不能胡乱闹。我说干部是狗咬耗子——多管闲事，气得干部双脚跳。他有气，我生气，他生气，我发气，他发气，我怄气，气呀气呀气！豌豆气，胡豆气，绿豆气，黄豆气，大豆气，煮豆气，炒豆气，吃豆气，屙豆气，打屁都是臭豆气，气、气、气、气……气啥子气，自己不自觉一天找话说。今天广播里通知开安全会，说啥子市县安全局组织的文艺宣传团来我们这里演节目、搞宣传、发资料，交通道路新条例很重要，安全法要记牢。（过场）哎呀，我的妈耶，好多人哪，硬是麻子打哈欠——全体动员，大人娃儿都来齐了，对了的，就该让大家看一下宣传，受一下教育，平安才是福。（对面有人）王幺爸你说的啥？三个代表有体现，减轻农民负担，时时刻刻抓安全，哎哟！我的天啊，这真是三年的抱鸡母——不捡蛋（不简单）。谢书记，你说的啥？叫我来现身说法，讲几句。算了嘛，我文化高，水平浅，我也说不抻展，哎呀！黑娃，你胡子上巴膏药——有你妈个毛病，你在抽啥子嘛抽？吴幺妹，你又在拉啥子嘛？讲就讲嘛，我又不怕哪个，（过场）哎呀！算了，我是不好意思说，我这个人有个缺点，听不到巴巴掌，我就不想讲，来点掌声给我雄起嘛！敬爱的、尊重的、屁股上夹扫把——尾大的，叔叔、阿姨、哥哥、姐姐、弟弟们，你们好，我从妈肚子里生下就没跟大家见过面。是个本科毕业小学生，讲得不好，请大家篾丝子穿灯笼——原谅原谅啊。我就是我，老老实实地说，实实在在地说，我还是我，实际我不叫懂不起，我叫董复理，家住兴隆镇长沟村，我儿子叫董德高，买的是面包，开车光违章，违章又占道，交警提醒他，他说交警是屁少。宣传他不听，开车光扯筋，不闯绿灯闯红灯，酒后开车胡乱混，妈的一声滚下坑，车子绊成是粉碎，差点送了他的命。喊天天不应，喊地来不赢，腿杆整脱大半截，成了一个植物人，婆娘离家门，丢下3岁小孙孙，惨得很，好可怜，好一是癞蛤蟆跳在淋冰上，冰冷冰冷又冰冷，伤心伤心又伤心。（哭）有钱难买后悔药，当初该听交警说，现在呀，我懂得起了，安全隐患是无形杀手。你们知道不？2004年全国安全事故死了13万多人，伤残70多万人，给国家造成损失30多个亿呀。不说远了，就说南部"1·20"惨案，死了13人，伤残44人，几十户人没过好年，连县大老爷都没过好年。这是血的教训，这不是乌龟打屁——冲壳子，这是真实的写照，不是瞎胡闹，今天我是从香港来的，不……我是乡下来的，给大家来点刺激的、安逸的禽流感歌曲，不……流行歌曲，我人才好看，样子孬，唱起歌儿光怄气，大家给我来点掌声雄起嘛！我学下歌星造个型，就是这一溜溜歌歌，就是这一声声呼喊，就是这一把把黄土，就是这一道道弯弯，就是这一整天的呼喊，满天的呼喊，壮着我的胆，鼓着我的肝，壮着我的勇气，好好学安全，好好学安全。

（音乐数板）

拍起来呀唱起来，

我给大家做宣传：

三个代表有体现，

三个文明万众欢，

十六大精神金光闪，

万众一心抓安全，

事故出于麻痹点，

警钟长鸣记心间，

痛心疾首找教训，

都是头脑缺安全，

回头看南充火灾亲眼见，
沱江客船翻在河里面，
前车之履后车之鉴，
亡羊补牢不算晚，
平时学点安全法，
血的教训莫忘怀，莫忘怀！
（造型，一只手拿副对联：以人为本，安全第一，横批：平安是福）


［剧终］

# 期　待

时　间：现在
地　点：学校
人　物：刘应当

（学校召开家长大会，下面请家长代表上台讲话）抽啥子嘛抽？来啰，来啰！（走上台前整衣显得很不自在，敬礼）

老师好，家长好，同学好，大家好！

我的儿子叫刘相当，我是相当他爹，刘应当，老师教育学生相当负责，我配合学校教育儿子应当。刚才我听了校长、老师的讲话，我很感动，也很激动，叫我来发言，真有点泥菩萨唱歌——开不了口。今天我要当着老师、同学的面，教育教育我的儿子。我的儿子叫相当，相当能干、相当不错，作业本皱巴巴，乌巴黑坨起疙瘩，上面尽是些叉叉，每次考试他吆鸭鸭。成绩通知单他"1"改"9"，"0"改"8"，麻他老子骗他妈。我在家里面朝黄土背朝天，天刚麻亮就上山，月亮出来才回还，百滴汗水一分钱，千辛万苦把家盘。我少时家贫寒，时常是坛坛里没米，柜子里没面，罐罐里没盐，油星星不沾，破衣服没几件，被盖一龙圈，床上无罩子，冬天无坝单，常年打赤脚，挨饿打偏偏，晚上飞机打成团，还有黑甲坦克成串串，日子过得凄惨惨，更无条件上学把书念。而今我还是个文盲半生惨，时不时出洋相，弄得脸红惊战。我记得，那年我妈得急病，送到医院看医生，听说成都来了一个名医。那牌子上写的是熊起端医师，我就认成了能起瑞，说他到旅馆睡午觉去了，我就跑到旅馆粗喉大嗓地喊：能起瑞，能起瑞！那旅馆老板娘吼我，你是疯子吗？你管别个啷个睡，仰起睡、脱到睡、蜷起睡、伸起睡，你偏要喊人家能起睡，你是狗咬耗子多管闲事。我说我找能医生，老板娘说我这里住得有熊医生，没有能医生。前年，我去上海打工，出了站台想方便，找了一个多小时不见厕所踪影，水火不留情，我只好厚着脸皮去问人，人家告诉我，往前走10米、左拐10米上书"WC"就是。其实那个地方我已去过五次，就是不知它就是厕所。你说羞臊不羞臊？现在时代变了，改革开放，科技下乡，我靠科技养殖发了富，现在我家买了电视机、洗衣机、打麦机、抽水机，冷有电热毯，热有电风吹，行有"125"，住有小洋楼。这个生活还不能满足，中央提出奔小康，国家要强，人民要富，离不开科技文化来引路，21 世纪四件宝，知识、技能、外语加电脑，有了宝，建设祖国能效劳，个人前程步步高。同学们，你们生逢盛世，真是荣幸，但要跟上时代的脚步，要靠少年时勤奋努力，刻苦学习，绝不要虚度光阴，荒废青春，力争将为祖国栋梁，为振兴中华做贡献。最后，为了感谢老师们对我儿子的培养教育，我奉上一首歌《深情厚意永不忘》。

（唱）老师啊！感谢你，你为培养人才出大力，国家富强离不开你，民族兴盛更靠你，人民感谢你！感谢你！

同学啊，希望你，你为祖国建设勤学习，国家富强希望你，民族兴盛等着你，人民期待你！期待你！

［剧终］

# 人财两空

时　间：1990 年
地　点：某卫生院
人　物：孙不凡

**孙不凡：**（身背挎包，趾高气扬地抽着纸烟边走边哼唱）我的老婆并不美，大大的肚儿长长的腿，生了一个又一个，都是女子真倒霉，喔……（抬头一看）耶，到了我的家了呢！老婆，开门来。（过场：和老婆一个对撞）哎呀，把你撞到哪里没有？把肚子里的儿子撞坏没有？

啊？没有？哎呀，那就太好了！亲爱的、可爱的、巴适的，我一个人的老婆，没有把幺儿给我撞坏嘛？啊？烦得很，给我说了的没问题。哎呀，你才是我（打飞吻）心中的灯塔啊！一定要把儿子给我保护好！这一次，我在外面找了一个瞎子算，说这胎定是个儿子，我回来接你到外面去藏到生。啊？乡长、书记都到家里来了几回了，催你去引产？啊？那你去了没？啥子？整死人你都不去！哎呀，你才是我的心，是我的肝，你是我心中的四分之三呐！只要你把儿子给我生下来，我把你当妈供都要得。（转身）哎呀，刘乡长、王主任来了得嘛，啊，这位是？王主任你说啥子？你说他是刚调来的党委陈书记啊！好，好好，请请请，屋里坐。啊？你们不坐啊？王主任你说的啥？今天主要是来叫我老婆去把手术做了？（愣了，马上转计）你站到这里干啥子？赶快给这些领导烧开水泡茶嘛！（老婆下场）哈哈，王主任你们说得好，我知道，我知道，计划生育是党的基本国策，那我是不能违抗的，响应党的号召，这个手术一定做！不过，我刚到家，让我休息一下，把家里的事情再安排一下，明天一早，我来引产，哦，不不，我带我老婆来引产。啥？不行，你们要在这里等我处理家事？哎呀，你们这些领导就从门缝缝里看人，把我看扁了，起码我在外面打工，行万里路读万卷书嘛，这些知识我是懂得的嘛，你们还不相信我吗？你们回去忙工作嘛，我向你们保证，向毛主席保证，坚决做手术！啊？莫开玩笑！哎呀，哪个敢跟领导开玩笑嘛！哪个龟儿子不来！

我不来你全家都要死完！哦，整拐了，我全家死完。相信我嘛，啊？陈书记你说啥？相信我？哎呀，陈哥们你太够义气了！相信自己就相信别人，啊？你们就走了？这下就看我的表现？好好好，明天一定把我老婆送给你！哦，不，送到指导站来！好好好，慢走慢走。（往后一退）爪子？龟儿瓜婆娘，你慢点嘛。唉，把儿子撞到没有？啊？不要大惊小怪的，咋个办？你说咋个办？明天去引产呢，啥子？你说我硬是要断子绝孙啊，硬是要把儿子整脱啊？那我想一下，去还是不去。哦，有了，现在啊，有钱的给钱生，莫钱的藏到生，有钱无钱，老子来个跑起生。唉？咋个跑起生？你过来我给你说，你去准备一下，今天晚上，我俩就起程，跑到绵阳那山里头去生。怕啥子嘛怕，人家那个《超生游击队》在寒洞子里都生出来了。赶快去，赶快去，把衣服这些该拿的拿上，走。啊？哪有那么多票子？哎呀，我这次出去搞了一方大方钱。啊？一方是好多？你这个都不晓得，一方就是一万，一千就是一串，一百就是一张，十元为一打，一元就是一块，这个都懂不起噻？少问这些，赶快去准备。（转身面向观众）为了生儿子，只好跑趟子，饿着肚皮子，跑烂脚皮子，苦了老婆子，硬着头皮子，不想要女子，只想要儿子，儿子就是我的老子，老子就是儿子。唉，妈，你把家里照顾好，干部来了问你，你说啥都找不到，问我们到哪里去了，就说昨晚上起来就死了。哦，不不不，不能说死了，这个说啥呢？就说，你们干部把我的儿子、媳妇逼起跑了，你给他来一个，横蛮不讲理，拉到干部就哭起，来他个一闹二哭三上吊，把他几个狗日吓一跳。唉，老婆子，准备好没有？啊，准备好了，那我们走，赶快赶车走！

（哼唱）妹妹你走前头，哥哥跟后头，我们为儿子漂流在外头……啊，你说啥子？你肚子痛得很？是不是要快了哦？你说啥子？还有两个月，啥子？越痛越恼火！那赶快，我们去找个医院检查一下。啊，你走不动啦？这这这，咋个办呢？哎，同志，这附近哪里有医院没有？啊？你说啥子？前面抵拢倒拐就是，好好，谢谢！哎呀，老婆，声音小点嘛，忍到一下嘛，管流动人口的看到了，把你拉去就是一针，那我们就是白干了。啊？你简直受不了？天气大，肚子痛，就像要命一样。来，我把你扶到往前走，啊，你都要脱气了，一步都走不动了。来嘛，来嘛，老子背你嘛。（过场，到医院）护士嬢嬢，赶快来救一下我婆娘！唉？啥子问题？可能是中了暑了还是咋个的？啊？马上给我抢救？感谢感谢了！啊，喊我把手续拿来，啥手续？三证？哦，有有有，我有身份证，结婚证，摩托车证。啥子，不要摩托车证，要准生证?！我是头胎，唉？不管头胎二胎都要准生证，哎呀，护士嬢嬢，救人一命如吃七颗胡豆嘛！哎呀，快点快点，老婆不要闹，不要闹。我马上去交费，马上交费。

（对内喊）娃儿他妈，你不要着急哈，要稳到起哈，要加油哈，慢慢地生哈，我在外头等你哈。（向上马门走去交费）好好好，先交 3000。（转身）护士嬢嬢，你说啥子？我老婆大出血，加之又中暑，看来是劳累过度，娃娃给我抢救出来了，大人，大人咋个？啥子？实在无能为力！！！！死了……

（惊呆）我不信，我的老婆不会死，我进去看看，（众人拉）不要拉，不要拉，我要去看我的老婆，（冲进去手术室一看，老婆躺在手术台上，用手去摸鼻子）啊！！！硬是莫得气了啊！！哎呀！（号啕大哭，猛然一想儿子）我的儿子，我的儿子，护士，把娃娃抱来我看看，（仔细一看，长叹一口气）哎呀，我的妈哒，还是没有带把把的嘛！这一下，老婆子死了，儿子也没有了，又给我丢个女娃子，我今后咋个找老婆子哦！天哪，我这才是人财两空。（气倒在地，音乐《你别走》响起）

[剧终]

# 王婆训孙

时　　间：现在
地　　点：院坝
人　　物：王婆　孙子

（王边上场边喊）星星、星星……（自白）自从儿媳打工去深圳，这婆管孙孙真难整，放学回家一下就不见人影，想给他撂上心里又疼，这真是秃子头上抓一把——没发（法）啊！

没法？啥子没法，今天要把心肠硬，大海捞针把你寻，颇上腰酸腿杆疼，今天找着了，要把你沟子打成八半梗，星星，星星……（学星星声音：婆，干啥？干啥？）放学回家，你跑哪里去了？你这娃儿，越来越是肩膀上放火炉——恼火，秃子打伞——无法无天！今天家长会结束后，你的班主任把我请到办公室，说你上课不专心，作业不认真，纪律不遵守，调皮又扯筋，教室里爱乱闹，走廊上爱乱跳，出校门爱乱搜，晚上不按时睡觉，进网吧深夜不归校，背着老师还把烟烧。结果是数学考了三十三，英语打了个零圈圈，全班学生四十五，你是第一倒起数，你真是卖面具遭偷——丢脸，黄牛落毛——臊皮！你爸妈经常把电话打，我还每次把你夸，哪晓得你才是癫疙宝坐椅子——孬得哭啊！孙子啊，你婆婆今年七十三，已是年老气衰，走路打偏偏，但我还在为你起早摸黑把饭煮，补洗浆，你爸妈为你打工在外面，四处奔波去挣钱，他们的文化都浅淡，只靠粗本卖力挣小钱。全家人把你当成宝，吃穿由着你，时间留给你，衣来你伸手，饭来你张口，只望你读书成才，光宗耀祖，哪晓得你才是身在福中不知福，虚度光阴混日子，你、你对得起谁？（哭）……天啦，我咋有这么一个不争气的孙子啊？

我的后人没指望啦！（欲走）（星星上前跪在婆前）啥子嘛，你跪到我面前干啥？走开……不要喊婆婆，我没有你这个忤逆不孝的孙子，反正，我也活不到多少年了，你以后的日子我也看不见了，讨口要饭随你去吧，不要抱脚杆。（惊）啥子你知道错了？你要改正？你还要坚决改正？那好嘛，你跪到，婆婆坐到跟你说：你爸过去想读书，只因家穷无法送，现在出外打工，受卡受累吃苦头，深感知识的重要性，每次打电话都叫你好好学习，没有文化以后无法生存。今天的家长会上，你们老师讲出外打工也要有什么专业证书，当个好农民也要有大学毕业文凭。你看北街李二娃读书好专心，样样都考百分，又听话不扯筋，学校评为"三好生"，他就是榜样，你就要像他一样，也才不会使你爸妈心血白费，他们再苦再累也心甘，婆婆也甘心为你累到死那天。那么你呢？今天当着这么多人，你给我表个态，今后怎么办？（孙儿说：婆婆，从今以后，我一定听婆婆、爸爸、妈妈、老师的话，上课专心听讲，积极回答问题，认真完成作业，遵守学校纪律，改掉恶习，从头做起，到时候一定给你们捧回一张大学录取通知书，以感谢你们的生育养育之恩。）

　　浪子回头金不换，识时醒悟是好汉，科学有险阻，只要肯登攀！


　　　　　　〔剧终〕

# 教育艺术化

**出场：**（化装成老年邓小平，在《春天的故事》音乐声中由"邓楠"扶着缓缓上场）"同志们好、同志们辛苦了：百年大计、教育为本，教育大计、教师为本。教育要面向现代化、面向世界、面向未来。同志们，这个教育工作要从娃娃抓起，这才是发展的硬道理！今天我要给同志们讲十二个字的教育话题：会说话、会表演、会观察、会总结，用行为艺术来诠释这十二个字。"

好，现在，我就退出邓小平老人家这个角色，还原于陈家甫。尊敬的各位领导、各位老师：大家下午好！

首先祝大家前程似锦、锦上添花、花好月圆、圆圆满满、满意多多、多多益善。鼓掌！老师们，在课堂里就是要调节气氛，鼓掌带来了健康，鼓掌带来了快乐，鼓掌带来了友谊，鼓掌带来了激情。

今天我来和大家一起简要探讨"教育艺术化，艺术教育化"。当老师呀，要会说话，千万不要茶壶里头煮汤圆——嘴嘴上不来。举个例子：同样一句话，不同的说法，会产生不同的效果。老师们一走上讲台，同学们就喊：老师好！（过场表达不同的同学们好）同学们好！同学们好！同学们好！同学们好！

再举个例子："实施六大行动，打造教育品牌"。（几种不同的说法和行为表现）

朋友们，会说话，就是要语言艺术化。对于说话，我是这样理解的：会说话需要根据人物选择环境恰当进行。

说到会表演，表演就要形象化、生动化。真听真看真感觉。作为教师，讲台就是舞台，教师就是演员。

我和大家一起来回顾上一个世纪最坏的大坏蛋——阿道夫·希特勒。（起音乐，现场化装）"诸位，我现在向大家宣布一条消息：我们南部军司令兰尔上将，已经接到了命令，A 军团今天晚上开始，按计划从巴尔干撤退，贝尔格勒德的丢失，俄国军队正向北方推进。目前，目前我们在南斯拉夫的处境很困难啊，就只控制着多瑙河以南的公路。如果，如果在兰尔将军部队撤离之前，敌人，敌人就控制了这条公路，A 军团就会被包围，这意味着要损失二十个师啊，二十个师啊。我阿道夫·希特勒完了。（掏出手枪）砰——"

接下来我再给大家模仿一下苏联的导师——弗拉基米尔·伊里奇·乌里扬诺夫。（音乐起，现场化装）"安静一点，安静一点。同志们，苏维埃俄国已经被包围了，反革命的火焰从这一端烧到了另一端，人民受着饥饿。关于粮食的问题我待会再谈，以孟什维克为首的资产阶级，他们使用了世界上最卑鄙的手段到处搞暗杀。今天，对今天，我们有一位伟大的无产阶级战士，布里斯基·安查李金已经被暗杀了，资产阶级想消灭我们，这是不可能的。胜利不属于资产阶级，胜利属于伟大的布尔什维克！"（造型定格）

说到会观察，观察就是要细节化。艺术来源于生活而又高于生活。老师们，不论是你写文章还是指导学生写作文，都要深入观察细节，细节出精品。现在我们很多学生写作文的时候，脑袋里一片空白，就是缺乏观察生活中的点点滴滴。举个例子，一到这里我就在观察，观察啥呢？简单说一下，你们拴皮带的位置。一般老师们的皮带都是拴在肚脐眼当中的，一般生意人皮带拴在肚脐眼下边的。一般，领导都是拴在肚脐眼上边的。啥？你不相信？所以，艺术是来源于生活，高于生活，观察生活。

最后我们来探讨会总结，说到会总结，有一句话说得好，"道法自然"，道从何而来，法在哪里？老师们呀，根据我几十年的演艺经验，我认为：总结需要系统化、概括化、条理化。（表演各种各样的笑，各类笑表演一部分之后）老师们：我刚才表演了多少种类的笑，还有多少种类的笑，请大家下去总结总结。

我们要善于总结、善于分析，不分析不总结就不得道，不得道就是匠人，得道就是艺人。得道就是专家学者，不得道就是教书匠。好，接下来我给大家来一段我们四川的非物质文化遗产节目——金钱板，总结一下教育艺术化、艺术教育化。

（金钱板打起来，接着进行金钱板表演）

教育工作第一难，责任重大是泰山；

教育方针来指点，六大行动是标杆；

教育就要艺术化，课堂艺术要永远。

家事国事天下事，事事记在咱心间。

（接着播放《春天的故事》旋律，主持人有请工作人员送上纸墨笔砚，邓小平特型演员陈家甫模仿秀，模仿邓小平题词：教育要面向现代化、面向世界、面向未来）

注：该稿在南部县教育研讨现场会给所有的校长、老师讲演，深得好评！

# 赞 南 部

一轮红日照山川，
嘉陵江水金波闪。
你看，美丽家乡南部县，
繁荣富强不简单。
改革开放走在前，
各项事业大发展。
成果累累说不尽，
升钟美名天下传。
湖美鱼肥千帆竞，
各国使馆美名传。
钓鱼节从此升钟办，
办得来——有声有色有板眼。
大鱼小鱼活鲜鲜，
网满鱼肥人称赞。
湖区有座醴峰观，
至今历时八百年。
元代建筑是"国保"，
出了皇娘美名宣。
碑院镇内大佛寺，
大佛耸立禹迹山。
大桥原本新井县，
出了陈氏三状元。
"五城五园"成名片，
石子岭上建起桂博园。
黑龙观万亩莲花竞争妍，
林博园、鱼博园、桑博园，园园都养眼。
河东建起工业圈，

机电饮品国外展。
十八大精神金光闪，
与时俱进跃马扬鞭。
新农村建设开笑颜，
产业结构大改变，
承包创业劲冲天，
专业大户不断涌现。
小康房规划入村镇，
万株杨树遍绿了乡间。
干部包镇驻村不畏难，
脱贫致富呕心沥血踏遍山川。
新人新事唱不完，
农村新貌跨步展新颜。
成为全国生态县，
上下齐心万众欢。
干群携手飞跃向前，
财源滚滚春风满面。
乡亲们个个都喜欢，
干部为民造福做贡献。
后代子孙心间记，
党政干部目光高远。
招商引资废寝忘餐，
为争取嘉陵二桥早日建。
北京成都五次三番去，
开拓发展同心苦干。
吃苦耐劳终于建好红岩电站，
全国卫生城市人人称赞。
三百万工程落实在乡间，
城乡建设处处体现。
拥有先进支书雍宗满，
全国学习先进党员。
脱贫致富好典范，
日新月异绘蓝图，
远景规划令人羡。
高速公路新崭崭，

南来北往一瞬间。
各行各业大发展，
全县人民搞得热火朝天。
金融部门放贷款，
支农后盾做靠山。
工商部门廉洁奉公一尘不染，
罗泽志树为全国先进典范，
同个体户共谋求发展，
繁荣市场一马当先。
国土部门齐心苦干，
整理金土地保护国土资源。
税务部门金睛火眼，
把握政策节流开源。
税费改革把群众放在心坎坎，
千方百计减轻农民负担。
公安武警维护治安，
消防官兵时常抓安全。
计生工作常抓不懈，
宣传工作温暖心间。
广播电视家家安光纤，
全县人民欢心坦然。
文化部门下乡送温暖。
大力宣传党的方针走在前。
教育部门科教兴国，
学生家长喜在心间。
教育艺术化、艺术教育化，
培养特色教员史无前。
特邀邓小平扮演者陈家甫来讲演，
讲得有色有声，师生称赞。
抗击"非典"白衣战士勇上前，
全县没一例病人来出现。
老年朋友慧眼丹瞳，
真真是青春焕发火红满天。
老有所乐、老有所养硬是温暖，
来、来、来……共同把天堂建在南部县。

# 安全重于泰山

## （快板）

中央正式发号召，
安全生产很重要。
颁布安全生产法，
下月一日就生效。
国家主席习近平，
关心安全爱人民。
安全比作泰山重，
铸成法律来执行。
安全法律共七章，
九十七条尽周详。
大家都学安全法，
人民安乐社稷康。
农贸市场女老板，
用气忘了把气关。
夜半三更起大火，
两条人命加百万。
麻秧翻船更是惨，
中巴滑进河里面。
呼天喊地拼命救，
仍有九人赴黄泉。
今天只举这三件，
许多惨事说不完。
痛心疾首找教训，
都是头脑缺安全。
前车之鉴不可覆，
亡羊补牢不算晚。

如何贯彻安全法，
我来概括有六点。
第一章，称总纲，
保护人民是方向。
安全生产为第一，
积极方针是预防。
说预防，回头看，
南街火灾亲眼见。
慌用电炉忘了关，
一片房产化灰烟。
金孔有个花炮厂，
爆竹堆放不规范。
轰隆一声震天响，
损失巨额人伤残。
第一思想要提高，
认识明确如路标。
人命关天非小事，
高官平民都重要。
第二制度要订好，
安全规范须周到。
有章可循好操作，
照章办事有依靠。
第三设施要完善，
舍得投入搞硬件。
资金用在事故前，
事后花钱不划算。
第四关键在领导，
领导重视最重要。
各级都认一把手，
爱民才是好领导。
轻者罚款又丢官，
重者终身坐监狱。
安全生产天天讲，
警钟长鸣要记牢。

第五监督有保障，
保证规范不走样。
发现问题及时改，
大小隐患莫包藏。
第六奖惩要逗硬，
令行禁止讲诚信。
爱岗敬业须奖赏，
玩忽职守追责任。
刚才句句讲得清，
各位朋友记在心。
安全生产莫麻痹，
国泰民安万事兴。

# 交警之歌

各位朋友听我谈，
交警工作战斗在改革前沿。
整治酒后驾车是关键，
认真落实科学发展观。
随时都要警惕点，
交通安全责任重于泰山。
中央地方时时讲，
句句话儿讲安全。
千万不能麻痹抢时间，
关爱生命注意安全。
千万不能酒后来驾车，
警钟长鸣常记心间。
条条街道换新貌，
车来人往如流水一般。
高速公路修得新崭崭，
红绿灯口还有电子眼。
省委政府领导亲自蹲点，
与相关部门把责任来签。
预防交通事故会议来召开，
坚决打击违章驾驶确保平安。
会议开得很圆满，
议论纷纷抓宣传。
其他工作我不谈，
谈论今天的驾驶员。
超速超载有祸害，
喝酒肇事不讲安全。

交警随时提醒他，
他说交警多管闲。
事故一出就喊天，
喊天叫地真惨然。
话说大坪镇小康湾，
有个养猪大户曾有钱。
认真落实科学发展观，
给他吃了一颗"定心丸"。
最近他扩大再生产，
买货车花掉十九万三。
为了找一名好司机，
在广播电视做宣传。
广告发出第二天，
急匆匆赶来一青年。
他两眼笑成一条线，
顺手把驾驶证件甩向前。
各项成绩都优秀，
名字叫做钱喜欢。
叫声钱师傅，
安排他运料去碾盘。
路上碰到啥子事儿，
你自行处理看着办。
车子一溜烟到张家湾，
忽见路口遇上好友王老三。
车子嗞的一声就刹住，
下车就抱着王老三。
二人说得笑开颜，
老三要请钱喜欢。
找个餐厅来吃饭，
抱了啤酒有两件。
桌子上炒了几大盘，
钱喜欢伸出筷子把菜拈。
王老三把酒杯来掺满，
喊声老庚钱喜欢。

我俩几年没见面，
今日见面要喝一点。
喜欢推杯不肯喝，
我是开车的驾驶员，
到处都在查酒驾，
逮到扣分又罚款。
王老三把气叹，
几年不见你看不起我王老三，
今天无论如何少喝点，
钱喜欢再说也不干，
我开车一定要注意安全。
王老三一人喝酒好孤单，
闷闷不乐把酒端。
喊来店中女老板，
陪他喝酒又聊天。
喜欢一看鼓起眼，
只见女老板如天仙。
乌黑头发垂后背，
羊毛衫襟胸花艳。
胭脂味儿喷喷香，
眉毛弯弯十指尖。
高跟皮鞋乌铮亮，
一对杏眼溜溜转。
喜欢一时动了心：
这个老板好性感！
女老板拿起酒杯把酒敬，
敬了老三敬喜欢。
喜欢推杯不开盏，
两只眼睛在打转转。
女老板甜言蜜语把他劝，
只见喜欢腿杆打颤颤。
端起酒杯谢老板，
这杯酒我与老板娘一齐干。
你一杯我一盏，

又唱歌来又划拳。
三人喝得好痛快，
空酒瓶子堆成山。
喜欢醉醉醺醺上厕所，
扑通一声倒在洗手间。
二人将他来扶起，
放在沙发上扯扑鼾。
老板电话打来他不接，
一觉就睡到下午六点半。
醒来就看短消息，
老板喊他搞快点。
昏昏沉沉就上了车，
摇摇晃晃把路赶。
车子开到小河湾，
弯弯曲曲路又烂。
头昏目眩握不紧方向盘，
对面来车忙躲闪。
当踩刹车错把油门踩，
一下冲到河里面。
呼天喊地求救援，
交警赶到现场看，
车毁人伤好惨然。
救出喜欢酒气还未散，
酒醉驾车扣分又罚款，
还要拘留十五天。
老板找他把损失赔，
又赔车来又赔钱。
钱喜欢啊钱喜欢，
这下整成了不喜欢。
酒醉驾车遭得惨，
一下整掉几十万。
不是救援搞得快，
差点就去鬼门关。
前车之覆后车之鉴，

亡羊补牢不算晚。
平时学点交通安全法，
血的教训记心间。
我在这里提醒点，
许多惨事说不完。
痛心疾首找教训，
都是头脑缺安全。
轻者罚款又罢官，
重者终身坐牢监。
庆祝建国六十年，
万众一心抓安全。
十七大精神金光闪，
交警你把希望来点燃。
交警工作任重而道远，
小康社会保平安。

# 万众同心抗"非典"

走上前来唱一段，
我给大家做宣传。
不说前朝和后汉，
谈论今天抗"非典"。
说"非典"，抗"非典"，
句句话儿不离点。
说个点，道个"典"，
大家都要轻松点。
万众一心抗"非典"，
同志们要注意点！
不恐惧、不慌点，
人人都要沉着点。
人多的地方少去点，
清洁卫生注意点，
衣服勤换多洗点，
天天洗澡勤一点，
洗手洗脚多一点。
室内窗户多开点，
空气流通多一点。
室内消毒次数多一点。
水果蔬菜多吃点，
劳累的事少做点，
休息时间多一点。
烦恼的事情少想点，
随时都要开心点。
早上要起早一点，

锻炼身体跑快点，
新鲜空气多吸点。
健康知识多学点，
体温随时查勤点。
天气变化注意点，
衣服随时多穿点。
平时感冒注意点，
防治药要吃一点。
相信科学多一点，
世上谣言少听点。
市、县政府抗"非典"，
文件道道传圣"典"。
车站码头设立检查点，
外进内出查"非典"，
及时消毒莫染"典"。
疑似病人盯紧点，
娱乐厅、酒吧、网吧整顿是重点。
这场"战争"要左一点，
宁肯怀疑多一点，
不能麻痹一点点。
对人说话隔远点，
陌生人少接触点。
走亲访友注意点，
婚丧嫁娶请客聚会减少点，
大型活动暂停点。
双抢季节已到点，
大家注意安全点，
打工回家小心点，
及时报告查"非典"。
必须隔离小心点，
切莫延迟晚了点，
害了他人染"非典"，
后悔莫及迟了点。
我在这里提醒点，

大家一定记到点。
提醒点，记到点，
大家一定小心点！
千万不要麻痹点。
防"典"知识多学点，
你一点，我一点，
中央地方一个点，
齐心协力抗"非典"。
白衣战士是我们学习的"典"，
舍己为人抗"非典"。
困难来了克服点，
万众同心抗"非典"。
都来把爱心献一点，
未来的日子更好点。

# 生命卫士铸辉煌

喜逢建国六十年，
我对朋友说一段。
不说马路有多宽，
不说管理有多难。
只说警徽头上戴，
交警责任重如山。
你看那——
条条大道多平坦。
顶风雨，冒严寒，
交警为你保平安。
人民嘱托责任大，
畅通无阻是信念。
马路上，车来往，
血的教训真够惨。
查违章，防事故，
苦口婆心讲安全。
遭辱骂，受怨言，
履职尽责指航线。
签责任，抓关键，
路边一道风景线。
上下联动齐上阵，
严防死守不畏难。
披星戴月送温暖，
百姓安危记心间。
讲法规，抓典范，
防微杜渐常宣传。

辨是非，守底线，
群防群治建锁链。
预防打击重出拳，
坚持原则讲奉献。
找根源，查重点，
超载超速是祸端。
酒后驾车最危险，
乱停乱放更要管。
前车之鉴要牢记，
违章肇事不划算。
安全带，刹车片，
生死只在一念间。
握紧手中方向盘，
安全驾驶比贡献。
牢记使命永向前，
驰骋千里挑重担。
常提醒，多监管，
汗水换来合家欢。
车来人往如流水，
良好形象在眼前。
平安背后是汗水，
我是交警我流汗。
红绿灯，电子眼，
城市处处是画卷。
安全驾驶不马虎，
生命花朵更灿烂。
和蔼可亲送真情，
警钟长鸣更威严。
庆国庆，迎华诞，
任重道远不平凡。
交通安全是大事，
生命卫士走在前。
送走晚霞迎朝阳，
千家万户笑开颜。

落实科学发展观，
和谐平安谱新篇。
红绿灯下竞风流，
车轮滚滚不停歇。
生命卫士铸辉煌，
一路欢歌永向前。

# 说 "北改"

## （唱词）

巴山蜀水好四川，
天府新区正在建。
改革开放大发展，
十八大精神谱新篇，
反腐倡廉、勤俭节约人称赞。
我们走向伟大复兴，
脚踏实地走群众路线。
中国梦，文明梦，心心相连；
中国梦，和谐梦，合家团圆；
中国梦，强国梦，国泰民安；
中国梦，富民梦，幸福家园。
人人都有梦，梦想成真要实干。
那我今天来说一点，
不说其他说 "北改"，
说 "北改"、道 "北改"，
说起 "北改" 口难开，
羞羞答答，莫法摆，（羞）
一朵 "红云" 上脸来……（你问为啥?）
哎哟，家丑本来要掩盖，
说来呀有点不光彩……
为只为，一点私心怀里揣，
鬼迷心窍想发财，
宣传北改来献丑，
端出隐私做教材。
那一晚，在家我把新闻看，
电视里面说 "北改"，
北城改造要换新颜，

我一边高兴一边看，
心里打起了小算盘，
我祖辈，土生土长在成都市，
金牛区里好家园，
沧海桑田处处变，
从未把我这家园搬，
这一回，北改要把我这地盘占，
我家这回要拆迁，
听说政府要赔偿，
每家得房又得钱，
千载难逢时运转，
财神爷送钱到身边。
嘿嘿，机会不抓是笨蛋，
有钱不赚白不赚。
我低头想，埋头算，
打个歪洞来编圈圈。
虽然不当"钉子户"，
违法乱纪咱不干，
可是我，东想想来西算算，
总想套点国家的钱，
眉头一皱想心间，
假离婚来把戏演，
多个户口多分房来多分钱，
巴适，这硬是安逸得很。
哎呀，此计虽好还不算，
不知老婆干不干。
哼！管她干不干，只要骗到钱，
注意打定赶快办，
马上找老婆谈一谈。
推开卧室门一扇，
只见幺儿睡枕边，
老婆还在把家务干。
急忙上前把老婆喊，
老婆斜眼把我看，
说我怪头怪脑发疯癫。

亲爱的老婆，我没有疯也没有癫，
我们时来运转要发财。
老婆一听不自在：
你嬉皮笑脸讨人嫌，
说些假话我不想听，
你这个样子能发啥子财？
哎呀，老婆，我想跟你把戏演，
假装离婚骗"北改"。
老婆一听瞪大眼，
雷公、电母到跟前，
扯起我耳朵不手软，
一耳光打得我头昏脑涨打偏偏。
（白）哎呀，老婆你不要打，
这都是为的在"北改"。
老公，你胡说八道把我骗，
这北改与我们啥相关？
老婆，我说你才是白板，
这发财的机会已到我身边，
只要你我脑壳转一转，
我们来一个假离婚把戏演，
就能多分房子多得钱。
老婆一听心胆寒，
他龟儿子是不是在打我的歪点点？
倘若他假戏真做把我甩，
我岂不是鸡飞蛋打喊老天？
咱幺儿还在解北一小把书念，
到时我孤儿寡母好可怜！
如果我不跟他把戏来演，
这到手的油水全漏完。
忽然听见一声喊，
只见幺儿床上站：
"爸爸做事真不该，
居然想骗国家钱，
你们的话儿我都听见，
想离婚我才不得干！

老师昨天来讲演，
叫我回家做宣传。
从我做起支持'北改'，
爸爸妈妈听我劝，
千万不要打这小算盘。
如果你们不听劝，
我要把你们的事情到处传，
我还要把你们的事情跟老师讲，
让老师带我去法院，
把你们的诡计来揭穿，
让你们丢人又丢脸。"
老婆听了幺儿劝，
指着我鼻子骂混蛋，
不如我幺儿明事理，
说我白白活了四十年。
这假离婚我才不得干。
儿子接到把话谈，
爸爸妈妈要理解，
如果人人都像你们这样干，
这"北改"建设咋个办？
请爸妈跟我到学校里面，
听听老师如何来宣传。
一席话使我羞愧难言，
我不该一时糊涂把错犯，
我不该自私自利只想钱，
我不该异想天开把国家骗，
更不该把美满家庭当儿戏玩。
奉劝世人莫像我，
歪门邪道你不要沾，
遵纪守法把钱赚，
才是正道莫走偏。
支持"北改"莫迟缓，
共同建设好家园！

# 汇 报

## （三句半）

（《打靶归来》音乐起）合：一、二、三、四，（转向观众成一字队形）敬礼。

甲：敲起鼓，

乙：打起锣，

丙：我给大家说一说。

丁：整啥子哟？

甲：（我先说）玉兔踏青去，

乙：金龙迎春来，

丙：我们来拜年。

丁：要得嗟！（喜气洋洋地）

甲：采购战线子弟兵，

乙：默默奉献履使命。

丙：部队建设做贡献，

丁：好高兴！

甲：采购改革十年来，

乙：党委首长常关怀。

丙：集中采购三十亿，

丁：不差钱！

甲：兵马未动粮草来，

乙：采购工作巧安排。

丙：借用市场保战场，

丁：很给力！

甲：军事物流现代化，
乙：集中采购全靠他。
丙：十二五来见成效，
丁：紧紧抓！

甲：依法采购是法宝，
乙：三公原则最重要。
丙：五种方式运用好，
丁：不动摇！

甲：区域联合似东风，
乙：西南五省一卡通。
丙：节约资源又省钱，
丁：效果好！

甲：采购法规学习月，
乙：队伍提升是目的。
丙：岗位练兵阳光杯，
丁：显——本——色！

甲：军队采购为人民，
乙：哪有困难哪里行。
丙：无论旱灾与地震，
丁：雄得起！（塑形造像）

甲：说句心里话，
乙：采购为大家。
丙：不分你我他，
丁：扎起嘛！

甲：全面建设信息化，
乙：网络实现无纸化。
丙：资源共享通全军，
丁：好巴适！

甲：军人核心价值观，

乙：时刻听从党召唤。

丙：严守纪律打基础，

丁：保安全！

甲：高举旗帜听指挥，

乙：军需工作不能吹。

丙：部队建设现代化，

丁：往实抓！

甲：当兵为了啥？

乙：为了国家舍小家。

丙：当兵为了啥？

合：党叫干啥——就干啥！

（音乐《咱当兵的人》起，四人铿锵豪迈正步下场）

# 皇娘传奇

云雾袅袅绕山川，
竹林摇曳浊气散。
五指山下醴峰观，
好似仙境在人间。
元代建筑是"国保"，
至今已近八百年。
保存完好世间少，
价值连城她领先。
斗拱建筑夺天工，
翘角飞檐古风现。
群峰捧圣众山小，
千年古柏遮云天。
观上有个大"寨坪"，
此坪驯马不一般。
驯马场连着"跑马岭"，
岭下还有"洗马滩"。
前有"巨龙""柏尔岭"，
"老君山"前"龙头观"。
木鱼顶前来修禅，
"狮子嘴"上"判官山"。
后有沙场点将台，
悬崖峭壁奇石现。
半山有个李雄垭，
垭上望夫石现奇观。
清初古迹"和尚碑"，
"铜锣顶"下出醴泉。

人杰地灵好风水,
出了"皇娘"出"状元"。
山上山下多古迹,
美妙传说一串串。
皇娘故事最神奇,
有根有据争相传。
话说从前罗员外,
所生一女和两男。
男孩生得真是帅,
唯有女儿很难看。
生她时乌云滚滚雷电闪,
落地时吓得父母喊老天。
接生婆说是怪胎真罕见,
算命子说是妖怪到人间。
罗员外请人来把风水看,
我罗家生这怪胎为哪般?
阴阳先生捧着罗盘到处转,
撼龙布脉到了盐亭县。
后又到了西河的"龙尾山",
说不出因为所以就瞎编:
"这女孩沾惹妖邪……
不……不除将会祸千年。"
员外一听怒冲冠,
叫家丁快把婴儿丢下山间。
罗夫人苦苦哀求声声喊,
求员外留她命一线,
她也是罗家的骨肉怎能嫌?
员外不听夫人劝,
铁石心肠不转弯。
硬把她扔到"洗马滩",
声声啼哭好惨然!
洗马夫见状生慈念,
将她收养在身边。
相貌奇丑真难看,

一晃就是十多年，
头上无发人人嫌，
这姑娘过得很心酸。
天天都与马为伴，
河边洗马好可怜。
忽听马嘶又人喊，
官兵追杀受伤男。
那英雄名叫李特是好汉，
率众造反要翻天，
起义失败被打散，
负伤逃命到此间。
瓢泼大雨雷公闪，
昏死落马滚在沟里边。
恰被丑女来看见，
用马草来把身盖。
追兵寻找到此间，
看见丑女吓得魂飞胆战，
连滚带爬下了山。
眼看追兵走得远，
才将英雄藏山涧。
救活李特还不算，
精心调理九十天。
救命之恩比天大，
英雄牢记在心间。
又一回姑娘遇见一病马，
马瘦毛长周身烂，
倒在草丛无人管，
气息奄奄一命悬。
姑娘又将病马救，
喂养照料小河边，
天天洗马细照看，
变成骏马身强健。
丑女突发奇想也照办。
用水洗身又洗面，

于是变成美女如天仙。
李特东山再起创大业，
不忘恩情定姻缘。
与罗氏生下一子叫李雄，
文武双全不简单。
随父南征又北战，
在成都建立"大成"一统天。
父亲死后子承基业坐江山，
李雄登上了金銮殿。
将母后接到成都宫里面，
享受富贵养天年。
到宫廷她却不习惯，
水土不服心难安。
要喝醴峰观的水身心才安然，
从此派人把醴峰观的水运到宫廷里面。
皇娘吃了醴峰观的水性命才保全，
后来天干之年水源断，
皇娘得病命归天。
醴峰观风水不一般，
将皇娘葬在铜锣山。
七口甘泉都封完，
后来才建醴峰观。
改革开放政策好，
文物保护法规添。
"全国重点文物"宣，
醴峰盛名天下传。

[剧终]

# 酒后不开车

司机朋友仔细听，
交通法规记在心。
酒后驾车要人命，
遵纪守法好精神。
过红灯，左右看，
防止小孩跑和玩。
黄灯警示忙停止，
行人要过斑马线。
转弯时，要记清，
一定开启转弯灯。
该鸣号时要鸣号，
提醒司机与行人。
不超速，谨慎点，
超速行驶很危险。
要超车，看好办，
不要超越双实线。
无证驾驶孙伟铭，
严重肇事惹人恨。
醉酒驾车又超速，
害了自己害他人。
醉酒司机黎景全，
醉酒驾车惹麻烦。
交通法规全忘记，
无期徒刑将他判。
河南滑县魏发照，
醉酒驾驶把事肇。

醉酒撞死八个人，
判处死刑把命要。
肇事后，很凄惨，
到时后悔已很晚。
醉意蒙眬神志乱，
车祸就在一瞬间。
孙伟铭、黎景全，
鲜活事例在眼前。
醉酒驾驶又超速，
无期徒刑理当然。
驾驶员，朋友们，
开车千万要留神。
交通法规要遵守，
营造幸福好家庭。
交通法，在完善，
醉酒肇事把刑判。
不饮酒来不超速，
平安驾驶无后患。

# 自食其果

富驿有个扁担湾，
扁担湾人都姓潘。
扁担湾像弯扁担，
湾后有个扁担山。
青山绿水风光美，
湾里处处是良田。
小额农贷政策好，
人人不愁吃和穿。
有个村民潘老三，
外号人称懒黄鳝。
生来啥都不会干，
吃喝嫖赌五毒全。
日子过得好凄惨，
到处欠的是债款。
两天才吃三顿饭，
饿得走路打偏偏。
这天他在街上玩，
碰见老表软边边。
壳子冲了大半天，
原来是个信贷员。
花言巧语来行骗，
老表与他放贷款。
浪子回头金不换，
承包土地一面山。
退耕还林把税免，
镇上还要补助钱。

老表尽快放贷款，
这次一定要赚钱。
软边边，有主见，
苦口奉劝潘老三。
信用社改革在前沿，
他不能乱放一分钱。
潘老三马上回家转，
请妈来做挡箭牌。
他妈找到软边边，
跪到侄儿的面前。
一声侄儿三声喊，
喊声侄儿救老三。
改邪归正把人变，
一定不能再赌钱。
老软忙把姨娘喊，
这信贷工作管得严。
如果与他放贷款，
拿啥子来做抵押钱？
说抵押没得板眼，
房子是个光圈圈。
存款没得一点点，
到处欠的是赌债。
软边边实在难办，
谁知妈又来求援。
老表的事你要办，
不办我死在你面前。
潘老三上前把指拇砍，
他发誓贷款要还完。
老软看到老三实在太可怜，
答应与他放了贷款。
潘老三拿到钱好喜欢，
搞到贷款五万元。
承包土地一大片，
这回起心要大干。

立志回家种桑园。
一年就把成效见，
两年就赚几万元。
老软找他还贷款，
老三今天推明天。
一拖就是一年半，
气得老软直喊天。
亲戚朋友把他劝，
劝他守信把贷款还。
潘老三，把脸翻，
眼睛鼓得溜溜圆。
我的事，我自己管，
不用你们多管闲。
好了伤疤忘了痛，
旧病复发乱花钱。
不守信用把人害，
害得老表软边边。
时间一晃过三年，
依法收贷到门前。
潘老三那不要脸，
不还贷款还要赖。
碰见赌友李老栓，
请他把迷津指点。
编个圈圈把法犯，
又罚款来又坐监。
（白）哎？你要问犯的啥子法啊？
听我给你说嘛。
老软前去催贷款，
终于找到潘老三。
潘老三，干瞪眼，
拿刀就砍软边边。
软边边呀硬是惨，
所有积蓄全医完。
工作下岗没饭碗，

妻儿老小泪涟涟。
依法收贷应严办，
要怪那不守信的潘老三。
诸位听了这一段，
牢记政策把好关。
不讲诚信后果惨，
害了不讲原则的软边边。
三农贷款搞发展，
依法收贷理当然。
希望大家要守信，
贷还两便不为难。
党的惠民政策好，
富裕路上奔向前。

# 刘 啰 嗦

（方言诗）

主任刘大哥，外号刘啰嗦，每次开大会，他话特别多。
顺便举个例，就知他名气，有个星期天，厂里搞文艺。
请来川剧团，上演威虎山，锣鼓已响起，幕已拉半边。
主任刘大哥，台前把腔拖：大家请安静，听我说一说。
我人很潇洒，说话也利索，废话说多了，就成臭裹脚。
大家不愿听，我还不愿说，讲话要简单，主要抓重点。
中心要突出，时间要节约，时间浪费少，有利于工作。
人人都知道，分秒都重要，时间是个宝，切莫浪费掉。
人生几十年，黄金在年少，少时不努力，用时方恨少。
后悔无药医，长大后悔晚，闲话莫扯远，回来说今天。
今天搞庆典，请来川剧团，上演革命戏，智取威虎山。
英雄杨子荣，硬是不简单，一张联络图，骗匪喜开颜。
加封排老九，重用非一般，"三爷"七十寿，"老九"值日官。
剿匪时机到，巧设百鸡宴，宴席杨子荣，李平上了山。
认出杨子荣，匪窝慌成团，英雄杨子荣，浑身都是胆。
单身战群魔，舌头似利剑，李平被处决，群魔被欺骗，
再施酒肉计，匪徒成泥团，剿匪小分队，奇袭百鸡宴，
活捉座山雕，为民除祸患，今晚演川戏，大家慢慢看。
大人不要吵，小孩不要跑，再讲两三点，再把问题讲。
我讲的问题，是个老大难，每次开大会，会场都很乱，
有的开小会，有的打毛线，有的拉假尿，有的把报看，
报告无人听，还要鬼抱怨。今晚演川戏，大家注意点，
娃儿好好管，耳朵放尖点，不准打毛线，不准把报看，
小便要夹住，大便要克服，大家莫鼓掌，听我接着讲。
下面讲话的，就是刘厂长，厂长跟我差不多，讲话简直不啰嗦，
若要问这为什么，他是我的亲哥哥！

# 新 风 颂

婚育新风进万家，
处处盛开幸福花。
三个代表指方向，
两个文明开红花。
农村改变产业化，
欢歌笑语洒农家。
三个结合暖人心，
和谐社会满中华。
日新月异跨骏马，
小康家庭不用夸。
专业户发展壮大，
上下齐心两手抓。
自从西部大开发，
盐亭计生大变化。
组织一支宣传队，
村村宣传计生法。
层层责任来签下，
晚婚晚育有计划。
独生子女真优越，
造福子孙乐万家。
税收改革来乡下，
人人拍手个个夸。
好日子跨上千里马，
美生活锦上又添花

# 龙宫观镜

月光如水照龙庭，
龙宫处处好安静。
龙王好梦还未醒，
耳朵里传来了哭闹声。
龙王爷快醒醒，
（快）龙王爷你快醒醒，
我水国出了大事情。
龙王梦里被惊醒，
浑身上下汗淋淋。
他眼睛一睁一鼓正要问，
（白）唉，只见得龙床下面大官小官、龙子龙孙、虾兵蟹将，
文武两班都哭个不停。
众卿家不要哭，
一个一个来奏本，
到底出了啥事情？
乌龟丞相见得问，
慌忙跪下说原因。
龙王爷，龙王爷，
小臣不敢说原因，
宝镜就在你君王前，
君王你可看个分明。
龙王闻言忙起身，
大睁龙眼往宝镜里寻，
这一看啊，吓得龙王浑身抖，
三魂顿时少两魂。
他看见，灶王府内烟熏熏，

铁锅里滚油正沸腾。
菜板上面血花浸，
大鱼小虾双双受酷刑。
他记得，小虾儿上月才结婚，
那大鱼正是他老丈人。
按理说啊，这一老一小日子顺，
却为何闯祸被判了死刑？
观此景，老龙实在搞不明，
要施法宝查原因，
哪知法宝还在手，
却见得大鱼小虾还在扯劲。
两个嘴巴都凶狠，
临死还在争输赢。
那大鱼，鼓起一个死鱼眼，
扁着嘴巴扇脊鳞，
那小虾，昂起个豌豆眼，
怒火冲天贬老丈人。
大鱼爹，莫怪小虾数落你，
你我的今天不能怪别人，
怪只怪，你老丈人仗着背膀硬，
权大位高恣意横行。
你受贿赢钱几个亿，
别墅少说几十栋（凳）。
你的情妇多得很，
还要把十六的姑娘弄成情人。
你前呼后拥威风凛，
保镖养了一大群。
你仗势欺人无止境，
你奔驰后面宝马跟。
你惯用公款冲当老大，
吃喝嫖赌样样精。
你坏人硬要冲好人，
肆意违法把人坑。
（白）老丈人呐老丈人，

怨只怨你无法无天太贪心。
阴沟里翻船遭报应
你越占越贪越精神。
你无法无天无止境，
你啥子油水都想吞。

这钩钩呀，咋个不钓起你大鱼精？
小虾越说越气愤，
大骂大鱼你妄自聪明。
俗话说，跟好人学好人，
跟端公跳坛神。
我小虾的下场全怪你，
当了虾鬼也要告阎君。
大鱼越听心越惊，
怒火冲天鼓到忍。
他长长叹了一口气，
叫声虾儿你莫发昏，
你想想，不是老子扶持你，
荣华富贵你哪里寻？
你想想，老子贪污上了亿，
哪回又是独自吞？
你想想，你结婚的轿车哪个送？
你为啥天天都有海味山珍？
你想想，你豪华别墅哪里来？
你处级官位哪个升？
你歌厅舞场抱小姐，
哪一回又逃过了我的眼睛？
唉，现而今，你我双双遭报应，
临到下油锅啊下油锅，
死前何须不饶人？
大鱼说罢泪如雨，
浑身血水往菜板上浸，
他有气无力干板命，
只等厨师这催命神，

只等烈油把他烹。
（白）说实话，厨师早已不想等，
厨师早已不想听。
他伸手挥刀把鱼整，
砍得他鱼骨散架头三分，
节节寸断，片片块块，
酱油泡，葱蒜混，
一起往那油锅里烹。
大鱼临死眼不闭，
想跟小虾儿告个飞吻，
却见得，小虾儿比他挨得惨，
油锅当中放悲声，
虽然炸得了邦邦硬，
还在那油锅里跳个不停。

唉，龙王观镜眼泪滚，
乌龟丞相已哭昏，
虾兵蟹将泪如雨，
文武两班大放悲声。
龙王不敢再观镜，
跌倒在床下久思忖。
（白）是呀，是呀！
我管教不严有责任，
国法无情教训深。
贪赃枉法法不饶，
依法守法铭记心，
从此后，龙王宣布新法令，
反腐倡廉布上登。
克己奉公要牢记，
贪赃枉法法不徇。
劝世人，看个明。
劝世人，记个清。
借鉴龙王观宝镜，
清清白白做好人。

千万不要胡乱整，
糊糊涂涂害自身。
国泰民安讲文明，
深化改革鼓干劲。
紧跟形势莫迟等，
全心全意为人民！

# 海 剧 吟

大千世界奇事多，
红苔田里长海螺。
鱼虾蟹鳝牛羊肉，
各类杂交煮一锅。
雅趣幽默起风火，
下里阳春一首歌。
七十二变显才气，
观众看得笑呵呵。
稀奇古怪惊四座，
民间奇妙多绝活。
音诗书画同舟过，
生旦净丑相融合。
戏剧歌舞齐伴我，
百花齐放奏凯歌。
大海融得千溪水，
春雷一声震山河。
艺术摇篮抚育我，
兄弟姐妹多又多。
包罗万象成硕果，
茄子豇豆一大箩。
寓教于乐为理课，
男女老少乐呵呵。
幽默风趣人欢喜，
再不开窍也醒豁。
荒诞滑稽避灾祸，
笑得腰弯背又驼。
杂技武术民心振，
一台海剧耀山河。

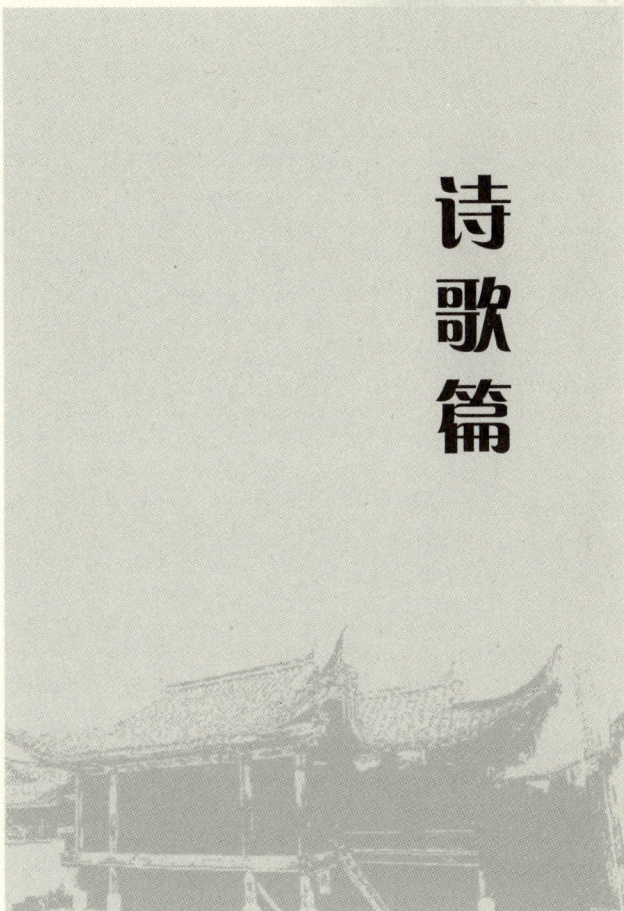

诗歌篇

缅怀邓小平

# 感 怀

## ——写在邓小平诞辰 110 周年

眼观两江水，脚踏朝天门。
轮笛啸声远，江涛流不尽。
独立红日下，怀念邓小平。
当年别渝都，万里法国行。
苏欧识真理，华夏来践行。
百色举义旗，力斗蒋家兵。
会师太行山，夺敌壮国魂。
转战大西南，建国数奇勋。
山城主政要，西南留美名。
文革十年乱，蒙冤骨更挺。
三落又三起，江西长自省。
探索治国道，改革唤民心。
一国两制定，港澳回华庭。
开拓新时代，引领十亿民。
构建新特色，举国起响应。
科学文明观，和谐大家庭。
实现中国梦，山河万象兴。

2014 年 2 月 16 日于重庆朝天门码头感怀

# 颂人民儿子邓小平

广安地灵育伟人，人民儿子爱人民。
盖世韬略传青史，赤诚革新邓小平。

2013 年 9 月 15 日于广安邓小平塑像前有感

# 赞伟人邓小平

云重雾漫天上游，长空纵览跨瀛洲。
国强民富仰贤圣，高歌小平占鳌头。

2013 年 9 月 30 日于成都飞往北京演出有感

# 游牌坊村

牌坊新村出伟人，协兴常闻赞歌声。
莫道大浪淘沙晚，红梅傲雪铸国魂。

2013 年去牌坊村考察有感

# 授"荣誉村民"有感

"小平"回乡喜乡邻，旧貌洗涤处处新。
远村近舍皆楼阁，满目美景入画屏。

2012 年春节被牌坊村授予"荣誉村民"后有感

# 重游牌坊村

重整老街协兴镇，留得英名传后人。
感恩当从乡土起，再现伟人邓小平。

2014 年 1 月随广安市领导考察协兴镇老街重整项目有感

# 全心全意为人民

前有甲辰出小平，后有甲辰饰伟人，
二龙如海惊天地，全心全意为人民。

2014 年正月初一深夜梦中有感

注：邓小平生于 1904 年（甲辰年），陈家甫生于 1964 年（甲辰年）。

# 观　海

"海上世界"灯火明，霓虹十里洋房立。
登舟邀月共举杯，遥观海涛逐浪急。

2014 年 3 月 18 日晚于深圳海上世界

# 忆

莲花山顶拜铜像，小平英名永流芳。
重温南巡话改革，人民生活享安康。

2014 年 3 月 20 日于深圳莲花山

# 游深圳有感

## （一）

南海碧波蛟龙隐，霞光万里映深圳。
春雷一声九天响，万物勃发盛世临。

## （二）

一轮红日照深圳，南海美景迷煞人。
地王大厦登高望，万紫千红满目春。

## （三）

小平同志来南巡，华夏大地起风云。
莲花山上画个圈，昔日渔村变鹏城。

2014 年 3 月 20 日于深圳

# 感　悟

树高千丈不离根，吃水不忘挖井人。
感恩先圣到广安，缅怀小平育后孙。

2014 年 5 月去广安参加中国旅游日启动仪式有感

赠政府和企业

# 赠尚九御品红木家私

尚林苑中花似锦，九天宫阙耀华庭。
御用神器夺天工，品类不凡入豪门。
红尘罕见脱凡俗，木工制作贵细精。
家庭和美人称羡，私有最爱品上珍。

2014 年 5 月为成都尚九御品红木家具有限公司题

# 嵌龙德集团名题藏头诗以赠

龙腾四海卷巨涛，德播九州谱歌谣。
集智合力大发展，团结奋进永攀高。

2012 年隆冬于蜀都蓉城

# 千佳御品

千树细选精雕琢，佳丽一笑神韵合。
御楼金餐名天下，品味时尚财源多。

　　　　2013 年于成都为千佳御品实木家具公司题藏头诗以赠

# 儒　商

依然仙境在，丽色洒人间。
兰无闲庭草，家和子孙贤。
居然生浩气，好学把家传。
品质在时尚，牌名誉声满。

　　　　2014 年 3 月观深圳家展会依丽兰有感

# 为国秀公司开门迎喜

正月初九朱门开，金蛇狂舞运宏怀。
紫气东来弥霄汉，龙吟国秀飙高台。

2013 年 2 月 18 日于成都为国秀文化公司开门题

# 颂张飞牛肉

杀戮沙场退曹兵，威震阆中保安宁。
何来一身好武艺，皆因牛肉最强身。

2007 年 12 月 31 日为张飞牛肉题

# 为喜坛子饭店题诗

小店开在大街旁，菜美酒香板眼长。
九眼桥下"喜坛子"，醉死几个鲶巴郎。

2007 年于成都

注：成都百姓口头禅，鲶巴郎本指鲶鱼，这里借指饮酒的食客。

# 赠临邛酒业集团

樽中美酒何须赞，临邛佳酿四海传。
琼浆喜煞广寒客，玉液醉倒瀛台仙。

2012 年为临邛集团新品发布会题

# 参加四川省人口文化巡演有感

人口文化大巡演，国策教育入心田。
妙趣横生齐颂赞，寓教于乐成诗篇。

2013 年

# 赞 盐 亭

嫘祖育蚕传后生，子子孙孙不忘根。
喜哉盐亭展新貌，弥江彩绘一新城。

2014 年 1 月演出路过盐亭有感而题

# 赞德邦博派家居

德行天下为大众，帮贫济困人称颂。
博爱苍生行善道，派来仙师有神功。

2013 年 12 月为成都德邦博派家居所题藏头诗

# 党　颂

白雾袅袅入九天，翠竹青青耸云端。
高风亮节根基稳，俯首问疾在民间。

2013 年十八届三中全会有感

# 赠华人居家私

华人居来居华人，华人居处有新城。
城内家私雕琢好，美名扬扬出国门。

2012 年 6 月于成都

# 赠景上家居

景观最是巴蜀好，上胜天堂下有宝。
家藏万卷讴圣贤，居在天府品位高。

2013 年为景上家居所提藏头诗

# 韵老鸭汤锅

这个汤锅板眼长，里面熬着老鸭王。
青菜入锅添百味，不为鸭来只为汤。

2013 年 3 月友人宴请于王连老鸭汤后有感

# 大唐天子

大唐天子登金銮，万国使节来朝见。
南国君王献奇珍，满堂酒香文武喧。
贵妃欲醉花枝展，脚踏清歌舞蹁跹。
君王大乐宴群臣，御坊佳酿从此传。

2014 年 2 月为贵州省仁怀市茅台镇南国酒业公司大唐天子系列酒题诗

# 门　庭

依靠创新闯进京，丽质赢得众人心。
兰香引来天外客，家居时尚耀门庭。

2014 年观青岛家展会依丽兰有感

# 赠鑫钰珠宝

诚信为本志高远，厚德载物义当先。
智者乐水仁乐山，鑫钰珠宝遍人间。

2013 年 10 月于成都为鑫钰珠宝题

# 上品东轩

上品精工细雕琢，巧技留世谱成歌。
诗书画院展神韵，东轩红木壮河岳。

2014 年于成都为上品东轩红木家具题

# 味　道

丛众火锅味道香，煮海烹山慰胃肠。
八洞神仙来相聚，众口齐夸禀上苍。

2014 年 5 月为丛众老川火锅题

# 宝 莱 佳

国优品牌宝莱佳，质量过硬人人夸。
家私材质有保证，客户用后乐哈哈。

2013 年为宝莱佳家私题

# 赠金亿家居

天上神仙府，人间帝王家。
金亿遍百国，春辉满天下。

2014 年 2 月于北京

# 赠健雅服装公司黄文章先生 (七律)

黄家衣款品牌多，文人雅士谱赞歌。
章台妙趣追时尚，飘逸缱绻显名模。
装点巴山夺峻峭，美秀蜀水濯清波。
敢请仙女来穿戴，下凡同唱太平乐。

**2014 年为成都市服装协会会长黄文章先生题古诗七律诗以赠**

# 赞名医邹绍伟

嘉陵江畔邹先生，医德双馨感万人。
灵药仙丹驱二竖，妙手回春大地新。

2013 年 2 月 14 日于南部县

# 颂 广 安

渠江滔滔出广安，百溪归海奔大川。
饮水思源人不老，深化改革路更宽。
王侯喜纳万民伞，伟人独求百姓欢。
小平改革众所望，晓春绿写万重山。

2014 年 1 月为广安市委书记侯晓春题

# 留 墨 香

长蛟出海卷巨浪，万里腾空任翱翔。
运琪书画名远播，笔走龙蛇留墨香。

2013 年 9 月 26 日为书画家杨运琪和省计生委副主任仝来龙于双流蛟龙港绘画题

# 重逢挚友任峰有感

昔日与君为挚友，情浓义厚两相侔。
一别数载重邂逅，共话当年乐与愁。

2013 年与分别二十多年的好友任峰先生在广安相遇

注：西山，指绵阳西山科技学院。

# 颂李志蜀

相貌罗汉形，生就菩萨心。
聪明大智慧，赛过汉孔明。

2013 年底为好友李志蜀题

# 贺涂太中老师寿诞

天府蜀都风光好，巴国地灵松不老。
借来南山祝师寿，福满东海看今朝。

2010 年 5 月 26 日为涂太中老师寿诞题

# 赠刘凤成

刘公盛赞愧难从，凤鸣鹤舞巧相逢。
成美大义铭肺腑，不负君恩盛意浓。

2013 年国庆为广安市政协主席刘凤成题

# 贺巴登老师寿诞

巴蜀笑星寿堂坐，嘉宾云集涌长河。
紫霞宫中仙乐起，人间天上舞婆娑。
恩师教诲铭肺腑，不把艺业当儿科。
恭祝尊长百岁朗，福如东海谱新歌。

2010 年 5 月 26 日为师父寿诞题

# 为侄儿陈国文婚礼题

厚德载物自古扬，情义无价胸中藏。
立业常记信与义，成家不忘爹和娘。

2004 年 2 月于绵阳

# 赠孙敏娶儿媳

俊男秀女结成双，孙府喜酒格外香。
夫唱妻随互勉励，同心同德乐洋洋。

2014 年初于西双版纳演出为孙董事长贺

# 赠广元西禅寺广惠大师

西来佛祖显神灵，西禅寺内有真经。
广慧大师归故里，弘法结缘度众生。

2013 年于广元为广慧大师题

# 赞罗泽志

穷乡僻壤大坪镇，工商服务有精英。
喜赞劳模罗泽志，全心全意为人民。

2003 年赞工商系统全国先进工作者罗泽志

# 赞郑燕翔

蜀光地产郑燕翔，待人接物真善良。
最是谦怀禀仁义，扶危济困创辉煌。

2014 年于成都为蜀光地产公司董事长郑燕翔题

# 赞宋全宝

龙德集团展神韵，宋氏家族出精英。
宝马腾飞大发展，全面开拓万事兴。

**2014 年为龙德集团宋全宝董事长题藏头诗**

# 赠庚兄邹宝

庚兄名邹宝，乐善施仁道。
筹资助病女，感恩永记牢。

**2013 年底为庚兄邹宝题**

注：庚兄邹宝在得知我女儿得白血病后，在报纸、网络、电视媒体上到处帮我筹集善款，使我的女儿得到及时治疗。为感其恩，作诗记之。

# 颂名医戚国志

天曌山下元坝情，利州赤子天下行。
救死扶伤蓉城地，胜似华佗观世音。

2013 年 2 月 14 日于成都为名医戚国志题，名医戚国志乃广元元坝区人

# 赞李扬舟

诗中艰深难学精，音韵平仄有窍门。
承蒙吾兄细指点，不吝赐教留真情。

2014 年为好友李扬舟先生题

# 赠恩师曾思德

恩师曾思德，画竹很奇特。
神似郑板桥，无人不称绝。

2014 年为著名画家曾思德恩师题

# 赞汪立新

汪洋大海托巨浪，立志创业奔异乡。
新厦傲立宏图起，奋飞集团创辉煌。

2013 年为好友广安立新集团董事长汪立新题

# 颂 李 蓉

曲艺协会秘书长，不分酷暑与寒霜。
呕心沥血艺园地，上下求索创辉煌。

2013 年为四川省曲艺家协会秘书长李蓉题

# 嵌金乃凡导演

金杯耀眼喜春风，乃是台下苦练功。
凡人勿学燕雀鸣，要做鸿雁翔远空。

2014 年为原战旗话剧团团长、导演金乃凡老师赠藏头诗

# 赠侄於冰洋

冰洋艺考谋发展，暑往寒来不畏艰。
男儿当有凌云志，好学才能破难关。

2014 年 1 月侄儿於冰洋来成都参加艺考，为鼓励他所题诗以赠

# 赠德艺双馨余开元老师（七律）

艺海奇葩余开元，海峡两岸德誉传。
梨园魁首众认定，风流巴蜀五十年。
博彩华精求奋进，立像传神成美谈。
创办名校育才彦，艺还人民铸新篇。

2013 年为著名川剧表演艺术家、四川省文联副主席、四川职业学院院长余开元老师题

# 赠严西秀

严师教导长记怀，西苑文章放异彩。
秀美鸿篇风雅颂，弘扬曲艺创未来。

2011 年于成都为国家一级编剧严西秀老师题

# 爱　心

爱心人士杨建国，乐善好施多仁德。
慈心救助白血病，助资他人再就业。

2010 年为爱心人士、著名企业家杨建国先生题

# 回金乃凡老师三字经以颂

谢恩师，来夸赞。
需努力，再奋战。
克难关，不畏艰。
凌云志，靠乃凡。

2011 年参加首届谐剧精品展后原战旗文工团团长、国家一级编导金乃凡赞感

# 赠杨安民先生

杨柳凝绿大地春，安得倚天论纵横。
民富国兴铸伟业，誉满巴山留美名。

2013 年于成都为原巴中市委书记、省人大常委会城乡建设环境资源保护委员会主任委员杨安民题

# 赞宋石匠

高山一好汉，手拿锤和錾。
开山取石料，辛勤建家园。

2013 年为铜梁县旧县镇宋大宽题

# 赞国学老师刘学谦

人才辈出轿子山，远近闻名刘学谦。
寒窗十载苦修炼，普及国学誉人间。

2013 年为弟子刘学谦题

# 赞设计大师

精工雕琢妙设计，中西合璧显神奇。
高楼大厦矗天立，乐为城市披彩衣。

2013 年 4 月于南部为乡友设计大师李国栋先生题

# 赞画家罗云

笔行大地走天下，画了油画画国画。
罗扇一动春风起，云开日朗见彩霞。

2013 年 2 月于南部罗云先生生日

# 赞好友李书洋

顶天立地胸宽广，甘为孺子李书洋。
业精于勤求奋进，为国为民创辉煌。

2014 年 1 月于成都

# 鑫 海 鑫

少年丧母受熬煎，立志创业不畏难。
翘首巴蜀鑫海鑫，龙马腾飞搏云天。

2014 年于成都赠成都鑫海鑫家私董事长任永海先生

# 赠金多福珠宝董事长敬文第

金多福好福多金，福泽珠宝胜黄金。
敬文重艺倡国粹，文化传承民族兴。

2012 年 8 月于成都

# 赠绵竹天红酒业董事长黄富金

黄帝御酒赐功臣，富民兴邦天酬勤。
金玉满堂春又见，天道酬勤家业兴。
红日东升玉泉美，美丽绵竹胜锦城。
酒乡佳酿在高华，佳酿正待君来品。

2014 年 2 月于绵竹

# 赠好友任栋良

任总气宇非等闲，栋梁二字不需传。
待人接物多雅量，浩气干云如神仙。

2012 年于成都

# 叹　友

小小鱼儿囿水中，浪小涛低难成龙。
但求来日风雨动，平步青云上九重。

2014 年 1 月回三台见诗友曾璞先生有感

# 赠著名画虎名家高洪建

高山仰止不可攀，洪钟大吕震宇寰。
建树显赫喜画圣，虎跃龙腾鹰翔天。

2013 年 11 月于成都

# 贺弟子章世伦新禧

坡坡坎坎进山城，实实在在苦扎根。
勤勤恳恳创大业，章章句句讲得清。
世世代代尽忠孝，伦伦道道传子孙。
热热闹闹办婚礼，甜甜蜜蜜来结婚。
和和美美建家园，幸幸福福度人生。

2014 年 3 月 22 日于重庆

# 赠卧云寺仁缘方丈

佛光普照天地春，云开雾散红日升。
仁怀慈悲结善缘，卧虎藏龙铸乾坤。

2013 年 4 月 9 日于卧云寺为方丈仁缘大师题

# 赠义父赵德银

阳春三月美如画，升钟碧波映神坝。
圆顶山头佛光起，人杰地灵现莲花。
慈悲生灵乐善举，创业艰辛名天下。
赵氏门风延万代，德高仁厚鸿运达。

2014 年 3 月 28 日于南部神坝

# 赠省川剧院院长陈智林

梨园春秋越半生，巴蜀无人不识君。
艺禀贤达传美名，自成绝技唱古今。

2014 年 4 月于成都

# 梧桐花开

碧峰翠谷紫云间，梧桐花开高枝艳。
农夫田间春种忙，只待秋来果满园。

2014 年 3 月于雅安

# 赠芙蓉花仙川剧团团长苏明德

芙蓉花开满梨园，冰清玉洁似天仙。
艺播九州传川韵，名德书写万万年。

2014 年 4 月于成都

# 枝 头 艳

芙蓉花开枝头艳，粉黛玉妆赛天仙。
振兴川剧为己任，艺誉双馨傲梨园。

2011 年 6 月于成都观芙蓉花仙川剧团张燕演出有感

# 兵 之 恋

远望天山雪盖顶，近看西域万里春。
巴山儿女不忘本，放歌边疆壮军魂。

2014 年 4 月随著名歌唱家李书伟到新疆边防哨所慰问演出有感

# 离 乡

离乡背井多磨难，走南闯北克万险。
戈壁滩内扎下根，铸就辉煌乐天年。

2014 年到新疆演出为企业家刘仕维先生题

# 赠弟子张露丹同学

天赋音律压群芳，不甘自沉渡重洋。
胸怀海顿创交响，自比聂耳曲更壮。
待等梅开归来时，名噪华夏震西方。

2014 年 5 月观弟子张露丹同学留洋演出有感

# 灵 泉 寺

苍松翠柏霞云拢，奇山峭崖灵泉涌。
净瓶广布甘露水，苦度众生慈恩隆。

2014 年 4 月于灵泉寺赠方丈藏云大师

# 舒炯开馆

小桥流水傍花荫，高楼涌泉接霞云。
舒炯挥毫展神韵，心香山馆壮书魂。

2014 年 3 月于成都

# 颂中医大师吴永信

中医大师吴永信，德誉双馨由人敬。
救死扶伤不辞劳，妙手回春度苍生。

2014 年月于成都

# 磨　道

蜀都磨道几春秋，青梅煮酒登高楼。
京城初试露锋刃，战马倥偬驰神州。
机遇临时无傲气，不辞鏖战有追求。
英雄岂惧征路远，笑度人生写风流。

2012 年于北京演出后有感

# 自　奋

直奔九霄摘流星，破雾万里揽霞云。
神州千里献技艺，只因艺术属人民。

2013 年 9 月 13 日于上海返蓉飞机上

# 旅北京国庆演出有感

喜迎华诞春意浓，流光溢彩遍地红。
大地飞歌举国醉，盛世男儿当立功。

2013 年国庆节于北京饭店

# 生日感怀

万物复苏二月间，生日不忘母难天。
牢记娘亲常教诲，忠孝礼义应当先。

2008 年 3 月 5 日

# 为爱女治病暂搁艺业有感

三次入蓉才扎根，扮演小平享名声。
正说事业刚起步，为女治病难进京。

2010 年 12 月于成都

注：我三次到成都，刚站稳脚跟，所演的邓小平被越来越多的人认同，演艺事业正蒸
蒸日上，正准备去北京发展时，女儿患上了白血病，为救治爱女，遂放弃去北京的念头。
有感于此，赋诗寄情。

# 孝德传家永不忘

母亲生病儿回乡，吃苦受累开酒坊。
谁能解得此中苦，孝德传家绝不忘。

1995 年 10 月于家乡丘垭

注：1995 年慈母重病，为了照顾慈母，遂回家乡创业。其时家里经济状况不好，为筹
治病款，在家乡开了一家酒厂，一面照顾慈母，一面做着酒厂生意，备受艰辛，遂写诗
留记。

# 祈天佑女

愁眉苦脸坐病床，娇女夜啼倍心伤。
但求白血病魔去，祈天佑女得健康。

2011 年 2 月于成都华西医院题

注：2010 年 10 月，女儿陈国瑜患上白血病，一直在华西附二院住院治疗。看着女儿经常化疗痛苦的表情，我祈求上天保佑女儿快快康复。

# 拜著名书法家舒炯为师

拜师求艺苦发奋，挥毫泼墨入舒门。
求索妙笔无止境，铭感舍予火同恩。

2014 年 1 月于成都

# 彩绘春绿在明天

人生逆境似刀尖，如坐冷窖度日难。
唯把理想横天际，彩绘春绿在明天。

2011 年于成都

# 随遇而安永无忧

人生短暂数十秋，何用委屈去强求。
拿得起来放得下，随遇而安永无忧。

2011 年于成都

# 仰醴峰观有感

云雾袅袅绕山川，竹林摇摇微风欢。
醴峰观藏大世界，酷似仙境在人间。

2012 年于家乡醴峰观

# 回 故 里

寒冬数九回故里，不见邻居和街坊。
年轻力壮他乡走，留下老少守空房。

2014 年 1 月回老家看见农村的现状后有感

# 相　亲

红日照高山，湖水荡经幡。
李家沟挽手，情侣喜开颜。

2013 年 12 月为于筱蔓相亲所题

# 送　福

马年春早花盛开，孙敏心中乐开怀。
美丽版纳结良缘，伟人赐福吉祥来。

2014 年参加著名企业家孙敏先生的儿子婚礼演出有感

# 辞　家

马年立春辞老家，逐月追星到版纳。
夜眠客舍醉未醒，映日朝曦美如花。

　　　　2014 年春节于重庆一品老家赴西双版纳演出有感

# 贺马年新春

## （一）

力载黄金千万两，骏马不停蹄留香。
新岁丰年诸事顺，浩气长存夺紫阳。

## （二）

山舞银蛇辞旧岁，鞭加快马迎新春。
全面发展千秋业，高歌改革万象新。

## （三）

年年新年年年新，岁岁抒情岁岁情。
但得贵人春来早，一马当先功名成。

　　　　　　　　　　　　2014 年春节有感

# 探　春

严冬探春登高崖，步步探索谋发展。
马快好似脱弦箭，深化改革谱新篇。

2013 年冬随友登山有感

# 一品场赶集观景有感

小河弯弯一品场，桥头摊多赶集忙。
男儿船上撒渔网，姑娘桥下洗衣裳。

2014 年春节于重庆一品老家

# 笑对风雨乐天年

半生耕耘非等闲，追求卓越不畏难。
为求艺精不惧苦，笑对风雨乐天年。

2014 年初春有感

# 人生感言

功名求来烦恼多，追逐利禄受折磨。
灿烂人生虽然苦，拜佛却又怨寂寞。

2010 年 3 月 5 日于成都

# 奋 进

万马奔腾逢甲午，再现小平陈家甫。
挥毫落墨显神韵，兵刃剑脊敢击鼓。

2014 年元宵节和好友苏斌畅谈有感

# 离 家

中年离家到蜀都，快马扬鞭奔前途。
创业艰辛无所惧，敢立潮头展宏图。

2007 年春节赴泰国演出后回国有感

# 自　韵

家甫恰是一口钟，虽亦响亮腹内空。
俯首诸君多帮助，明朝定能贯长虹。

2013 年 8 月于成都

# 酬　勤

钟声响起撼人心，师恩如天总酬勤。
老君熔炉熊熊火，为我早日炼真金。

2014 年 2 月于成都

# 春 颂

春暖大地花满山，日照江河锦鳞欢。
惊雷一声震天响，万马奔腾勇争先。

2014 年 2 月于成都

# 中 国 梦

日月同辉满园春，人民和谐万事兴。
依法治国开舜宇，华夏儿女共奋进。

2014 年 3 月于成都

# 相 思 苦

情意绵绵相思连，好似银河隔重天。
寒来暑往难入寐，不羡鸳鸯只羡仙。

2013 年 12 月于成都

# 时 光

月到中秋分外亮，人到中年精气旺。
两头一除中间少，回头难找好时光。

2014 年 3 月于郫县演出有感

# 祈　祷

失联客机不见影，多国搜救渺无音。
亿万人民共祈祷，但愿同胞再现身。

2014 年 3 月 15 日于成都

# 随　缘

人生难得圆和满，因因果果皆随缘。
儿孙自有儿孙福，何必委屈强求全。

2014 年 3 月于成都

# 放 生

行长晓蓉真热诚，盛情款待故乡人。
沙站贵宾献神鳖，"小平"指点喜放生。

2014 年 3 月 19 日（农历二月十九）于深圳晚宴，沙站贵宾献上土大鳖要将其吃掉，我劝其放生，最终晚上 10 点半放生于深圳仙湖

# 生辰随感

五十母难感圣贤，苦读国学起波澜。
人生鏖战风和雨，誓创辉煌乐天年。

2014 年农历三初五于成都读国学有感

# 蓄势待发

春风抒景百花开，万物勃发时运来。
但得褚老指迷津，他日平地起宏台。

2014 年 4 月于成都

注：褚老是指美国国际文化科学院院长褚成炎先生。

# 夕 阳 红

九旬鲐背乐无穷，最喜黄昏夕阳红。
相伴到老不容易，胜似牛郎情更浓。

2013 年 12 月在绵阳参加一对 90 岁夫妻寿庆有感

# 梦 中 人

古都想念梦中人，小诗遥寄相思情。
以文会友酬知己，恰似久旱逢甘霖。

2014 年 4 月于青岛

# 颂 重 逢

窗锁春寒月悬空，小楼灯影半朦胧。
热茶两盏心生暖，老酒一壶意更融。
笑举满杯赞佳酿，踏歌环顾挽友朋。
良宵无多常记取，尚诗大喜颂重逢。

2014 年与省川剧院院长陈智林、省曲艺研究院陈淳、芙蓉花仙川剧团团长苏明德相聚
有感

# 夜 江

小风夜月弄花影，轻舟拍浪灯半明。
箴言宝鉴何用多，字字如金乐生平。

2014 年 5 月在合川受褚成炎院长指点有感

# 女 儿 国

大漠古邑有龟兹，半是慈云神灵知。
女儿国址传千古，唐僧念经曾在此。

2014 年 4 月赴新疆库车演出后观女儿国遗址有感

# 雨 夜

巴山夜雨洒江楼，往事悠然思成愁。
窗外春水起涟漪，风吹脸庞展眉头。

2011 年 4 月回重庆看望病重的岳父，又思念在成都病重的女儿和妻子有感而发

# 窗 外

帘外花开春色浓，一夜未眠忧思重。
手推木窗向外瞧，风来鸟语雾蒙蒙。

2012 年赴香港演出后在酒店里有感

# 洛带古镇

滔滔龙泉涌不尽，引入落带进街心。
人文天下集众智，千年古镇客家人。

2014 年 7 月为洛带古镇题

# 品　果

匆匆忙忙何时闲，花花绿绿枉茫然。
抽闲邑城采桑葚，细品圣果乐田园。

2014 年 4 月参加大邑首届农桑节有感

演讲篇

# 学为好人　成就今生

## （化装三幕八场讲演）

主讲人：陈家甫

## 序　幕

**主持人：** 欢迎"邓小平"爷爷来到我们学校。

**陈家甫：** （化装成老年邓小平，在《春天的故事》音乐声中由"邓楠"扶着缓缓上场）同志们好、同志们辛苦了：百年大计、教育为本教育大计、教师为本。教育要面向现代化、面向世界、面向未来。同志们，这个教育工作要从娃娃抓起，这才是发展的硬道理！我是中国人民的儿子，我深情地爱着我的祖国和人民！（欲下场）

**主持人：** 小平爷爷请留步，您今天来到我们×××学校，就请您为我们留下您的墨宝吧！

**陈家甫：** 点头！

**主持人：** 有请工作人员端上文房四宝！

**陈家甫：** 书写邓小平题词：教育要面向现代化、面向世界、面向未来（或发展才是硬道理）。（播放陈家甫简介视频或音频）

**主持人：** 有请校领导上台接受邓爷爷的书法！（校长上台与邓小平扮演者陈家甫亲切握手）

**陈家甫：** ×××同志是位好同志，对×××学校的教育工作抓得很有特色，既有很好的社会效益，又有文化建设的精神成果。希望你继续解放思想，大胆排除陈规陋习，努力耕耘，不断进取，锐意创新，为祖国培养更多的优秀人才，祝福你带领×××学校再创新高！（当场书法送与校长，校长退场）

**陈家甫：** 在这里我还要感谢×××学校所有的教师，你们是辛勤的园丁，感谢你们为祖国的教育事业任劳任怨，勤奋工作，你们劳苦功高，请接受我崇高的敬意！同志们，祖国的未来就寄托在你们

---

的身上了！

## 陈家甫《学为好人，成就今生》系列演讲之——

## 感恩的心

（在较为欢快的音乐或有关中国梦的歌声中陈家甫满面春风地登台）

**陈家甫：** 亲爱的同学们，相信大家都有自己的梦想，都在追求人生的幸福，是不是呀？看到同学们期盼的眼神和灿烂的微笑，我也有一种幸福感。为了帮助大家实现梦想、获得幸福，陈叔叔给同学们带来了两句话——学为好人，成就今生。今天，我想跟孩子们一起探讨一个话题——感恩之心。

### 感恩之一——孝敬父母

**陈家甫：** 先来说说感恩之心，看看她如何让我们成为好人。

西方有一个节日。在那一天，要吃火鸡、南瓜馅饼和红莓果酱。在那一天，无论身处天南地北，离家再远的孩子，也要赶回家。你们知道那是什么节日吗？

**学生：** 感恩节。

**陈家甫：** 对。那大家知道为什么西方人要设立这个节日吗？

**学生：** ……（因为感恩是一个人应该具有的品质）

**陈家甫：** 很好。没有阳光，就没有日子的温暖；没有雨露，就没有五谷的丰登；没有水源，就没有生命；没有父母，也就没有我们自己；没有老师，就没有我们的知书达理；没有亲情、友情和爱情，世界就会是一片孤独和黑暗。这些都是浅显的道理，没有人会不懂。说起感恩，大家此时浮现在脑海中的最想感恩的人是谁？

**学生：** 父母（老师）……

（在婴儿的啼哭声中响起《摇篮曲》音乐）

**陈家甫：** 不错。那大家都知道自己的生日吗？

**学生：** ……

**陈家甫：** 很好，那大家知道你的生日意味着什么吗？意味着母亲的受难日，对不对呀？

十月怀胎娘遭难，娇儿降生娘心安。我们都知道是父母给予了我们宝贵的生命，他们是我们最先应该孝敬并给予回报的人。有这样几句话想告诉大家：

> 人生在世孝为本，
> 不孝父母耻为人。
> 十月怀胎盼喜讯，
> 一朝落地传佳音。
> 养儿育女劳成病，
> 成家立业忧上心。
> 泪流干啊汗流尽，
> 娘奔死来儿奔生。

**陈家甫：**是啊，父母不仅给予了我们宝贵的生命，并且在我们成长的道路上，给予了我们不求回报的无微不至的爱。有谁愿意来说说看父母让你最感动的事吗？

**学生：**……

**陈家甫：**好的。我相信除了这位同学，我们学校的每一位同学都有被父母的爱所感动的事情。（或者：虽然同学们有些腼腆，有些胆小，一时还不能讲出父母的爱感动自己的故事，但我相信，每个同学都被父母的爱深深地打动了。）

下面，我想请一位母亲把她家女儿得白血病的真实故事讲给大家听，希望同学们从中能感受到父母对孩子的深挚的爱和孩子们一生成长的艰辛——

（随着互动，音乐起刘紫玲的《母亲》）

## ×××女士：

## 父母之爱让白血病女儿闯过鬼门关

尊敬的学校领导、老师们、同学们：

大家好！

我女儿×××在众多白血病患者中能够独自幸存下来并健康进入校园正常学习，真是一个奇迹！

我女儿是在2010年10月的一个下午快下班的时间检查的，检查结果出来后，当孩子确诊出白血病的那一刻，我作为孩子的妈妈两眼一抹黑，几近晕倒，只听得旁边的医生在喊：你不能倒哦，你倒了就完了哦。

稍稍清醒过来后，医生也问过我们是否要放弃。我坚定地说：不放弃。很多朋友，甚至是懂医学的一些朋友都叫我丈夫去给我做工作，让我们夫妻放弃算了，但是我们俩没有一个人愿意放弃。我们理解，白血病，在常人眼里，这就是不治之症，治疗就是瞎折腾。但我们想，只要有一线希望，就要做百分之百的努力。

当我女儿在医院用了一段时间药物治疗后，却没有能够如医生所愿地控制住癌细胞。"用这种药物通常就能控制住癌细胞的。"医生不无遗憾和惋惜地说，"还是带走吧。"从医生那无奈的表情中，我们仿佛读到了死亡的信息。

详细询问才知道，医生前面用的药物没有起到什么作用，我们要求医生用好药，医生反问我们：用好药？！你们用得起吗？！"用得起也要用，用不起也要用。"这就是我们的回答。孩子是我生命的延续，是我的宝贝，是我的心头肉呀，我能不想尽办法给她医治吗？

女儿骨髓移植后，由于感染，血压升高，两眼肿得看不见人，认不清人。一次，孩子口咬舌头，手抓脸。发生这样的事情是相当危险的，因为只要孩子咬断舌头就会没命，咬伤舌头或抓破身体的任何地方都会引起出血，然而，白血病孩子几乎没有血小板，没有凝血功能，出血就不能止血。关键时刻，我为了不让孩子咬伤舌头、抓伤任何地方，不顾孩子迷糊中对我的抓咬，几乎不顾一切地控制住孩子。孩子几次病危，为了不让在外演出的丈夫分心，我都忍住悲痛不告诉丈夫，自己一个人扛住。作为母亲，很多时候，我都身兼数职，既要照顾孩子，还要回家做饭。在趁孩子睡着让病友家长帮忙照看一下孩子的间隙，赶紧回家把饭做好急急忙忙送到医院。

家里医院两头跑，夜里还经常不能入眠，我的胸口开始疼痛，一直坚持着，实在严重了才去另一家医院检查，医生要求住院治疗，可是孩子这边又离不开母亲，几经周折和延误，导致了乳腺炎症。一边在医院照看孩子，一边自己吃药治疗，另一边，孩子的外公又患有癌症需要我看护。上有老人，下有小孩，都要付出爱，那段日子，不堪回首。

我的孩子在白血病治疗过程中，遇到过无数好心人慷慨献爱，他们捐献血液，捐献骨髓，捐出钱物，使我们感受到了这个世界的真爱。在医生的精心治疗下，在我们的全力呵护下，在爱心人士的热情帮助下，我的女儿战胜了病魔，获得了新生。现在我女儿正上三年级，而且还没有因为与病魔斗争而留级。我作为妈妈，感到好幸福哇！

**陈家甫：**尊敬的老师，尊敬的家长们，相信大家听完这对母女顽强抗击白血病的故事一定深有感触吧。让我们为这位伟大的母亲鼓掌，为这位重获新生的女儿祝福吧！（鼓掌）

我想同为人父母，在座的每位家长也一定和我一样感同身受，对自己儿女可谓巴心巴肝、流血流汗。即便吃尽苦头，少活三年五载，也一定在所不惜吧！

在座的同学们，你们说我的话对不对呀？你们有没有体会到父母对自己真挚的、毫无保留的"爱"？

**同学们：**体会到了！

**陈家甫：**那就好！亲爱的孩子们，刚才给大家讲故事的这位阿姨是我的爱人，得白血病的×××就是我的宝贝女儿。我和爱人每一次回忆我女儿的经历，都会感到肝肠寸断呐。看到宝贝女儿健健康康地生活，我们俩又感到无比欣慰和十分幸福。今天在这里重温女儿的经历，让同学们听了我家的故事之后，我特别想告诉同学们，生命是来之不易的，你们是爸爸妈妈、爷爷奶奶的宝贝，你的生命不仅仅是你个人的，你身体或生命发生的任何意外，都是你亲人心中抹不掉的疼痛。所以，当你们遇到身体的病痛或任何困难挫折的时候，都要相信爸爸妈妈，并带着感恩的心和爸爸妈妈一道去坚强地面对，相信父母在身边，爱就在身边，健康就在身边，幸福就在身边。

（播放韩红《天亮了》）

**陈家甫：**是啊，天下的父母为了孩子的健康和成长，都会煞费苦心，不但会倾注全部心血，甚至会付出生命的代价。

同学们听过这首歌曲吗？是韩红的《天亮了》。这首歌的背后有一个催人泪下的故事。

1999 年 10 月 3 日，在贵州麻岭风景区，正在朝上运行的缆车不可思议地慢慢往下滑去。缆车缓缓滑行了 30 米后，便箭一般地向山下坠去，一声巨响后重重地撞在 110 米下的水泥地面上，断裂的缆绳在山间四处飞舞……事故造成 36 名乘客中的 14 位不幸遇难。就在缆车坠落悲剧发生时的那一刹那间，车厢内来自南宁市的潘天麒、贺艳文夫妇，不约而同地使劲将年仅两岁半的儿子高高举起。结果，这个名叫潘子灏的孩子只是嘴唇受了点轻伤，而他的双亲却永远离开了人世……在生和死的瞬间，父母想到的并不是自己，他们用双手把生的希望留给了儿子，这就是人世间最伟大的父母的爱！

这个生命的故事，深深打动了歌手韩红，经过多方联系，她领养了这个大难不死的小孩。她以这个令人震撼的事件为题材并以小孩的口吻创作了《天亮了》这首感人至深的歌曲，连续两次在"3·15"晚会上演唱了，打动了亿万电视观众。

就像歌中所唱的：

就是那个秋天再看不到爸爸的脸

他用他的双肩托起我重生的起点

黑暗中泪水沾满了双眼

不要离开不要伤害

我看到爸爸妈妈就这么走远

留下我在这陌生的人世间

不知道未来还会有什么风险

我想要紧紧抓住他的手

妈妈告诉我希望还会有

看到太阳出来妈妈笑了天亮了

这是一个夜晚天上宿星点点

我在梦里看见我的妈妈

一个人在世上要学会坚强

你不要离开不要伤害

我看到爸爸妈妈就这么走远

留下我在这陌生的人世间

我愿为他建造一个美丽的花园

我想要紧紧抓住他的手

妈妈告诉我希望还会有

看到太阳出来天亮了

陈家甫：亲爱的孩子们，听完这首歌，再想想我们今天的幸福生活。我还想告诉同学们：生命属于你们，但只有一次，父母给了你们生命，你们就是爸爸妈妈的生命。你的生命有多长，父母的爱就会陪伴你多远；你生活的天地有多宽，父母的爱就会覆盖多广。父母的爱就像皎洁的月亮，会驱散你们一世的黑暗，父母的爱就像明亮的太阳，会照耀你们一生的前程。

陈家甫：在座的同学们，你们有的读小学，有的读初中，有的读高中。能在这样好的条件下学习，是你们的幸福哇！今天，我想帮同学们计算一笔账，如果你在×××学校（要接送的寄宿制学校）读到小学毕业，六年来，你的父母在校门口张望盼着见你不下 480 次；如果你只在这儿读初中，三年来，你的亲人在家校间往返至少 240 趟；如果你在这所学校从小学读到高中毕业，12 年来，你的家长为你开家长会不少于 48 次；如果从出生算到 18 岁高中毕业，18 年、6570 天、19710 顿餐，还有无法计数的衣服、鞋袜……这一串串数字诠释着母亲的操劳和父亲的奔波，记录着母亲的皱纹和父亲的白发。

母亲的爱似大海静水流深，父亲的情如高山深重厚实。在此，我想提议：在座的每一位同学，不管你的爸爸妈妈在身边，还是在家里，还是在他乡外地，让我们在心中默念他们的恩情，向他们三鞠躬以表达我们的感恩之情。

十月怀胎娘遭难，娇儿落地娘心宽——一鞠躬：感谢父母给了我们生命！

衣食读书梦魂牵，千辛万苦都受遍——再鞠躬：感谢把我们培养成人！

反哺跪乳恩常念，人有诚心天有感——三鞠躬：祝愿父母身体康健福寿无边！

## 感恩之二——不忘师恩

**陈家甫**：同学们，除了孝敬父母，珍爱生命，我们还应该感恩谁呢？

**同学们**：老师……

**陈家甫**：曾经看过中央电视台《星光大道》栏目有一期节目，来自辽宁的某年轻演员，在进行自己的某一项歌唱时，首先请上了自己的老师——一位残疾的作曲家，是老师的激励和鞭策使他成就了现在的样子，他面对观众，深深地向自己尊敬的老师鞠了一躬，感谢老师对他的栽培，受到了在场评委和观众的一致好评。

这位演员尊师重道，为我们树立了好的榜样。

说"春蚕到死丝方尽，蜡烛成灰泪始干"，教师职业需要付出太多的爱心，选择教师职业就是选择了奉献！谁的记忆里会没有老师呢？我们能成为有文化的人，能够在社会上找到一份工作，都离不开老师的心血和汗水。我们的人生，有十多二十年的时间是在老师的培养下成长，恩师之爱博大宽宏。我国有一千多万教师，他们大多数一辈子默默无闻，天天站在三尺讲台上传授文化知识，教导我们怎样做人。

我知道这样一位与众不同的老师：

在热爱的讲台上，她创造了一个又一个奇迹：学生邰丽华领舞的《千手观音》，征服了亿万观众；3个月大就失聪的蒙蒙，自信地绽放在北京残奥会的舞台上……

在她的引领下，8名学生登上中国残疾人艺术团璀璨耀眼的舞台，更多的残疾孩子或上大学继续深造，或走入社会，正常就业。

她就是湖北省武汉市第一聋校教师杨小玲。23年，从青春到不惑，杨小玲把自己最美好的年华奉献给了这群特殊的学生。她默默的付出赢得了认可，先后荣获全国爱心奖、全国特教园丁奖、湖北省五一劳动奖章等荣誉称号。杨小玲老师用她的青春和激情点亮了聋哑孩子的人生。

（歌曲《每当我走过老师窗前》响起）

**陈家甫：**同学们，好老师在我们身边还有很多很多，你们好好想一下你们的班主任，你们的科任老师，他们也像我讲的这位老师一样，孜孜不倦，呕心沥血，为了栽培你们，培养你们，付出了他们的全部精神力量。他们为了让你们求知求学求进，为了你们走向成才之路，给你们铺路搭桥，付出了几多心酸、几多苦恼乃至几多泪水啊！同学们啊，莫忘记，当你们成长起来的时候，老师们的青春去了，白发长出来了。而你们又该如何报答你们的老师呢？同学们啊，莫忘记，伟大的作家鲁迅先生曾说过这么一句话："俯首甘为孺子牛"，同学们，亲爱的同学们啊，你们的老师毕生在为你们笔耕舌耘、含辛茹苦。你们知道吗？

**陈家甫：**同学们，我现在给大家一分钟时间，回忆给自己印象最深的老师，并想想对自己印象最深的一件事。

（同学回忆，交流）

**陈家甫：**下面我们有请同学上来讲讲你们身边老师爱你们的故事，好吗？

（请同学上台互动，学生讲述，请刚才被提到的老师上台来，相互拥抱）

**陈家甫：**希望同学们下来以后，用你喜欢的方式把你的心里话告诉你的老师，好吗？

老师是人生的第二恩人，我们应该学会对老师的感恩。让我们真诚地说一句："老师您辛苦了！老师我爱您！老师我们永远感谢您！"

## 感恩之三——珍爱生命

（群星合唱抗震救灾歌曲《生命的歌唱》）

**陈家甫：**大家还记得吗？2008年5月12日下午14点28分，汶川；还记得吗？2013年4月20日8时02分，芦山。

那一刻，汶川震动，芦山震动，四川震动，中国震动，世界震动！那一刻，山崩地裂，公路阻断，桥梁坍塌，房屋倾颓，哭声震天，大地悲泣！顷刻之间，美丽的山河变得满目疮痍！顷刻之间，温馨的家园被夷为平地！顷刻之间，嗷嗷待哺的婴儿失去了母亲，初婚的新娘失去了丈夫，苍颜的老人失去了儿女……

我无意于勾起大家痛苦的回忆，只是想提醒孩子们思考眼下的生活。

当今社会，由于社会、家庭、自身等因素，许多学生或多或少都有一些心理上的问题。如竞争的激烈，学习的压力，父母的离异，同学的猜疑，世人的冷漠，缤纷世界的诱惑，社会丑恶面的影响，人际关系的摩擦，青春花季的躁动等等，对青少年造成了一定的影响，因而出现了有的郁闷，有的烦躁，有的情绪不稳，有的厌学、逃学，有的孤独封闭，有的亢奋，有的牢骚满腹，有的生活态度消极，有的看待问题思路偏激，有的早恋、暗恋不能自拔，有的沉溺于虚幻的网络，逃避现实，更有甚者自杀、杀害父母等种种令人痛心的现象。

三年前，我在成都看过一次画展，我再一次被地震后身残志坚的孩子所感动。失去右臂的李丹用娇弱的左手在断臂上画出了新的生命；一级伤残、高位截瘫的唐仪君用数千份报纸搭起了生命的雕塑；一级伤残、高位截瘫的寇娟用双手绘出了青春的梦想……我感动于昔日灾区少年的坚强和英勇，我也感动于今日残疾少年的智慧和乐观。苦难是良师，逆境出人才。这些坚强而可爱的孩子，让我看到了青年的精神，也看到了中国的希望。他们是英雄少年，时代骄子。

近几年，我也痛心地看到以下的事实：

▲湖北某地的一位中学生，因为成绩不能让父母满意，常与父母闹矛盾。终于有一天，选择了卧轨自杀寻求解脱。

▲成都市一个 13 岁少年因与父母就学习问题发生争执纵身跳下了 7 楼，结束了生命。

▲16 岁学生陈某用亲人给的压岁钱长时间打电子游戏，在家人对其教育时，进入家中卫生间，久久不出，用两条毛巾将自己吊死在水管上。

▲河南一高三考生，高考成绩估分不理想，竟在家自杀，而高考成绩揭榜时，她的高考总分超过本科分数线 33 分。

▲因为没能在演唱会现场和喜爱的歌星面对面说上一句话，一名 19 岁女孩吃下 80 片安眠药自杀。

▲一个叫东东的高 1.7 米的大个子男生，留下一封简短的遗书后，跳楼身亡，一瞬间就永别了亲人及同学、老师。

▲全球每年有 100 万人死于自杀，而中国就占了 25 万。在这些自杀的人中，青少年占很大的比例。据世界太平洋保险组织专家分析，这些人自杀的主要原因在于心理素质差，承受困难的能力差。

在幸福中的孩子们呀，还需要继续思索我们该做些什么。比起在黑暗中凭借信念维系着生还的希望，活下去是昂贵的，更不用说四体齐全、五官康健、生活充满阳光。比起失去双亲的孤儿，家，是奢侈的，更不用说在家中吃妈妈做的可口饭菜和听她那几句小小的唠叨。比起帐篷度日板房栖身，我们的生活是幸福的，更不用说还能在教室中用自己的力量博取梦想和未来。

《孝经开宗明义章》中说："身体发肤，受之父母。不敢毁伤，孝之始也。"孩子们，你们在人生的长河中，千万不能自暴自弃，自伤自残，甚至放弃生命；也千万不要损害他人生命，毁掉他人的幸福。遇到任何事情都要冷静、理智，任何冲动都会让你自己后悔莫及，让大家痛苦不已；任何莽撞冲动或过激的错误都会使你和你的亲人承担重大责任。无论发生什么事情，你都没有理由擅自掐灭生命的灯火。那些动不动就跳楼轻生、喝药自弃的人是自私的、不负责任的懦夫和胆小鬼；那些动不动就伤害到他人幸福和生命的人，是头脑简单，是愚昧，是恶魔。大家要做懦夫、胆小鬼、恶魔吗？不，都不做。我们更应该怀着感恩之心，珍重健康，珍惜生命，珍爱生活，珍视青春！相信世上没有解不开的结，没有翻不过的山，没有跨不过的坎。做一个心态阳光的人，做一个乐观豁达的人，做一个勇于面对困难的人，做一个意志坚强的人。这，就是对生活、生命最好的感恩！让我们为懂得感恩的孩子鼓掌！

### 感恩之四——身体力行

（歌曲《白发亲娘》）

**陈家甫：**鸦有反哺之恩，羊有跪乳之义，鸟兽都能如此，何况人呢？滴水之恩当涌泉相报。那应该怎样表达我们的感恩之心，来报答关爱我们的人呢？

尊敬的领导、老师，各位同学，此时此刻，我心中冒出一件令人心寒的事情：依稀记得，一位年过七旬的母亲刘某，她有三个儿子和两女儿都已成家立业了，可以说是儿孙满堂了，也许在众人看来正该是享福的时候了，但我们万万没想到，因为无人照顾她却被逼进了养老院。年老的母亲并没有因为这个而责怪他们，只需要他们付一点应该给的生活费而已，可是也有孩子推三推四地不给，更可恨的是就在母亲节的那天，她收到了一封信，当她满脸笑容自以为是孩子们的亲切问候时，快速地打开了信封，顿时，两眼昏花的老人不能相信自己的眼睛，更不敢相信自己的孩子，可信封上明明写的她的名字，她又不得不相信了。她的手颤抖着，两眼泪横，痛不欲生，这意味着几十年的心血都白费了，后来得知，原来这是一封诅咒她早点死的信。为了一点生活费，她的儿女竟做出这般荒唐的事，真是让人难以置信。

痛心之余，还有一组镜头浮现脑海，令人震撼：

季羡林先生是原北京大学副校长，就在他读大二的时候，他的母亲溘然长逝了，因为遗憾，他在《回忆母亲》里写道："当我从北平赶回济南，又从济南赶回清平奔丧的时候，看到了母亲的棺材，看到了那简陋的屋子，我真想一头撞死在棺材上，随母亲于地下。我后悔，我真后悔，我千不该万不该离开了母亲。"

也是因为遗憾，萧干先生回忆自己的母亲时说道："就在我领到第一个月工资的那一天，妈妈含着我用自己劳动挣来的钱买的水果与世常辞了。"

老舍先生也觉得自己愧对父母，遗憾地发出"唉，还说什么呢，心痛！心痛！"的绝望。

可以说他们在自己的事业领域都算得上是成功者，但他们面对自己的父母却在心底留下了永远的无法弥补的遗憾。是他们不孝顺吗？不，不是的。只是要知道光有孝心是不够的。这让我想起了作家毕淑敏的忠告：尽孝只有两个字——赶紧！

**陈家甫：**孩子们，高中毕业以后，可能你就要去外地读书、就业、打工，我想再为大家做一个长远的设想：你能多少次为爸爸妈妈点燃生日蜡烛？能陪在爸爸妈妈身边过多少个春节？能带爸爸妈妈游览多少处风景？能为爸爸妈妈做多少次体检……这一串串问号叩击着我们的心扉，逼问着我们的灵魂。

寒来暑往，冬去秋来，一眨眼就是一轮回。我们不能忘记时间的"残酷"，不能忘记"树欲静而风不止，子欲养而亲不待"的事实。人的一生有很多是可以错过，可以放弃，但我们不能错过孝顺父母，感恩亲情；我们不能忽视，更不能忘记父母已在一天天地慢慢地老去。亲爱的同学们：请珍惜身边的父母吧，要知道，无论我们走得多远，飞得多高，父母都在注视着我们，我们永远是他们最牵挂、最疼爱的孩子。

**陈家甫：**今天也有家长到场，尊敬的家长朋友，这儿我也想与你们一起探讨一点家庭教育的问题。

假如一位孩子从小娇生惯养，习惯了被人围着宠着，什么都是"我"第一，父母的辛苦都不知道。上班后，以为同事都应该听他的，当了经理后，不知道员工的辛苦，还要怨天尤人。

这样的人，会有好的学校成绩，会有得意风光的一时，但社会上的这类人，都不能成大事，都不会感觉到幸福，都要跌跟斗，那父母是爱孩子呢，还是害孩子呢？

你可以让你的孩子住大房子、吃大餐、学钢琴、看大屏电视，但你在割草时，也要让你的孩子在大太阳下拔拔野草，你在吃饭后，也要让你的孩子洗洗碗，不是你没有钱雇人，而是你真心爱孩子。

我们不愿意看到家长朋友们早花的白发，沧桑的容颜，疲惫的心态；更不愿意看到家长朋友们在子女逆反时的窘迫，在儿女不孝时的孤苦无助。所以说，带孩子的至要是：让你的孩子学会感恩。

**陈家甫：**我很高兴看到我们的同学，有很多都是性格善良、知恩图报的人。虽说大恩不言谢，但是，感恩一定不要仅发于心而止于口，对你需要感谢的人，一定要把感恩之意说出来，把感恩之情表达出来。用实际行动感恩父母，感恩老师，感恩社会，表明感恩之情。

如：

▲在父母的生日、教师节、母亲节、父亲节，送上自己亲手制作的贺卡，向父母、老师道声："谢谢您！"

▲每天做一些力所能及的家务活，为学校、社会做一件好事来回报父母、老师、社会以及一切有恩于你的人与事。

▲结合各种节日参与感恩活动，如"三八"妇女节、父亲节为父母洗一次脚，为奶奶爷爷擦擦身子。

▲尊重他人的劳动，不破坏他人的劳动成果。如：保持教室环境卫生，以此来尊重并感谢值日同学的劳动；在家里承包自己的小房间的卫生，保持整洁美观，不让爸爸、妈妈、保姆为自己善后；在公共场合遵守文明礼仪，不乱丢乱扔东西，不给清洁工阿姨增添劳动负担……

▲主动清扫自己住家的楼梯、过道、小院，为邻居提供生活的方便，为社区留下更多的美丽。

▲给自己的父母、敬爱的老师、帮助你的人写一封感恩信，培养自己以实际行动回报父母、回报学校、回报老师、回报朋友、回报社会的理念和习惯。

……

**陈家甫：**孩子们，在这些方面，大家做的怎么样呢？把你们的体验给大家分享一下好不好？

**同学：**……

**陈家甫：**我们为这些践行感恩诺言的孩子感到骄傲！让我们把热烈的掌声送给他们！

那么伴着这份感恩之情，随着我们的逐渐长大成人，我们逐渐宽厚的肩膀是否也应该勇敢地担负起相应的责任来回报这份爱呢？而我们目前的责任又是什么呢？

**学生：**……

**陈家甫：**很好。我很高兴看到大家都能找准自己的位置，勇于承担自己的责任，以回报来自各方面的恩典。

与这份感恩之情相伴的就是责任。因为责任是一种爱，没有爱也就没有了责任！我们必须先做好对自己负责，而后才可以谈对父母负责、对家人负责、对社会负责！

我在一些学校与老师们交流，总能听到这样的感叹：现在的孩子一届不如一届。其实并不是现在的孩子智力差，而是我们的孩子缺乏一种责任心和感恩的心。瞧瞧，忘了带学习用品，作业没做完就玩去了；做值日生，活没干完，扫把、拖把扔一地就不见人影了；笔、书本摊一桌子，抽屉垃圾塞得连书包、字典都放不下等。就连语、数课也常有人忘了带书带笔。每当老师教育时，孩子们的理由都一样——"忘"了。那么是不是我们的孩子们记性不好呢？不是的，原因在于孩子们没有责任心。所以，亲爱的同学们，大家一定要培养自己的责任感，如：

▲对自己的生活负责，自己的事情自己做。

▲对自己的学习负责，作业做好了自己检查，自己整理好书包。

▲关心集体成员，做班级主人，对集体负责，承担班级事务，热心为集体服务。

▲关心家人，体贴父母，对家庭负责，做力所能及的家务事。

▲尊敬老师，尊重长辈，尊重老师的劳动。

▲关注身边人、身边事，关注社会发展，对社会负责，为保护环境出一份力。

我希望大家能在以后的生活中，包括走向社会之后，能将更多的感恩之心体现在日常行为中，以担负一定责任的方式来回报所有的恩情。

**陈家甫：**同学们，你们知道，养成感恩之德、付出感恩之行的好处吗？

**同学：**……

**陈家甫：**亲爱的同学们，大家刚才说的不错，但肯定不只这些，还有更大的惊喜。相信吗？

下面，让我们来看一则招聘信息：

一名成绩优秀的青年去申请一个大公司的经理职位。他通过了第一级的面试，董事长做最后的面试，做最后的决定。

董事长从该青年的履历上发现，该青年成绩一贯优秀，从中学到研究生从来没有间断过。

董事长："你在学校里拿到奖学金吗？"

青年："没有。"

董事长："是你的父亲为您付学费吗？"

青年："我父亲在我一岁时就去世了，是我的母亲给我付的学费。"

董事长："那你的母亲是在哪家公司高就？"

该青年回答："我的母亲是给人洗衣服的。"

董事长要求该青年把手伸给他看，该青年把一双洁白的手伸给董事长。

董事长："你帮你母亲洗过衣服吗？"

青年："从来没有，我妈总是要我多读书，再说，母亲洗衣服比我快得多。"

董事长说："我有个要求，你今天回家，给你母亲洗一次双手，明天上午你再来见我。"

该青年觉得自己录取的可能性很大，回到家后高高兴兴地要给母亲洗手，母亲受宠若惊地把手伸给孩子。该青年给母亲洗着手，渐渐地，眼泪掉下来了，因为他第一次发现，他母亲的双手都是老茧，有个伤口在碰到水时还疼得发抖。青年第一次体会到，母亲就是每天用这双有伤口的手洗衣服为他付学费，母亲的这双手就是他今天毕业的代价。

该青年给母亲洗完手后，一声不响地把母亲剩下要洗的衣服都洗了。当天晚上，母亲和孩子聊了很久很久。

第二天早上，该青年去见董事长。董事长望着该青年红肿的眼睛，问道，可以告诉我你昨天回家做了些什么吗？

该青年回答说，我给母亲洗完手之后，我帮母亲把剩下的衣服都洗了。

董事长说，请你告诉我你的感受。

该青年说：第一，我懂得了感恩，没有我母亲，我不可能有今天。第二，我懂得了要去和母亲一起劳动，才会知道母亲的辛苦。第三，我懂得了家庭、亲情的可贵。

董事长说，我就是要录取一个会感恩，会体会别人辛苦，不是把金钱当作人生第一目标的人来当经理。你被录取了。

这位青年后来果真工作努力，深得职工拥护，员工也都努力工作，整个公司业绩大幅成长。

**陈家甫：**同学们，只要你们以实际行动来感恩，只要你们勇敢地承担责任，你们就一定是有价值的人，是被人欣赏的人，人生发展的机遇就会找上你们，成功的大门就会向你们敞开。

### 感恩之五——传递爱心

**陈家甫：**下面，我想再请我的爱人接着讲我们在挽救女儿、共抗病魔过程中的一些故事。希望同学们从中能感受到更多的爱的力量——

（及时插播《爱的奉献》这首歌做背景音乐，音量大小和插播长短，根据现场情况确定）

**×××女士：**

是世间的爱，托举起我女儿的生命和未来。

女儿的幸运离不开社会上好心的企业家、教师、学生、司机、献血者、捐赠骨髓者、大夫等一切爱心人士。他们的爱心汇成了社会大爱洪流，让这个世界充满了爱，我和我的家人都感恩社会，感恩社会爱心。感谢老师和同学们给我机会，让我能够把发生在我女儿身上的爱心故事补讲出来，不为别的，只为这个世界继续充满爱、充满希望和阳光！

我的孩子在白血病治疗过程中，遇到过无数好心人慷慨献爱，他们捐献血液，捐献骨髓，捐出钱物，使我们感受到了这个世界的真爱。这世间的爱托起了我孩子的生命和未来。他们的平凡善举，他们的温情举动，永远铭刻在我们心里，时刻让我们想起，特别温暖，特别感怀。

有一位孩子和我女儿年龄大小相仿的家长，带着自己的孩子来到医院捐了1000元钱，她还多次带孩子过来看望我的孩子。她是在给幼小的孩子心间播撒爱的种子，教育孩子献出爱心，付出真爱。

另外还有一位4岁的彤彤，将自己的5000元压岁钱捐给我的孩子。家长怎么也不说出她和孩子的大名，我们只能叫她彤彤，因为她们的心像温暖的太阳一样——红彤彤的！这就是一个孩子和她母亲的爱。

有一位企业家朋友，听说我孩子患了白血病之后，马上捐了20000元。在孩子骨髓移植最可能需要大笔治疗经费的时间里，他跟自己工厂的三百余名工人协商，工资缓发，以备治疗急用经费，全厂工人毫无怨言，欣然同意。这是企业家之爱，是工人兄弟之爱。

残疾朋友罗川江把我孩子急需输血的消息告诉给自己的一位同学后，他的这位同学按规定体重不够，不顾身材变形走样，立即吃面包喝开水，想方设法突击增加体重。体重达到要求了，但是经过检查，血小板仅够她自己使用，医生这一关没让她通过。情急之下，听说这一情况的罗川江立即自己推着轮椅赶到医院让医生输血。医生一看见坐在轮椅上的罗川江，诧异地说：你都是个残疾人，怎么能够让你输液哦？这是一个女孩和一个残疾人的爱。

孩子化疗完回来暂休几天的一个夜里，孩子起来上厕所晕倒了，我们马上送她去医院。下楼就上了一辆出租车，司机一看孩子不正常，问明情况后，为了争取抢救时间，他顾不了闯红灯要被罚款、扣分，没有停车地一直向目标医院一路疾驰，到了医院连打的费都不收一分。这就是一位普普通通、姓名都不留下的出租车司机之爱。

有一位七十岁的编剧老师，听说是陈家甫女儿得了白血病，把陈家甫叫到跟前，拿出裹了一层又一层、积攒多年的1000元积蓄，两手颤颤巍巍地一边给陈家甫，一边说：家甫哇，拿去尽一尽做父亲的义务吧，别为难自己，实在不行还是放弃吧，这个病不好治哦。当孩子骨髓移植成功，救治好了健康出院后，这位编剧老师后悔莫及地说：早晓得能够救好的话，我哪里才该拿 1000 元钱嘛，拿 10000 元都该拿呀！这就是一位年逾古稀的文艺工作者之爱。

有一次，孩子急需输血而血库告急，情急之下，我在公交车上随意征询了一位青年乘客的意见后，他就爽快答应为我孩子献血。这是一位素昧平生的普通乘客之爱。

在这个世界，上至古稀老人，下到 4 岁孩童，不论是健康人还是残疾人，也不论是企业家还是普通民众，在我们身处灾难之中急需援手的时候，都能伸出援手，献出爱心，我的心灵被一次又一次地深深感动和震撼。这个世界并不缺少爱，上面我讲到的一个个普通人的个人之爱，汇聚成社会大爱的洪流，浇灌我女儿的生命，让我女儿的生命之花重新绽放。现在我女儿正上三年级，而且还没有因为与病魔斗争而留级。我们全家人对于社会各界付出的爱，万分珍惜和感激。

……

朋友们、同学们，让我们携起手来，人人都献出一点爱，让世界变成美好的人间吧！

（《爱的奉献》歌曲再次响起，响彻天空）

陈家甫：亲爱的同学们，我和我的家人深深地感受到了爱的可贵，所以，今天我们站在这里义务演讲，与大家分享，用我们的行动播种和传递爱。

大家知道"爱"的内涵吗？爱，是人类一种美好的情感，它包括的范围非常广泛，各种不同类型的爱，由于所爱对象的不同，情感的性质和表现方式也就有所差异，但有一个共同的特点，就是以真纯的情感去祝福所爱的人生活得幸福，并以自己的行为参与到这一创造幸福的过程中，使自己的爱与对方的爱融为一体，在一个真善美的境界中，完成生命的升华与创造。爱作为一个人对社会、人类、自然最基本的情感态度，它应该在我们的生命中播种、萌芽、生成，使生命具有诗性的美丽光辉。

人生道路，曲折坎坷，不知有多少艰难险阻，甚至遭遇挫折和失败。在危困时刻，有人向你伸出温暖的双手，解除生活的困顿；有人为你指点迷津，让你明确前进的方向；甚至有人用肩膀、身躯把你擎起来，让你攀上人生的高峰……你最终战胜了苦难，扬帆远航，驶向光明幸福的彼岸。那么，同学们，你能不心存感激吗？你能不思回报吗？这回报的最好方式就是——传递爱。

几年前看到这样一个感动人心的故事：某校三年级八班一位文静可爱的刘雪同学，父母在送炭途中，遇到车祸，车、人都掉进滚滚黄河水中。父母被夺去了性命，可怜家中还有一个不到两岁的弟弟。父母生前贷款达两万余元，在没有经济援助的情况下，小小年纪的刘雪肩上的重担压得她整天两眼哭得红红的，在班内也沉默寡言，失去了往日的欢声笑语。学校听了她的情况也都流下了同情的眼泪。针对实际情况，学校也采取了相应的措施，在交费中尽最大努力给刘雪以经济上的援助，使她在经济上得到缓解。让她体会到了爱心如果没有大家的支持也会是无源之水，让她体会到了学校这个大家庭的温暖。全校师生也开展了"手拉手，帮刘雪"的爱心捐助活动，三年级八班的全体师生借元旦到来之际在班内召开了别开生面的庆祝会，会上有的同学邀请刘雪到家中做客，有的为其唱祝福歌，有的悄悄地把带来的好东西放到她的抽屉里，有的把平时节省下来的零用钱买成本子送给她，有的用无声的声音写贺卡给刘雪祝福新年。虽然是寒冷的冬天，但是班内确是春意盎然，刘雪的脸上又露出灿烂可爱的笑容。

爱，是一种永恒的旋律。冰心老人曾经说过这样一段话：爱在左，情在右，在生命路的两旁，随时撒种，随时开花，将这一径长途点缀得花香弥漫，使得穿花拂叶的行人，踏着荆棘，不觉得痛苦，有泪可挥，不觉得悲凉！"予人玫瑰，手留余香"。同学们，只要我们献出一片爱心，铁石也会变成黄金。愿爱心是我们心中的一颗种子，它能茁壮出爱的绿荫，不仅美丽自己，更荫泽他人。

## 感恩之六——自强不息

（成龙《男儿当自强》）

**陈家甫：** 孩子们，带着感恩的心，让我们思考这样一个问题：为什么有那么多的年轻人成为"啃老族"？

**同学：**……

**陈家甫：** 拼爹、拼关系、拼家产的人称得上有感恩之心的人吗？

**同学：** 不算。

**陈家甫：** 是的，算不上。一个真正拥有感恩之心的人，报答父母、老师和社会的最好办法是什么？

**同学：** 自立自强。

**陈家甫：** 对！自强不息、厚德载物是清华大学校训，来源于《周易》中的两句话：一句是"天行健，君子以自强不息"；一句是"地势坤，君子以厚德载物"。

生活中有这样一个故事：

一位中国留学生以优异的成绩考入了美国一所著名的大学。怀揣着梦想，他告别了父母，远离了家乡。但是，入学不久，他就提出了退学。理由很简单：生活饮食不习惯，父母所给的生活费已经花完了。

回到家乡的机场，迎接他的是年近花甲的父亲，当他看到久违的父亲就高兴地扑过去，父亲一退步，儿子扑了个空，一个趔趄摔倒在地。父亲看着尴尬的儿子深情地说："孩子，这个世界上没有任何人可以做你的靠山，你若想在激烈的竞争中立于不败之地，任何时候都不能丧失那个叫自立、自信、自强的生命支点，一切全靠你自己。"说完，父亲塞给儿子一张返程机票。

这学生没跨进家门就直接登上了返回美国的航班，返校不久，他获得了学院里的最高奖学金，且有数篇论文陆续发表在有国际影响的刊物上。

上面的故事告诉我们一个道理：每个人出生在什么样的家庭，有多少财产，有什么样的父亲并不重要，重要的是我们不能将希望寄托于他人，必要时给自己一个趔趄，只要不言放弃，自信、自强就没有实现不了的事。

同学们，想想吧！想想含辛茹苦的父母，想想他们那双饱含期待的眼神——我们要自信！

同学们，看看吧！看看身边的强者们，看看他们在知识的海洋中如何拼搏进取的——我们更要自强！

**陈家甫：** 下面我想以"我的演艺梦"为例，来谈谈我的自立自强，但愿对同学们有所启迪和帮助。
……

我个人从一个仅会翻几个跟斗、倒立走几步的热血少年一路艰辛走来，成为一位受人喜爱的特型演员，我的演艺梦想在岁月长河中不断萌芽、开花、结果。在追逐梦想的过程中，始终没有放弃梦想，没有放弃对梦想的执着追求。

虽然我没有机会读大学，但我在广阔的天地中抓住了机会丰富了自己的见识；

虽然我没有父辈和家庭做坚强的后盾，但我在一路的摸爬滚打中磨炼自己的意志。

我相信，同学们大多比我的条件好，一定有比我更好的发展，来报答关爱你们的人。

（播放《我相信》歌曲，声音高低，根据现场掌握）

**陈家甫：** 同学们，我还想给大家看几张照片：

这是 2013 年 11 月 7 日《华西都市报》的一篇报道《17 岁"背父娃"带着爸爸上高中》，这位不向命运低头的青年叫叶富源。

4 年前的一场事故，让叶富源的爸爸高位截瘫。2 年后，无法忍受生活压力的妈妈离家出走。17 岁的叶富源用瘦弱的肩膀扛起了生活的重担，在学校附近租了间民房，背着爸爸去上学。尽管每天晚上要 11 点才能有时间复习功课，但他一直成绩优秀，经常考到年级第一名。

**陈家甫**：同学们，知道了叶富源的事迹，大家有什么感想？

**同学**：……

**陈家甫**：是啊，他太令人感动，我们确实自愧不如。我们庆幸，没有他经历的灾难；我们也庆幸，他给我们带来了力量。

有一句俗语说得好，能登上金字塔的生物只有两种：鹰和蜗牛。虽然我们不能人人都像雄能鹰一样一飞冲天，但我们至少可以像蜗牛那样凭着自己的耐力默默前行。有志者事竟成，卧薪尝胆，百二秦关终属楚；苦心人天不负，破釜沉舟，三千越甲可吞吴。

人能走多远，不问双脚，要问意志。人能攀多高，不问双手，要问志向。如果一个人失去了自强的精神，那么他已经失败了。"挫折并不可怕"、"逆境更能造就人才"，只要有自强不息的精神，风雨中依然前行！天行健，君子以自强不息！让我们张开自强的翅膀，让梦想展翅飞翔！

# 尾 声

"播种思想，收获行为；播种行为，收获习惯；播种习惯，收获性格，播种性格，收获命运。"今天，我和大家一起，在这里播种一颗感恩的心，培植一种感恩的思想。感恩于赋予自己生命的父母，感恩于给自己知识的老师，感恩于帮助、关心和爱护自己的那些人，感恩于祖国，感恩于大自然……我们把这种感恩之心付诸行动，并持之以恒，我们就收获了一种好人的品格，我们就踏上了获取成功的坦途，我们就会拥有更美好的前程。

最后，让我们一起朗诵感恩诗歌：

感激生育你的人，因为他们使你体验生命；感激抚养你的人，因为他们使你不断成长；感激帮助你的人，因为他们使你渡过难关；感激关怀你的人，因为他们给你温暖；感激鼓励你的人，因为他们给你力量；感激教育你的人，因为他们开化你的蒙昧……

播种感恩之心，学为好人，成就今生！

# 后 记

　　我，一个农村娃，因为有着对艺术的挚爱和追求，在追梦与寻梦的途中，历尽艰险、受尽磨难，凭着对人生的爱、对艺术事业的爱，从小人物到"大人物"，从农村田坝、乡村舞台到登上香港大舞台，从不识几字到今天终于付梓了几十万字的海剧艺术作品汇集，其间除了我辛勤的付出，更与在我人生中众多关心、支持、帮助我的朋友们、恩师的大爱分不开。没有苦难而多彩的生活，没有他们就没有我莽娃、加虎和今天的陈家甫，也没有我可爱的女儿、贤惠的妻子。唯有在艺术路上不断进取，用爱回报大爱，用心感恩、回报社会，才能成就我家甫——一个人民的演员、人民的艺术家。正如院长序中所赠"艺凭伟人衍大器，文共热血铸元亨"，我一定以此为荣，以此为铭，演绎出更辉煌的艺术人生。谨记为感！

陈家甫

2014 年 5 月 5 日夜